長編推理小説

殺意は必ず三度ある

東《ひがし》川《がわ》篤《とく》哉《や》

KOBUNSHA

光　文　社

『殺意は必ず三度ある』
試合経過

プレイボール

一

「鯉《こい》ヶ《が》窪《くぼ》学園高等部」——国分寺《こくぶんじ》市の西に位置する私立高校である。

《自主・自立・できれば隣人とも仲良くしましょう》という崇高な理念を掲げて創設され、この武蔵野の地に歴史を重ねること数十年。ごくごく平凡な学力を有する生徒たちと、ごくごく平凡な指導力を身につけた教師たちの交流が、ごくごくありふれた学園生活を創造するとは必ずしもいい切れない、という意外な真実を証明してくれる貴重な教育機関だ。

そんな鯉ヶ窪学園にも、いちおう「野球部」というものがある。

けっして強くはない。むしろ弱い。いや、いっそのこと弱小といってもいいかもしれない。例えば、甲子園を沸かせる高校球児の夏は短くて儚《はかな》く、それゆえに尊いものとされるが、鯉ヶ窪学園野球部の夏の短さと儚さは、甲子園出場組とは比べ物にならない。なぜなら、彼らの夏はほぼ九十九パーセント、予選の一回戦で終わるのだ。

その短さたるや、ドンと鳴った打ち上げ花火が上空でパッと散るかのごとく。その儚さたるや、燃え尽きた線香花火の先端がポトリと地面に落っこちるがごとく。しかも、彼らの夏は短くて儚いわりには、たいして感動的ではなく、尊いものとも思ってもらえないのだから、よけい悲しい。

その悲しさたるや、土の中から這《は》い出し樹上で一週間ほど鳴き続けた挙句に最期《さいご》の瞬間を迎える蟬のごとし、である。

ちなみに、鯉ヶ窪学園史上もっとも短い夏は三年前。どのような運命の悪戯《いたずら》か、この年の西東京大会、鯉ヶ窪学園の初戦はよりにもよって予選の開会式後の第一試合に組まれた。その試合、18対0の五回コールドで敗れた鯉ヶ窪学園は、選手宣誓の二時間後にはもう球場を後にしていたという。もっとも、短すぎた夏と引き換えに長い長い夏休みを手に入れた三年生たちは、これ幸いとばかりに免許取得のため自動車教習所に通ったのだとか――。

要するにその程度の野球部なのだ。暴力事件とか、野球留学を巡る暗い噂が存在しないことだけが、せめてもの救い。彼らに七月の予選を突破し八月の甲子園出場を期待することは、鳴いている蟬に向かって「頑張って一ヵ月生き延びろ！」と命じるようなものなのかもしれない。

さて、そんな野球部が、今年も訪れるであろう短い夏に備えて、なるべく無様《ぶざま》ではない負け方を模索していた六月のある日。野球部の専用グラウンドにて、ささやかな事件が持ち上がった。

その日の早朝、野球部キャプテン土山博之《つちやまひろゆき》はいつものように午前六時には登校し、十分後には着替えを済ませてグラウンドに足を踏み入れた。早朝練習は六時半からだから、まだ随分と時間がある。べつに彼の時計が壊れていたわけではない。

「キャプテンたるもの、部員の誰よりも早くグラウンドに立たねば」

それが土山の信条なのだ。

本当のことをいえば、「練習開始時刻の三十分前からグラウンドに立つキャプテンの姿を見て、感銘を受けた部員たちが同じように三十分前に登校し、一緒に練習する」というような青春野球ドラマ風の展開を期待した時期もあった。だが、土山の期待に応えてくれる部員はとうとう現れなかったのだ。

結果、キャプテン就任以来の《早朝練習一番乗り記録》は、すでに連続百七十日間を超え、キャプテン土山の代名詞となっている。《衣笠《きぬがさ》の連続試合出場》とか《金本《かねもと》の連続フルイニング出場》みたいなものだ。おそらく歴代キャプテンの誰もが成し得なかった不滅の金字塔ではあるまいか。いまでは部員たちの間に、「キャプテンよりも先にグラウンドに立っちゃマズいんじゃないか」という遠慮した雰囲気さえ漂っている。確かに、いまさら記録を破られた日には、自分はかなり落ち込むかもしれない、と土山の心中は複雑だ。

しかし、彼の心配をよそに土山の大記録はこの朝も継続された。

グラウンドに土山以外の人の姿はなかった。一瞬「ほッ」と胸を撫《な》で下ろした土山は、しかし次の瞬間には「おや」と眉を顰《ひそ》めた。グラウンドの様子に普段とは違うなにかを感じたからである。

「おかしい……なにかが違う……いったい、なんだろうか」

土山はざっとグラウンド全体に視線を走らせた。しかし、土山の目には、どこもかしこも普段どおりの佇《たたず》まいにしか見えない。

けれど、なにかが確かに違っているのだ。土山はいつにない真剣さで考えた。なにかが足りない。そうだ。このグラウンドにあるべきなにかが、消えてなくなっているのだ。

「いったいなんだ……なにがなくなっているんだ……判《わか》らない」

土山は野球の練習のことは綺麗サッパリ忘れ去り、目の前の謎に没頭した。熟慮に熟慮を重ね、そろそろ限界を迎えた頭がぼうっとしはじめたころ、

「おい、土山、なにやっとるんだ」

土山は背後から肩を叩かれてハッと我に返った。

振り返ると、そこにいたのは野球部監督の野口啓次郎《のぐちけいじろう》だった。野口監督は今年の春に監督に就任したばかりで、年齢は五十歳。やや突き出たお腹《なか》と後退した生え際が年齢を感じさせるが、かつては選手としてもそこそこ名を売った人らしい。

野口監督はグラウンドと土山の顔を交互に見やると、土山の顔に強い疑いの視線を浴びせかけ、「まさか、おまえがやったんじゃあるまいな？」と、いきなり問いかけた。

「は？」

「は？——じゃない！」野口監督は苛立《いらだ》たしげに地面を靴のかかとで蹴った。「おまえが盗んだのかといっているんだ！」

「とんでもない。僕はなにも盗んではいませんよ」土山は疑われるのは心外とばかりに真顔で抗議し、それからやや恥ずかしそうに監督に尋ね返した。「ところで、監督、いったいこのグラウンドからなにが盗まれているんでしょうか」

野口監督は大きく呻《うめ》き声をあげてから、「おまえの目は節穴《ふしあな》か！」と、この観察力に欠けたキャプテンを一喝した。「よく見ろ！　野球にいちばん大切なアレがなくなっているじゃないか！」

「はあ、アレといわれましても——」

土山は節穴のような目を皿のようにして、再びグラウンドを詳細に見つめなおした。聳《そび》え立つバックネット。コンクリート製のダッグアウト。内外野をぐるりと取り囲む金網。なだらかな傾斜のついたマウンド。白線で引かれたバッターボックス、そして……

「ああああッ！」

遅まきながら土山は悲鳴に似た叫び声をあげた。グラウンドから見慣れたある物が消え失《う》せていることにようやく思い至ったのである。しかし驚愕《きようがく》の後、土山の胸に訪れたのは、深い疑問と当惑の思いだった。

「いったい誰が、なんのために⁉」

二

「――それで、結局なにが盗まれたんだ？」

多摩川《たまがわ》部長が結論を求めると、テーブルの向こうの土山の顔が険《けわ》しくなった。

「盗まれたのはベースだ。ベースを盗まれた」

「ほほう、ベースねえ」部長は土山の顔をマジマジと見つめて、「まさかとは思うが、これが本当の『盗塁』なんていう、つまらんギャグがいいたいんじゃないだろうな」

「なるほど、つまらんな。おまえの考えるギャグだけあって」

テーブルを挟んで部長と土山の間に小さな火花が散る。おれは険悪になりかけた雰囲気を変えようと思い、判りきったことを質問する。

「ベースって、一塁二塁っていう、あの四角いベースのことですよね」

「当たり前やないか。ベースいうたら他にあらへんやん」

八橋《やつはし》さんが、アホな質問するな、というように割り箸でオレの頭を叩き、得意の関西弁で口を挟む。

「しかし、世の中にはエライしょーもないもん盗むやつが、いてんのやなあ。ベースなんか盗んでなにする気なんやろ。国分寺に新球団でも創る気かいな」

『国分寺に新球団』はスケールの大きな冗談としても、確かにこれは意味の判らない盗みである。さすがの多摩川部長も思い当たる節《ふし》がないらしく、大きく首を捻《ひね》っている。

「ふーむ、野球のベースの使い道は、野球のベース以外にないような気がするが――」

部長は数秒間、考えに沈む様子を見せたが、すぐに自分の手元にあるお好み焼きの具材に気がつくと、いきなり鉄板で焼きはじめた。「おい、トオル、生地を焼け。玉子を忘れるなよ」

放課後のことである。

場所はお好み焼きの店「カバ屋」の片隅。オレたち「探偵部」の三人は「野球部」のキャプテン土山に呼び出されて、今朝起こったばかりのベース盗難事件について聞かされた。

だが、この話を進める前に「探偵部」という耳慣れない単語について、若干の解説が必要だろう。なにせ「野球部」はどこの学校にもあるが、「探偵部」は鯉ヶ窪学園くらいにしか存在しないはずだから。では「探偵部」とはなにか。

それは、「探偵小説研究部」の略称であり、いわゆる「ミステリ研究会」が通称「ミステリ研」と呼ばれるように、「探偵小説研究部」は「探偵部」と呼ばれるようになったものである、というのが定説である。もちろん定説があるからには、違う説もあるわけで、それによると「探偵部」というのは、その名のとおり「探偵たちが集《つど》うサークル」のことであり、学園内にて実践的な探偵活動をおこなうことを旨とした素人探偵集団のことらしい。実情を知らない生徒の中には、声を潜めて「地下組織」あるいは「秘密結社」と呼ぶ者もいるのだとか。

しかしてその実態はというと、放課後に学園裏のお好み焼きの店に集い、日夜あたらしい味の開発に勤《いそ》しむオレたち三人のことに他ならない。ミステリ談議もたまにはするが、あまり実りのあったためしはない。その代わり野球談議やプロレス談議にはかなり熱心。

それのどこが「探偵」なのだと拍子抜けする向きもあるだろうが、世界征服を企んでいないだけマシと思っていただきたい。

では続けて、メンバー紹介——

部長こと多摩川流司《りゅうじ》は三年生。部内においては絶対者として振る舞い、部外においては厄介者扱いされる人物であるが、悪い人ではない。ナンバー2の八橋京介《きょうすけ》も、同じく三年生。部内においては関西人として振る舞い、部外においても関西人として認識されている人物であるが、実は東京生まれの東京育ちという噂もある。悪い人ではない。

ちなみに、オレの観察するところによれば、この二人のパーソナリティーに大きな差はないように思える。ともにミステリ好きの似たもの同士。あえて両者の違いを挙げるならば、ちょっと皮肉な関西人の喋り方をするほうが八橋さんであり、ちょっと偉そうな東京人の喋り方をするほうが多摩川部長。ときどき鋭いことをいって脚光を浴びるのが八橋さんであり、ときどきお馬鹿なことをいって非難の声を浴びるのが多摩川部長。そんな感じである。

そして、この物語の語り手である「オレ」こと赤坂通《あかさかとおる》は二年生。この春、鯉ケ窪学園に転校してきた早々、この二人の先輩に騙《だま》されて探偵部に入部させられた、いわばいちばん新しい被害者である。もちろん、悪い人であるわけがない。だってオレは被害者なんだから。

ちなみに探偵部の部員は、オレたち三人に限ったわけではない。その総数は三人以上十人以下といわれているが、正確な数字を把握している者はいないという――(部長がまともに数を数えられないっていう噂もある)。

以上、探偵部についての基本事項を確認した上で、話は再びベース盗難事件に戻る。


「ところで、土山」

多摩川部長は目の前に座る野球部キャプテン、土山博之にあらためて疑り深そうな視線を注いだ。「ひとつ聞いていいか」

「なんだ?」キャプテン土山の表情も真剣そのものだ。「なんでも聞いてくれ」

「それじゃ遠慮なく聞くが――土山」そういって多摩川部長は本当に遠慮のない質問を投げた。「おまえが盗んだわけじゃないんだな?」

「なんでオレがそんなもん盗むんだよッ! ふざけたこと聞くな!」

気色《けしき》ばむ土山がテーブル越しに部長の胸倉《むなぐら》を摑む。

「なんだ、この野郎、なんでも聞いてくれっていったくせに!」

部長も応戦して土山の胸倉を摑む。

「親しき仲にも礼儀ありっていうだろ！」

「親しくないから礼儀なんていらないと思ったんだ！」

テーブルを挟んで真顔でやりあう二人の様子は、それはそれはみっともない。カウンターの中からは、店名の由来になったとされるカバに似たおばちゃんが、こちらの様子を獰《どう》猛《もう》な目つきで睨《にら》んでいる。いまにも突進してきそうな迫力だ。

八橋さんがカバに似たおばちゃんを宥《なだ》めにかかる。

「まあまあ、そう怒らんといてーな、おばちゃん。いま、やめさせるから」

それから返す刀で、八橋さんはキャプテン土山の誤解を解くべく解説を加えた。

「あんなあ、土山、ミステリの世界では、第一発見者を疑うんは、いうてみたら儀式みたいなもんやねん。いちいち本気で腹立てたらあかんで。そんなんで腹立てとったらかえって怪しゅう見えるわ」

「怪しくなんかない」土山は憮然《ぶぜん》として椅子に腰を落ち着けながら、「嘘じゃないんだ。オレが今朝グラウンドに出てみたら、ベースがなくなっていたんだ。一塁二塁三塁、それにホームベース。全部やられた。昨日の夕方、練習を終えた時点で異常はなかったんだから、誰かが夜中のうちに盗んでいったに違いない」

「なるほど。それは判った」と、多摩川部長もようやく落ち着きを取り戻して、キャプテン土山にあらためて尋ねた。「それで野球部の土山が、探偵部のオレたちを呼び出したのは、いったいどういうわけなんだ？」

「いや、まあ、実はだな……」

土山が重い口を開きかけようとすると、

「あ、ちょっと待ってくれ」部長は目の前でちょうどいい頃合となった『豚バラミックス焼き』に両側からコテを差し入れ、それを空中高く放った。お好み焼きは綺麗に鉄板の上でひっくり返った。見事である。部長は満足げに頷《うなず》き、「いいぞ、土山、話を続けてくれ」

「てめー、オレの話、真面目に聞く気、全然ないだろーが」

「おめーがお好み焼きの店に呼び出したんだろうがー、焼いてなにが悪いー」

また互いの胸倉を掴み合う二人。慌てて八橋さんとオレが間に入って分ける。

土山はあらためて椅子に腰を落ち着け、先ほどの部長の質問にようやく答えた。

「なに、おまえたちをわざわざ呼び出した理由は、他でもないんだ。ほら、おまえらは『探偵部』って看板掲げているくらいだから、この手の話に詳しそうだしな。ちょっと意見を聞いてみたいと思っただけだ」

「なるほど、そういうことですか」

案外、まともな用件なので、オレはホッと胸を撫で下ろす。

「けど、厳密にいうと『探偵部の看板掲げている』は間違いやな」

と八橋さんは細部にこだわる。

「まったくだ。看板掲げたくても、オレたちには部室がないからな」多摩川部長は拗《す》ねた口調になって、「野球部はいいよな。部室はもちろん専用のグラウンドまであるんだから」

「ホンマ、ホンマ。オレらとは天と地ほども扱いが違うもんな」

先輩二人が愚痴っぽくなるのも無理はない。なにしろ「野球部」は弱小といえども部活の華。一方「探偵部」といえば、部室も予算ももらえない非公認団体である。両者の間にはパンダと未確認生物くらいの差がある。

いや、あるいはパンダと寄生虫の関係といったほうがいいだろうか。実をいえば、オレたち部室を持たない探偵部は、よその部室や練習場をしょっちゅう無断拝借しているのだ。野球部のグラウンドなどは、もう探偵部の庭みたいなものである。

「それはそうと」八橋さんが話を元に戻した。「犯人の目的はなんなんやろな。まさかホンマに野球がしたくてベースを持っていったわけやないやろ」

オレは誰でも思いつくであろう穏当な意見を述べた。

「単なる嫌がらせじゃありませんかね。野球部に恨みを持つ人がいて、ちょっと困らせてやろうというような考えでやったことかもしれません」

「そうやろか。ベーズなんか盗まれても、野球部としてはそれほど困ることはないいん違うか。試合するんならともかく、練習するだけやったら、ベースなんていくらでも他のもので代用できるやん」

「八橋のいうとおりだな」部長がおちょくるようにいう。「本気で野球部を困らせたいと考えるなら、ベースなんか盗むよりも、土山のスパイクでも盗んだほうがまだ効果的だ」

「盗まれたのはオレのスパイクじゃない。グラウンドのベースだ！」

「まあまあ、落ち着きやー」八橋さんが土山を宥める。「そもそも、嫌がらせなんてナンセンスやな。うちの学校の野球部に誰がそんな嫌がらせするちゅうねん」

「それは、ライバル校とかが――」

オレがいいかけるのを、部長が即座に遮った。

「いや、トオル、それはあり得ない。なぜなら、うちの野球部は滅多《めった》に勝たないから、よその学校から恨みを買うことがないし、放っておいても勝手に負けてくれるから、トーナメントではよその学校はみんなうちと当たりたがる。感謝されることはあっても、恨まれることはない。それがうちの野球部の取り柄だ。そうだろ、土山」

「そこまでハッキリいわれると腹も立たないな」

キャプテン土山は言葉とは裏腹に怒りと屈辱で頬のあたりをピクピクさせながら、

「確かにうちの野球部に限って、他校から恨みを買うことは考えられない」

「ちゅうことは、どういうこっちゃ？」

気を取り直すように土山は顔を上げて、「これは内部の者の犯行だ」といきなりの重大宣言をおこなった。「犯人は、この学園の人間なのだ」

「ほう、やけに自信ありげだな。そう決めつける根拠でもあるのか」

部長が不思議そうに尋ねると、

「根拠は特にないが、多少の心当たりがあってな」キャプテン土山は疑り深い視線を目の前の部長に注いだ。「ところで多摩川、ひとつ聞いていいか」

「質問？　いいぞ、なんでも聞いてくれ」

「それじゃ遠慮なく聞くが――多摩川」そういってキャプテン土山は先ほどのお返しとばかりに遠慮のない質問を投げた。「おまえたちが盗んだわけじゃないんだな？」

たちまち部長の怒りの声が「カバ屋」の壁に天井に響き渡った。

「なんでオレたちがそんなもん盗むんだあー。てめー冗談も休み休みいえー」

「やかましー、おめーら、うちのグラウンドに入り込んで、しょっちゅう草野球に興じてるじゃねーかー。だいたい、あんなつまんねー物わざわざ盗む奴なんて、おめーら以外に考えられるかー」

またまた胸倉を掴み合って、揉み合う二人。はずみでテーブルにあったコップが転倒。こぼれた水は鉄板の上へ。激しい水蒸気が上がり、鉄板の上で完成寸前だった『豚バラミックス焼き』は水浸し。カウンターの中からは、カバに似たおばちゃんが人間の言葉で絶叫した。

「あんたたち、お金はいいから、出ていっとくれ！」

結局、その日の会合はお開きになってしまった。その後、学園の周辺で警察官の姿を見かけなかったところをみると、どうやら学校側は今回の事件について警察沙汰にしなかったらしい。無理もない。盗難届けを出したところで、忙しい警察が消えたベース一式を本気で捜してくれるかどうかは怪しい。だいいち、下手に犯人を捜して、それが自分の学校の生徒だったりしたら、むしろヤブ蛇。私立の学園としては、ベース盗難事件くらいで学校のイメージダウンを招くわけにはいかない。そんなふうだから、ベースを盗んだ犯人の正体はもちろん、その目的すらも判らないまま、この話はうやむやになった。

学園の生徒の中の誰かが、特に深い考えもなく悪戯でやったことなのだろう、とオレ自身はそう高をくくっていたのだが——悪戯だなんて、とんでもなかった。この一件は、これから連続して起こるさらなる事件に通じる、いわば序章。犯人にとっては軽いウォーミングアップみたいなものであり、本当に恐ろしい事件はこれからだったのだ。

ところで、オレこと赤坂通は多摩川部長に命じられて、この事件の顚末《てんまつ》を正確に書き記すことになった。文章には自信のないオレだが、部長の指図は絶対なので、断るわけにはいかない。幸いなことに、いまは夏休み。事件のほとぼりも冷め、当時の出来事を振り返るにはちょうどいい時期だ。多少は整理された頭で、当時の記憶を思い起こしながら、なるべく事実に忠実に書き進めていくことにしよう。そして、あわよくば解決篇の前に本格ミステリではお馴染《なじ》みの『読者への挑戦状』なんか入れられたらいいな、と思うのだがいや、やっぱりそれはやめておこう。『読者への挑戦状』なんておこがましい。ならば、せめてその代わりにといってはなんだが、これが野球にまつわる本格ミステリである証《あかし》として、ここで『読者への宣誓』をしておこう。高校野球の開会式につきものの例の奴。前から一度やってみたかったのだ。えーっと、確か右手を挙げるんだっけ？

「宣誓、我々探偵部一同はフェアプレーの精神に則《のっと》り、嘘をつかず、必要な情報を隠さず、正々堂々最後まで戦うことを誓います。

平成××年　夏　鯉ヶ窪学園探偵部　赤坂通」

では、さっそく試合開始。

第一章　序盤戦

一

「あら、あなたたちも野球部の応援？　へえ、感心ね」

オレと多摩川部長が『飛龍館《ひりゅうかん》高校前』のバス停でバスを降りると、背後から声を掛けてくる女性があった。振り返ると、立っていたのは鯉ヶ窪学園の夏服に身を包んだ色白の女性。我が学園の生徒会長、桜井《さくらい》あずささんである。どうやら彼女もオレたちと同じバスに乗っていたらしい。だが、部長は勝手に感心されては迷惑とばかりに、憎まれ口を叩いた。

「ふん、べつに応援にきたんじゃねえ。うちの野球部が負けるところを見にきてやったんだ」

ベース盗難事件から一週間ほど経《た》った七月初旬。日曜日の午前のことである。場所は国分寺市北戸倉《きたとくら》町。そこは文字通り国分寺の北に位置し、小平《こだいら》市と隣接する一帯である。オレと部長がこの場所を訪れた目的は、ずばり野球の応援（部長は否定しているが）。北戸倉町にある飛龍館高校と我らが鯉ヶ窪学園の試合がおこなわれるのである。

桜井さんはオレと部長の顔を交互に見やって、腑に落ちない表情で質問した。

「あら、《三馬鹿トリオ》のもうひとり、いつも一緒にいる《謎の関西人》はどうしたの？」

「アイツは欠席だ。バイトがあるとかいってな」

説明するまでもないことだが《謎の関西人》とは八橋さんのことである。他にも《関西の秘密兵器》とか《西の大関》とか《京都銘菓》などなど、先輩には様々な呼び名がある。ちなみに多摩川部長は《関東の暴れん坊》とか《東の横綱》などと呼ばれている。

ところで、桜井さんと多摩川部長は中学時代からの腐れ縁で、聞くところによると《かつて交際を申し込んだり断ったりした仲》だそうだ。どっちが申し込んだ側でどっちが断った側かは説明するまでもないだろう。以来、二人の間には微妙な緊張関係が保たれているると聞く。

「ところで桜井、いまオレたちのことを《三馬鹿トリオ》といったのか」

「いったわよ。不満でもあるの？」

「不満だな」部長は凄みを利かせるように生徒会長を睨みつけた。「いいか、桜井。オレたちのことを《三馬鹿トリオ》と呼ぶとすれば、それはおまえの間違いだ。なぜなら、《トリオ》という言葉の中にはすでに《三》という意味が含まれている。つまり《三馬鹿トリオ》といういい方は、屋上屋を重ねたいい回しだ。いわば、《屋根つきドーム球場》といったようないい方に等しい。ドーム球場にさらに屋根をつけたところで仕方あるまい。もちろんこの場合、正しくは《屋根つき球場》もしくは《ドーム球場》という呼び方になるはずだ。ならば、《三馬鹿トリオ》もまた同様。正しくは《三馬鹿》もしくは《馬鹿トリオ》と呼ぶべきである。どうだあ、参ったかあ！」

「？」勝ち誇る部長を前に桜井さんはアッサリ降参。「参ったわ。わたしの負けね。じゃあ、これからは《馬鹿トリオ》って呼ぶけど、それでいい？」

「うむ、それならいい」

「！」驚いた。部長は《馬鹿》と呼ばれることについては、それほど不満ではないらしい。変わった人だ。

「ところで、桜井さんは生徒会長として母校の応援ですか」

「まあ、そんなところね」桜井さんは自慢の長く美しい髪を誇示するように掻《か》きあげながら、「赤坂君は多摩川君のお供？　いつも大変ね」と、優しいお言葉。

だが、危ない危ない。うっかり誘導尋問に引っかかって『ええ、そりゃもう部長のお供は大変ですよ』なんて頭を掻いた日には、それこそ大変なことになる。オレは喉許《のどもと》まで出かかった『大変』のひと言をごくりと飲み込んで、「いえいえ、今日の試合は僕も見逃せない一戦だと思っていたんですよ」と、当たり障《さわ》りのない答えで逃げる。

「そう？　ただの練習試合だけど」桜井さんは腑に落ちない顔。

確かに、今日の試合は単なる練習試合。だが、興味深い一戦であることは事実である。

ここだけの話だが飛龍館高校という学校は、そう大したレベルの学校ではない。有名大学進学率で目立った成績を挙げるわけでもなく、部活動が盛んで全国大会で大活躍というニュースも聞かない。学力そこそこ、部活もそこそこの私立高校。判りやすくいうなら鯉ヶ窪学園よりちょっと上くらいの学校である。

おかげで両校の間には以前から「あそこにだけは負けられない」という強いライバル意識があるのだという。そして強いライバル意識は、往々にしてレベルの低い熱戦となって現れる。『鯉ヶ窪と飛龍館の対抗戦なら缶蹴りでも盛り上がる』といわれる所以《ゆえん》である。

「まあ、突っ立っていても仕方がない。とにかく、いこうぜ」多摩川部長は先頭を切って歩き出した。学校はバス停の目の前である。

「ふーん、これが飛龍館高校か。初めて見るけど、結構新しいんだな」

「なんか、うちの学園よりリッチな感じですねー」

飛龍館高校の校舎と正門を見上げながら、感嘆の声を漏らすオレと部長。すると、

「ちょっと待ちなさい。あなたたち、どこにいく気なの？」桜井さんが呼び止める。

「どこって」部長は校門の中を指差して、「試合は野球部のグラウンドでおこなわれるんだろ？」

「そうだけど、野球部のグラウンドはここにはないわよ。新しい専用球場ができたの。先月完成したばかりだそうよ」

「専用球場？　野球部のか？　贅沢だな」

また例によって『オレたちなんて部室もないのによ』と聞きなれた愚痴が飛び出しそうな気配なので、オレが口を挟む。

「その球場って、どこにあるんですか？」

「校舎とはべつの敷地に造ったそうよ。ここから歩いて十分ぐらいの場所なんだって。——さッ、いきましょう。たぶんこっちよ」

桜井さんは踵《きびす》を返し、自ら先頭に立ってスタスタと歩きはじめた。オレたちもなんら疑うことなく桜井さんの案内に従った。

北戸倉町あたりは国分寺の市街地からはだいぶ離れており、あたりには武蔵野の名にふさわしい緑の景色が広がっている。畑、民家、畑、雑木林、畑、民家、畑――。国分寺といえば中央線沿線の住宅地と『丸井』の駅ビルといったイメージが一般的だろうが、実は主な産業は農業だったりする。北戸倉町付近はまさしく国分寺の農業を支える地域である。そこかしこに畑が見られ、ところどころには武蔵野の面影を色濃く残す雑木林が点在している。

しかし、こんな場所に本当に野球場なんかあるのだろうか。もしあるのなら、それらしい建物が見当たりそうなものだが――。胸に生じた微《かす》かな不安は、やがて現実になった。

十分歩いても球場は見えなかった。十五分歩いても同じ。二十分歩くと球場はおろか人も歩かないような畑の真ん中に出た。どこなんだここは？

「迷ったわ！」

桜井さんが宣言した。もう遅い。

こうしてオレたちは国分寺では滅多に見られない《迷子の高校生》になった。

「おまえ、球場の場所を知らずに、山勘でオレたちを案内してたのか？」さすがの部長も呆《あき》れ顔だ。「案外、いい加減な奴だな。雪山なら遭難してるところだぞ」

「だって、野球場なんて目立つから、すぐ見つかると思ったんだもん」

桜井さんは「それに雪山じゃないしー」と不満そうに呟《つぶや》き、左右の畑を見渡す。畑にはスイカやトマトやナスやキュウリが植えられている。「ああ、誰か人がいれば道を聞くのに――」

すると彼女の呟きが聞こえたかのように、作物の間からひょっこりと、ひとりの腰の曲がった女性が顔を覗《のぞ》かせた。見た目から察するに年齢は――

「百歳ぐらいかな」と部長。確かに百歳に見えなくもない。

とにかく、おばあさんだ。ちょうど畑での仕事を終えたところらしく、オレたちのいる道端に前かがみのまま歩いてきた。腰は曲がっているが、足取りはしっかりしている。

「耳が遠くなければいいんだけど」桜井さんはそういって、歩いてくる老婆を呼び止めた。

「こんにちは、おばあさん。ちょっと道を教えていただけませんか」

「いいとも。なんなりと聞いとくれ、お嬢ちゃんや。それから、そこの男子」おばあさんは骨ばった指で部長の顔を差して、「わしが百歳を迎えるのは二十年後じゃ!」

おばあさんは八十歳で、耳が遠いどころかかなりの地獄耳だった。

「で、どこにいきたいのかな、お嬢ちゃん?」

地獄耳のおばあさんは一転してにこやかな表情を桜井さんに向けた。

「あの――飛龍館球場にいくには、どういったらいいんでしょう?」

「ああ、それなら、この道を真っ直ぐいって三つ目の路地を右にいって、その先を左に折れて真っ直ぐいくとバス停があるから、そこじゃよ――飛龍館高校は」

「あ、ごめんなさい、おばあさん、よく聞こえなかったんですね。わたしたち飛龍館高校ではなくて飛龍館球場にいきたいんです」

「なに、飛龍館球場⁉　なんじゃね、それは？」

「この近くに最近できた野球場です」

「ほう、この近くに野球場ができたのかね」

「ご存知ありませんか」

「なにを？」

「飛龍館球場」

「ああ、それならこの道を真っ直ぐいって三つ目の路地を右にいって、その先を左に折れて真っ直ぐいくと――」

「飛龍館高校ですね、そこは。わたしが聞いているのは飛龍館球場」

「飛龍館球場⁉　なんじゃね、それは？」

「だから、この近くにできた野球場で」

「ほう、この近くに野球場が」

「ご存知ないんですね」

「なにが？」

「だから飛龍館球場ですッ」

「ああ、それならこの道を真っ直ぐいって、その先を左に折れて真っ直ぐいくとバス停があって、

「――三つ目の路地を右にいって、真っ直ぐいって――」

そこは飛龍館高校ですね！」

「ほう、よくご存知じゃな。お嬢ちゃん、このへんの人かね？」

「あーん！」桜井さんは泣き顔を浮かべて、とうとうギブアップ。長い髪の毛をぶんぶん振り回して、かなり取り乱した様子。「駄目！　あたしには無理！」

「落ち着いてください、桜井さん！　きっとおばあさんは新しくできた球場を本当に知らないんですよ」

「違うわよ！　馬鹿にしてるのよ、あたしのこと！　六十三歳も年下だからって、小娘扱いして！　耳だって本当はちゃんと聞こえてるくせに！」

「確かに手ごわいばあさんだ」部長は道端に佇《たたず》む老婆を横目で観察しながら、「もっと他の聞き方はないのか。球場の住所とか、球場の近くに目印になる建物があるとか」

「ああ、そういえば球場の近くには理事長さんの家があったはずだわ！」

桜井さんは、頼りない武器を手に難攻不落の牙城に挑む女戦士のような面持《おもも》ちで、再び老婆と向き合った。

「おばあさん、龍《りゅう》ヶ崎《がさき》さんのお屋敷をご存知ありませんか。飛龍館高校の理事長さんのお宅なんですが」

「龍ヶ崎さん？」老婆はしばし考える素振りの後、ポンと手を打った。「ああ、賢三《けんぞう》さんの家のことかな」

「そうそう、その家！　龍ヶ崎賢三さんのお家《うち》です！」

「それなら、あっちじゃな」おばあさんは身体《からだ》を右に九十度回転させて、「こっちの道を真っ直ぐじゃ。五分もいけば右のほうに大きなお屋敷が見えるじゃろうて」

「そこが龍ヶ崎家なんですね！」桜井さんはおばあさんの皺《しわ》だらけの手を握り締めた。

「よかったわ！　ありがとう、おばあさん！」

桜井さんは目的地への道が判った喜びよりも、このおばあさんと意思疎通できたことに激しく感激した様子である。桜井さんは腰の曲がったおばあさんに負けないくらい深くお辞儀をし、そして二人は別れた。

「この道をいけば龍ヶ崎家があるわ。飛龍館球場はその近くにきっとあるはずよ！」

桜井さんは駆け出すような勢いで、教えられた道を意気揚々と歩きはじめた。

二

右手にキャベツ畑、左手に点在する住宅と雑木林を眺めながら、一本道を進む。オレは先ほどから気になっていた話題を口にした。飛龍館高校が野球部のために新球場を建設したという。いったいなぜ？

「飛龍館高校はそんなに羽振りがいいんですかね。たいして強くもない野球部のために大金を使うほど」

「というより生き残りに必死なんでしょうね。少子化の影響で、私立高校はどこも生徒の確保が難しくなっているから」

桜井さんの口調は生徒会長というよりもむしろ学校経営者のようである。

「飛龍館高校も最近になって運動部のレベルアップに本腰を入れはじめたらしいわ。運動部の活躍は学校の宣伝になるでしょ。学校側は弱くて弱くて仕方がない野球部を強化すべく、まずはハード面を整備しようという考えなんでしょうね。あくまでも経営戦略の一環として、それなりの目論見《もくろみ》があってやっていることだと思うわよ」

「本当か？」多摩川部長が疑るような口調で、「しかし、そんな戦略が成り立つもんなのかな。飛龍館高校の野球部なんて、一回戦突破がやっとのチームだぞ。いくら設備を整えたからって、簡単に強くなるとも思えん。大金をドブに捨てるようなもんじゃないか。下手すると倒産するぞ、飛龍館高校」

「そんなことないわよ」判ってないのね、というように桜井さん。「名前を売るには、案外これがいちばんてっとり早い方法かもしれないのよ」

「というと？」

「考えてもみなさいよ。学校全体のレベルは急には上がらないけど、運動部は三年経てば必然的にまったくあたらしいチームに生まれ変わるわ。学校側が本気になれば、今日の弱小チームが三年後には甲子園を騒がせる強豪チームに生まれ変わることだって、不可能じゃない。現に、創部数年というような野球部がいきなり甲子園に出てくることがあるでしょ。それと同じことよ。まずは設備。それから指導者ね。環境が整えば、選手はいくらでも集められるわ」

「なるほど。新球場建設はそのための投資ってわけだ」

「じゃあ飛龍館高校もやがては甲子園ですね！　凄いじゃないですか」

「いや、そうシナリオどおりに上手くいくかな」と部長はやっぱり懐疑的だ。「西東京は全国的に見てもレベルが高いんだ。国分寺付近に限っても早稲田実業《わせだじつぎょう》があって創価《そうか》高校がある。——期待された新しい野球部は思ったほどの活躍ができず、投資に見合う効果が得られないまま、やがて野球部強化に費やしたお金が元となって学校自体の経営が行き詰まり、そしてとうとう飛龍館高校は倒産——なんてことにならなきゃいいがな」

「………」あきらかに部長は飛龍館高校を倒産させたがっている。酷《ひど》い人だ。

桜井さんは部長の言葉など聞こえなかったかのような陽気な声で、

「ま、上手くいくかどうかは時間が経たないと判らないわね。でも、飛龍館高校が本気なのは間違いないわ」

そして桜井さんは素早く周囲を窺《うかが》い、鯉ヶ窪の生徒がいないことを確かめてから、生徒会長にあるまじき本音を吐露した。「少なくとも、うちの野球部に比べれば、飛龍館のほうがまだしも可能性があると思わない？」

桜井さんの毒を含んだ発言に、オレも部長も素直に頷いた。

「それは、同感！」

そんな話をするうちに——

オレたち三人のいく右手に、古風なレンガ造りの洋館が見えてきた。一見して伝統と格式を感じさせるお屋敷だ。石造りの塀に囲まれて建物の全景は見渡せないが、二階のバルコニーの手すりや窓枠の形などには、遠目に見ても手の込んだ造りが施されているのが判る。早い話が、手すりは鉄パイプではないし、窓枠はサッシではない、ということだ。外壁の半分近くを覆っている植物は、おそらく蔦《つた》だろう。これほど見事な蔦に覆われた建造物は、他では甲子園球場ぐらいしか思い浮かばない。巨大な門の前に立つと、あまりの威圧感に、後ずさりしたいような気にさせられる。豪邸である。

「まさかとは思うが、これが龍ヶ崎家か?」

内心の驚きを隠しながら部長が問うと、桜井さんは平然とした態度で、

「そうよ。飛龍館高校の理事長さんのお屋敷」

「というと、野球部を強くして学校の名前を売ろうという野心家の理事長の——」

「そう。その人のお家」桜井さんは懐かしそうな顔で門の中を覗き込み、「何年か前に遊びにきて以来だけど、ちっとも変わっていないわ」

「きたことあるんだったら、迷うなよ!」部長がいうと、

「そのときはパパの車できたのよ!」と桜井さんは即座に反論。さらに続けて、「桜井家と龍ヶ崎家は家族ぐるみのつき合いなのよ。パパは龍ヶ崎のおじさまとはゴルフ仲間だし、ママとおばさまは学生時代からの友達なの」と、いまここでする必要のない自慢話。

部長はひと言、「どうせ選挙目当てのつき合いだろ」と切り捨てる。

ちなみに桜井さんの家は貿易会社を営んでいて、父親は現在市議会議員なのだとか。

「まあまあ」オレは二人の中に割って入り、「それはそうと、僕らの目的地はここじゃありません。飛龍館球場はどこにあるんですか」

「ああ、そうだったわね」桜井さんはあたりを見回すが、すぐに落胆したように肩を落とした。「変ね。このへんでいちばん大きな建物は、この龍ヶ崎のお屋敷みたい。まったく、どういうことよ、もう！　野球場なんて影も形もないじゃないの！」

「おまえ、誰に文句いってんだ？」

「――そういえば野球場が見当たらないのは多摩川君のせいじゃないわね」

「当たり前だ。なんでもかんでもオレのせいにするな」部長は不機嫌な声でそういうと、オレのほうを向いた。「もはやこれは一種のミステリだぞ、トオル。見えない野球場――ひょっとして地下にあるのかも」

「あり得ません、部長」オレは部長の発言を一秒で否定して、桜井さんに提案した。「この家の人に聞いてみたらいいんじゃありませんか、野球場の場所」

龍ヶ崎家は飛龍館高校の理事長の家。だったら、よもや『知らない』とは答えないはずだ。

「仕方がないわね。ちょっと恥ずかしいけど、そうしましょうか」

桜井さんは巨大な門柱の前に立ち、インターホンのボタンに手を伸ばした。すると、ボタンを押すよりも先に「ワン！」という犬の鳴き声が響き、桜井さんは咄嗟《とっさ》に「きゃッ」と叫んで後ずさりした。「な、なによ、この犬」

門扉《もんぴ》の向こう側を、どこから現れたのか一匹の真っ黒い大型犬がうろついている。庭で放し飼いになっているらしい。門の向こう側とこっち側だから危険はないが、盛んに吠えるので、こちらとしては少し恐怖を感じる。

すると犬の鳴き声を聞きつけたのか、屋敷の玄関の扉が開いて、二人の身なりのいい男性がエプロン姿の女性を引き連れるように現れた。二人の男は広々とした庭をゆっくり歩きながら、こちらに向かってやってくる。片方はワイシャツに紺のチョッキを着込んだ中年の紳士。もう片方は、地味な背広に身を包んだ三十歳前後と思われる若い銀縁眼鏡の男だ。

「まあ、ちょうどよかった。おじさまがいらっしゃったわ」桜井さんが紳士のほうを手で示しながら、小さく安堵《あんど》の思いを口にした。「あの紳士が龍ヶ崎賢三さんよ。眼鏡をかけている人は知らない人。エプロンの女の人は、確か家政婦さんだったと思うわ」

「ほう、家政婦ねえ」部長は感心したように声をあげた。ドラマ以外で見る家政婦は初めてなのだろう。

そのエプロン姿の女性は丸みを帯びた体型のおばさんだった。彼女は大きな身体を揺らすようにしながら一目散に犬のほうに駆け寄り、「こら、ビクター」と犬の名前を呼びながら首輪を摑み、素早くリードを取りつけて、「座れ」と命じた。盛んに吠えていた犬は、身近な人物に対しては従順らしく、嘘のようにおとなしくお座りの体勢をとった。家政婦らしい中年女性は、こちらを向くと「申し訳ございませんでした」と深く頭を下げた。

龍ヶ崎賢三氏は「駄目だぞ」というように犬の頭をポンと叩いてから、門のほうへと歩み寄ってきた。そして賢三氏は門扉を開けて、軽く片手を挙げながら、桜井さんを敷地の中に迎え入れた。

「やあ、これは桜井さんちのあずさちゃん。よくきたね。さあ、入りなさい、入りなさい」

「はい、あの——どうもご無沙汰してます、おじさま」

桜井さんは敷地に二、三歩だけ入ったところで頭を下げた。賢三氏はにこやかに頷いて、

「お父上はお元気かな?」

「はい、おかげさまで。おじさまもお元気そうですね」

「いやいや、もう四十八だからね。あんまり元気じゃないよ、はははッ」

快活に笑い声をあげる賢三氏は、見る限りでは実年齢よりはだいぶ若く見える。恰幅《かっぷく》のよい堂々とした体格であるが、全体に鍛えられて引き締まった印象だ。頭髪は白髪交じり

る。だが、顔立ちは端正で、身のこなしはキビキビして若々しい。鋭い眸《ひとみ》が知性を感じさせる。いかにも『飛龍館高校理事長』の肩書きに相応《ふさわ》しい人物。それがオレの龍ヶ崎賢三氏に対する第一印象だった。

その賢三氏は門の中に入ろうかどうしようか迷っているオレたちに視線をやりながら、

「ところで彼らは？　あずささんのお友達かい？」

と質問。すると桜井さんは、

「いえ、友達ではないんですけど」と一定の留保をつけてオレたちを紹介した。「うちの学校の多摩川君と赤坂君です」

桜井さんはひどくおざなりな形でオレたちと賢三氏を引き合わせると、すぐさま「あ、可愛いワンちゃんですね！　ビクターっていうんですか！」と強引に話題を変えた。賢三氏は賢三氏で、犬を褒められたのが嬉しいらしく、

「ああ、そうだよ。どうだい、賢そうな犬だろ」

「ラブラドール・レトリバーですね」

「そうだよ。名前はビクターだけど、蓄音機の前で首をかしげている奴とは犬種も色も違う」

賢三氏はビクターの頭を撫でて、あらためて気がついたように、傍《かたわ》らにいる眼鏡を掛

けた若い男に目をやった。

「ああ、そういえばあずささんは彼に会うのは初めてだったね。紹介しよう。橋元省吾《はしもとしょうご》君だ。名字は橋元だが、実はわたしの甥《おい》でね。この屋敷から歩いてすぐのところにアパートを借りて暮らしている。——省吾君、市議会議員の桜井さんを知っているね。彼女はその娘さんで、桜井あずささんだ」

橋元省吾と紹介された男は、真っ直ぐに頭を下げ、

「飛龍館高校で理事長秘書をやらせていただいております、橋元省吾と申します。どうぞよろしくお願いします」

と、まるで相手が高校生であることを忘れたかのように、かしこまった口調で挨拶した。

顔立ちはハンサム。体つきはスマート。物腰は控えめにして隙《すき》がない。地味なスーツや銀縁の眼鏡が、さりげなく似合っている。これまた、第一印象としてはどこから見ても『理事長秘書』らしい人物だった。

「見てのとおりの堅物でね。おかげで三十過ぎて、いまだ独身というわけだ」賢三氏は甥っ子の肩に親しげに手を置いて、「おい、省吾君、いまは仕事中じゃないんだ。少しリラックスしたまえ。あまり堅苦しい言葉遣いをしていると、美しいレディに嫌われるぞ」

「ははは、嫌だなあ、叔父さん」橋元氏は恥ずかしそうに頭を掻いた。

「ふふふ、嫌ですわ、おじさま」桜井さんは恥ずかしそうに賢三氏の右足にローキックを叩き込んだ。「レディだなんて――わたし、まだ高校生ですよ」

「……」一瞬リラックスしかけた橋元氏の表情が凍りついた。

束の間《つかま》、気まずい空気が漂う。桜井さんは雰囲気を変えるように陽気な声で、

「そういえば、真知子《まちこ》おばさまはお元気ですか。最近、全然お会いしていないんですけど」

賢三氏はむこうずねの痛みと戦いながら、

「ああ、うちの奥さんならすこぶる元気だよ。相変わらず車椅子の生活だけど、安西《あんざい》さんと一緒に家事にも精を出しているしね。それにいまは吉野《よしの》さんという若い家政婦さんもいるから、外出も以前よりは楽になった。まあ、立ち話もなんだ。屋敷の中へ入りなさい。真知子もきっと喜ぶ。そうだ、安西さん！」そういって、賢三氏は傍らで犬のリードを持ったまま控えていた中年家政婦のほうを向いた。「彼女たちに紅茶とお菓子でも用意してあげてくれないかな」

「かしこまりました、旦那さま」安西と呼ばれた家政婦は、恭《うやうや》しく一礼して踵を返した。

「せっかくきたんだ、遠慮せずにゆっくりしていきたまえ」

「ええ、でも……わたしたち、そういうつもりでは……ただ、通りかかっただけで……そ

うですか……それじゃ、お言葉に甘えて！」

オレと部長が精一杯遠慮しながら『お茶とお菓子』にありつこうとすると、「待ちなさい、二人とも！」桜井さんが有無をいわさぬ口調で呼び止める。「あなたたち目的を見失っているわ」

確かに、そうだ。オレたちは飲み食いするために龍ヶ崎邸を訪れたのではなかった。

「だったら、早く聞きたいことを聞けよ」部長がいう。

「いま聞こうと思ってたところよ」そして桜井さんはようやく本来の目的にかなった質問をした。「おじさま、実はわたしたち飛龍館球場へいきたいんです。でも、どこにも見つからなくて。確か、このお屋敷の近くにあると聞いた覚えがあるんですが」

すると賢三氏は意外にも首を捻るポーズで、

「え、飛龍館球場？　ほう、この近くに球場ができたのかね？」

咄嗟に桜井さんは、老婆との不毛な会話を思い出したのか、「ひえー」と空気の抜けたような声を発した。「まさか、おじさままで――」

「いや、冗談。冗談だよ」龍ヶ崎賢三氏はしてやったりの笑みを浮かべてから、門扉の向こう側に見える緑の風景を指差した。「ほら、あそこに雑木林があるだろ」

「はい、ありますけど」

それはここにくるまでに、幾度となくオレたちの視界に入っていた、お馴染みの雑木林だった。かなり規模の大きな雑木林で、まるで畑の中に突然現れた一個の森のようだ。

「飛龍館球場はね、実はあの雑木林の中にあるんだよ。——ああ、そうか。君たちは野球の試合を見にきたんだね。いや、危うく忘れるところだった。そういえば今日はうちの学校と鯉ヶ窪学園との練習試合だったね」

三

「わたしも後で真知子を連れて見にいくつもりだから、飛龍館球場でまた会おう」

龍ヶ崎賢三氏はそんなふうにいい、手を振ってオレたちを送り出した。

龍ヶ崎邸から雑木林までは約五分の道のり。雑木林にはちゃんと入口があり、『この先、飛龍館高校野球場』という看板が立っていた。

「『見えない野球場』——その正体は、雑木林の中に建つ野球場か」

「周りを樹木が覆っているから、一見したところそこに野球場があるように見えないわけですね」

「種が判ってしまえば、不思議でもなんでもないわね。——さあ、急ぎましょう。ぐずぐずしてると試合がはじまっちゃうわ」

中に足を踏み入れると、まるで森の中に迷い込んだように薄暗い。舗装されていない小道がうねうねとした曲線を描きながら、林の奥へと人々を誘っている。どうやら、この小道をたどっていったその先に、目指す野球場が隠されているらしい。

「まるで秘密基地だな」小道を進みながら、多摩川部長が呆れたように呟く。「隠すほどの戦力があるわけでもないくせに、やることが大袈裟《おおげさ》だ」

べつに戦力を隠す意図はないと思うが、確かに飛龍館球場は秘密めいた建築物である。

小道を進むとやがて緑の葉を一杯に茂らせたイチョウの樹に突き当たった。イチョウの樹は一本ではなく、左右に何本も何本も連なって緩《ゆる》やかなカーブを描くように続いている。明らかに自然な光景ではない。どうやらそのイチョウの並木は野球場の周りをぐるりと取り囲んでいるらしい。いわばイチョウのフェンスだ。

小道もそこで左右に分かれて、イチョウ並木に沿うようにして球場を一周しているらしい。散歩には最適の遊歩道だ。選手たちのランニングコースとしても利用できるだろう。

イチョウのフェンスのその向こうには、イチョウの樹とほぼ同じ背丈の防球ネットが張ってある。安全対策は抜かりがないようだ。防球ネットの網目を通して、濃い緑色をしたフェンスが見える。これが正真正銘、飛龍館球場のフェンスなのだろう。どうでもいいことだが、教室の黒板と野球場のフェンスは誰が決めたわけでもないのに、なぜか濃い緑色であることが多い。

「入口はどっちかしら？」桜井さんが遊歩道の真ん中で足を止めて考え込む。

オレも立ち並ぶイチョウの列を見渡して首を捻った。並木とそれに沿った遊歩道は緩やかな曲線を描いて左右に延々と続いている。もしも、いま自分たちのいる位置がホームベース方向だとしたら、右が一塁側で左が三塁側だ。しかし、ひょっとするといま自分たちは外野方向にいるのかもしれない。だとすれば、右が三塁側で左が一塁側だ。

「鯉ヶ窪学園はビジターだから、三塁側にいけばいいんですよね」

「でも、どっちが三塁側かしら」

「うーむ、難しいな。野球場という奴は外側から見ている限り、自分がどこにいるのか意外と判らないものだ」部長は早々と匙《さじ》を投げて、べつの提案。「まあ、一塁側でも三塁側でも、どっちでもいいじゃないか。中に入れば同じことだ。よし、それじゃ、運を天に任せて」

部長はそういって落ちていた枯れ枝を投げた。

「よし、こっちだ」

部長は勝手に歩きはじめ、オレたちは文句をいう気も起きないまま部長の後に従った。

右手にイチョウ並木を眺めながら、オレたちは進んだ。遊歩道は緩やかな曲線を描きながら、どこまでもダラダラと続いている。あまりにも似たような光景がいつまでも続くので退屈で欠伸《あくび》が出そう。そんなふうに思ったころ、ようやくイチョウの並木に切れ目が現れた。遊歩道もここで二手に分かれている。真っ直ぐいく道は球場を周回する道。右に折れれば、十メートルもいかないうちに鉄の扉に突き当たる。これが球場の入口らしい。

当然のようにオレたちは右に折れて、入口にたどり着いた。まるで倉庫の入口のように飾り気のない、鉄でできた両開きの扉がグラウンドの内と外を隔てている。扉の脇には『三塁側入口』の看板が掛かっている。二枚の扉にはそれぞれ、顔ぐらいの高さに小さな覗き窓がついている。窓から中を覗き込んでみると、すぐ目の前に広々とした土のグラウンド。右前方には三塁ベースやマウンドが見える。どうやら部長の投げた枯れ枝は見事にオレたちを三塁側へと導いてくれたようだ。

オレたち三人は扉を開けて中に入った。

グラウンドに一歩足を踏み入れてみて、ひとつ判ったこと。それは、飛龍館球場は最低限野球場に必要なものはひと通り揃っているが、それ以外のものはほとんどなにもない、ごくシンプルな球場である、という事実だった。

なにもない土のグラウンドの周囲を濃い緑色のフェンスがぐるりと取り囲んでいる。一

飛龍館球場　見取図

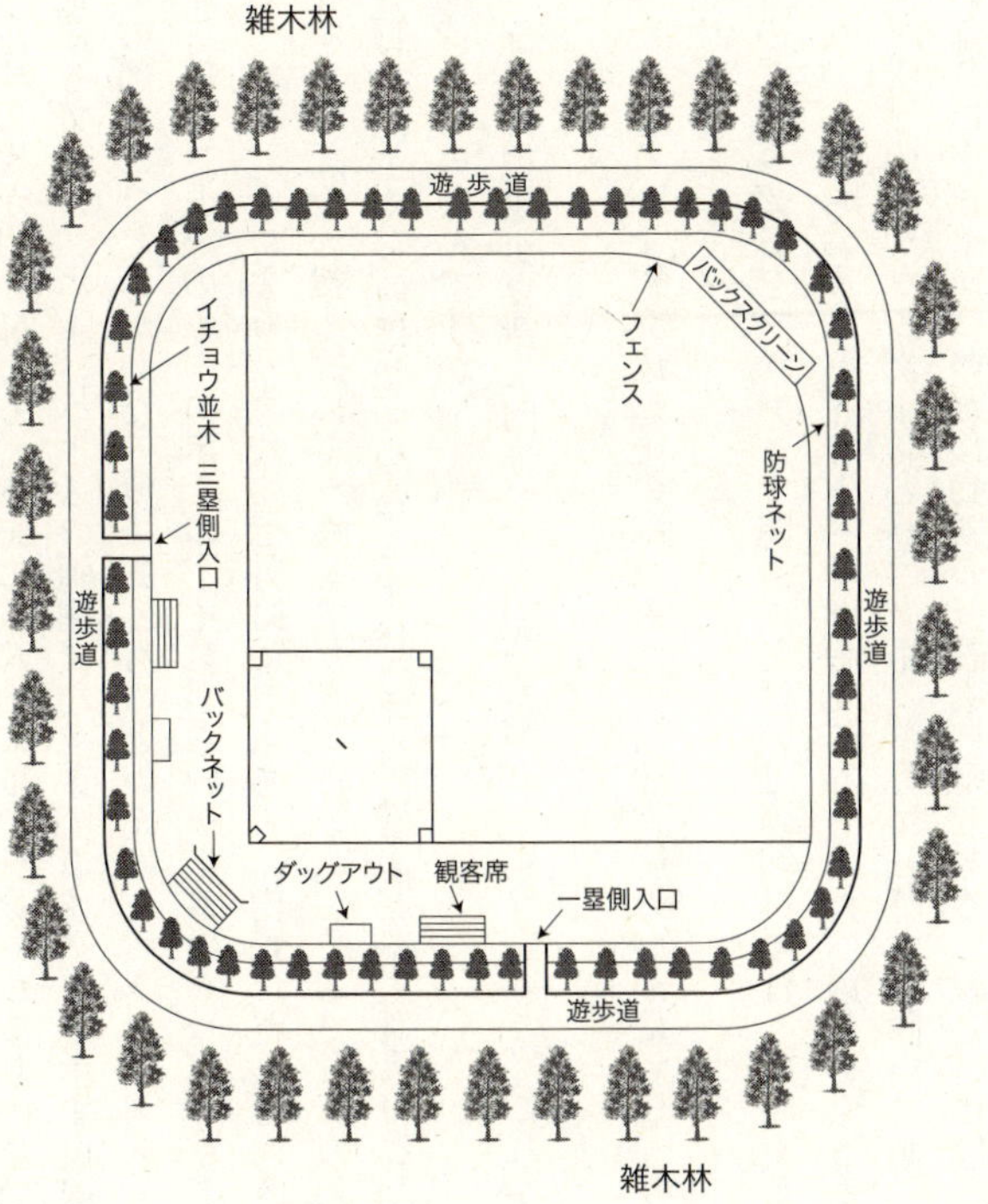
雑木林
遊歩道
フェンス
バックスクリーン
イチョウ並木
三塁側入口
防球ネット
遊歩道
遊歩道
バックネット
ダッグアウト
観客席
一塁側入口
遊歩道
雑木林

塁線三塁線を示す白線が引いてある。内野の真ん中にはマウンドがあり、その四方に四つのベースが配置してある。ホームベースの両側にバッターボックスを示す白線。これで球場のだいたいの部分はできあがりだ。他にあるものといえば、バックネットとバックスクリーン、ライト線レフト線の二本のポール、それから両チームのダッグアウトと小さな観客席くらいだろうか。なにより残念なのは外野に（もちろん内野にだって）芝生が敷いてないこと。要するに《総天然土》のグラウンドだ。

「うーん、外野に芝生くらいほしかったですね」オレは率直な感想を口にした。「新球場というから期待していたんですが――」

「そうだな」部長は視線を夏空に向けて、「照明設備もないみたいだ。これから作るのかな」

「そうね。見たところ、まだ完成途上の球場みたい。観客席もいかにも急ごしらえの仮設観客席って感じだわ」

確かに、土のグラウンドをフェンスで囲っただけのこの球場には、ちゃんとした観客席は造られていない。いちおう鉄パイプとベニヤ板でこしらえた、雛壇のような形をした観客席が一塁側三塁側のファウルゾーンとバックネット裏に一基ずつ置いてある。しかしそれは、土台の部分にタイヤがついた移動式の仮設観客席である。観客席には試合開始を間近に控えて、すでに人が集まりはじめている。見物人たちは思い思いに試合前のひと時を過ごしている。

まあ、全体的な印象としては、鯉ヶ窪学園野球部のグラウンドよりはマシな設備だが、羨《うらや》ましいと感じるほどのものではない、といったところである。

広いグラウンドでは飛龍館高校の一年生たちの手により、試合前の水撒《ま》きとグラウンド整備が入念におこなわれているさいちゅう。しかしながら《総天然土》のグラウンドにいくら水を撒いても、焼け石に水——というか、焼け土に水。燦々《さんさん》と降り注ぐ真夏の太陽は、いったん黒く濡れた地面をあっという間にまた元通りの乾いた土へと変えていく。水撒きは、ほんの気休めにしかならないようだ。

「この球場、どれくらいの広さなのかしら」

桜井さんが額《ひたい》に手をかざしながら素朴な疑問。部長が遥《はる》か遠方のフェンスに目を凝らし、書かれた数字を読み取る。「両翼百メートル、センター百二十メートルって書いてあるぞ」

「じゃあ東京ドームと同じくらいね」

高校野球の球場としては相当な広さである。

四

「試合開始まではまだ間があるな」部長は時計を確認して、「よし、いまのうちにキャプテン土山にひと言激励の挨拶をしておこう」

「そうね。そうしましょ」

　野球部員でもないのに平気な顔で試合直前のダッグアウトを訪問できる、そんな人間は鯉ヶ窪学園の中でも多摩川部長と桜井生徒会長だけだろう。さすがである。

　しかし部長は三塁側のダッグアウトに差し掛かったところで、ふいに足を止めて、

「おや、なにかあったのかな？」

　ダッグアウトではユニフォームを着た選手たちが、顔を寄せてなにやらヒソヒソ話のさいちゅうである。さては飛龍館高校攻略の秘策でも練っているのか、はたまた試合が終わった後で遊びにいく相談でもしているのだろうか。

「深刻そうな顔して、なに喋っているのかしらね」

「判らんな」部長は首を捻りながらも、迷うことなくダッグアウトに足を踏み入れていった。「おーい、キャプテン土山はいるかー。見物にきてやったぞー」

部長が声を掛けると、ダッグアウトにいる野球部員全員が希望のまなざしでいっせいにこちらを向き、一瞬の後に落胆の溜め息を漏らした。よく判らないが、オレたちの登場は彼らの期待を裏切ったらしい。

「なんだ、多摩川か」ユニフォーム姿のキャプテン土山が無表情なまま部長を迎えた。「なにしにきたんだ。冷やかしか」

「いや、ちょっと陣中見舞いにと思ってな」

「冷やかしだな。じゃあ帰ってくれ」

「陣中見舞いだといってんだろッ。他人の厚意は素直に受けろッ」部長は土山を一喝。それから試合前とは思えないような沈鬱《ちんうつ》な空気の漂う鯉ヶ窪ベンチを見回して、「なんだなんだ、このお通夜《つや》みたいな雰囲気は？　ははあ、判ったぞ。今度はなんだ。バットか？グローブか？　それともピッチャー・プレートか？」

「なんの話だ？」

「ん？　またなにか盗まれたんじゃないのか？」

「そんなんじゃねえ」キャプテン土山はムキになって答える。「べつになんにも盗まれていねえよ。このあいだのベース盗難事件とは関係ない」

二人のやり取りを離れたところで聞いていた桜井さんは、腑に落ちない様子で、

「いったい、なんの話なのよ。ベース盗難事件ってなんのこと?」

と、小声でオレに尋ねてきた。オレも小声で答える。

「あれ、桜井さんの耳には届いていないんですか⁉ 実はですね、ほんの一週間ほど前、うちの野球部でベース盗難事件があったばかりなんです。早朝、土山さんがグラウンドに出てみたら、四つのベースがすべてなくなっていたそうですよ」

「へえ、そんなことがあったの。でも不思議ね。いったい誰がそんなつまんないものを盗むのかしら。あ、ひょっとして——」

「多摩川部長じゃありませんよ」とオレは簡単に先回り。

「あら、そう。多摩川君じゃないとすると、あ、まさかと思うけど——」

「土山さんの自作自演でもないようです」

「あら、そうなの」要するに誰でも考えることは同じってわけだ。「じゃあ、他に怪しむべき人間は思いつかないわね」

「ええ。犯人はいまだ捕まっておらず、真相は闇の中です」

一方、部長はオレと桜井さんのやり取りなど気にも留めず、土山を問い詰めている。

「なんか様子が変だな。おまえ、なにか隠してるだろ。困ったことがあるんなら正直に打ち明けたほうがいいぞ。なんだ? バット持ってくるの忘れたのか? スパイクを片方隠されたのか？　それとも選手がひとりいなくなったのか？」

「いや、選手じゃない――」

「じゃあ、監督か？」

「そうだ」

「なに、監督がいなくなったのか⁉」

「いや、いなくなったんじゃない」

「まさか、亡くなった――」

「勝手に殺すなよ！　まだ球場にきてないだけだ」

「まだきていないだと⁉　もうすぐ試合開始時刻だぞ。大遅刻じゃないか」

いわれてみると確かに。ベンチのどこを見渡しても目に入るのは選手ばかりで、監督の姿は見当たらない。

「監督は確か野口さんっていう人ですよね」

「ああ、そうだ。野口啓次郎監督。この春から就任した中年の監督だ」

高校野球の監督は一般に、野球の得意な先生が務める場合と、外部から専門の指導者を招きいれる場合とがある。野口監督の場合はいちおう後者であるが、だからといっていわゆる《優勝請負人》的な職業監督ではない。数々の《優勝請負人》に断られた学校側が、たまたま近所に住んでいた野球経験のあるおじさんに監督を引き受けてもらったというのが実情らしい。もちろん学校側からそれなりの報酬はあるのだろうが、それにしても「よく引き受けた」「よほど心の広い人なのだろう」「なかなかできることじゃない」というのが、もっぱらの評判である。どうやら、うちの弱小野球部は世間的にはほとんど《火中の栗》も同然と思われているらしい。それでも、あえて監督を引き受けたということは、確かに野口啓次郎という人、野球に対する情熱は並外れたものがあるに違いない。

「あの監督さんが、今日の大事な試合に遅刻するなんて、ちょっと考えられませんね。どうしたんでしょう」

「ここにくる途中で、交通事故にでも遭ったんじゃないのか」部長はなんの躊躇《ためら》いもなくいちばん不吉な想像を軽々と口にする。「なんなら、警察に電話で確認してみたらどうだ？」

「まさか。そう軽々しく警察に電話なんてできるかよ。寝坊しているだけかもしれないってのに」

「ひょっとすると急な病気で自宅から出られないのかもしれないわよ」桜井さんも不吉な想像では負けていない。「土山君、野口監督って、誰か一緒に住んでいる人はいないのかしら」

「いや、監督は独身でひとり暮らしだ」

「電話はしてみたの？」

「もちろん、何度もしたさ。でも応答なしだ。いま監督のアパートまで一年生を走らせているから、そのうち連絡があるだろう」

「それじゃ間に合わないわ。いったいどうする気？」

「だから、それをいま話し合っていたところだ」キャプテン土山は腕組みして難しい表情を浮かべた。「試合は中止にはできない。相手に失礼だからな。試合開始まで待って、それでも監督がこない場合は仕方がない。誰か監督の代理を立てることになるだろうな」

「代理監督だと」部長の目が一瞬キラリと輝きを放った。「なるほど、そういうことか。ふふん、回りくどい奴め」

「？」

「よし、こうなった以上は仕方がない」部長は眉を顰める土山の肩を軽くポンと叩き、男と男の握手を求めた。「喜んで引き受けてやるぞ」

「喜んでお断りするぜ！」土山はキッパリと握手を拒否。しかし――

「馬鹿だな、遠慮する奴があるか」土山の意思を部長はわざと曲解する。そればかりか「トオル、メモを取れ」とオレに命令して、部長は勝手に本日のスターティング・ラインナップを発表しはじめた。「一番センター木村《きむら》、二番ショート東出《ひがしで》、三番セカンド土山……」

「こらこらッ」

「判った判った。それじゃ三番はサード新井《あらい》で、土山は四番セカンドにしといてやる」

「そういう問題じゃねえ！」

「やれやれ、贅沢な奴め。じゃあ四番サードで文句あるまい」

「よ、四番サード――うふ――いやいや」土山は我に返ったように首をブルブル振り、一瞬頭をよぎった邪念を捨て去ると、部長の胸倉をむんずと摑んで、額を擦《こす》りつけるほどに顔面を寄せた。「悪いが、多摩川を代理監督にするほど、うちの野球部はフリーじゃねえんだ」

「そんなことないだろ。現に土山をキャプテンにするくらいフリーなんだから」

それもそうだな、とオレも思わず納得。確かに、うちの野球部はフリーだ。

土山は泣きそうな顔になって、

「お願いだ。頼む。出ていってくれ」

「ほう、他に代理監督のアテでもあるのか」

「いや、アテはないが――でも、どこかそのへんにいるだろう。もうちょっとマシなのが」

「なんだ、その行き当たりばったりに野良猫探すみたいないい方は。もうちょっと真面目にやれ」

確かにこれは部長のいうとおり。オレはふと素朴な疑問を感じて、横から質問を投げた。

「キャプテンである土山さんが代理監督を務めればいいんじゃありませんか」

「え⁉ オレ……いや、オレはその、そういう器《うつわ》じゃないし……」

「???」器がどうとかいってる場合だろうか?

すると、オレの発言をきっかけにするかのように、ダッグアウトのあちこちから聞こえてくる選手たちの本音の呟き。

「キャプテンが代理監督だってさ」「それが普通だろ」「部外者が監督なんて変だしな」「確かに多摩川監督はごめんだ」「でもキャプテンは嫌がっているぞ」「自分からやるとは絶対いわないいな」「なんでだ」「それはやっぱり」「負けたときに困るんだろう」「自分の責任になるからな」「なるほど」「さすがキャプテン」「ずるいぞキャプテン」……

キャプテン土山の顔色が見る見るうちに緊張で強張《こわば》っていくのが、傍《はた》から見ててもハッキリと判る。土山博之、確かに本人も自覚しているとおり、器の小さい小心者なのかもしれない。しかしもう問答している暇はない。

「仕方がないわね」結局、桜井さんが最終的な決定を下した。「土山君、監督はあなたがやりなさい。小さい器でも孔《あな》の開いたバケツよりはマシでしょうから」

「ええッ、本気かよー」と、小さい器が嘆いた。

「なんだ、面白くねえ」と、孔の開いたバケツが呟いた。


そんなわけで——

結局、野口監督は球場に姿を現さないまま時間切れ。生徒会長から代理監督に任命されたキャプテン土山は、チームを代表してメンバー交換をおこなった。やがて、ボランティアの放送部員によって球場全体にアナウンスされる鯉ヶ窪学園のスターティング・ラインナップ——

『一番センター木村、二番ショート東出、三番セカンド新井、四番サード土山……』

観客席の多摩川部長が不満げに呟く。

「なんだ、結局オレが考えたラインナップじゃないか。納得いかねえ」

「要するに『四番サード土山』ってコールされてみたかったんですね、あの人」

「采配に私情が含まれているわ。駄目な監督の典型ね」

とにもかくにも、こうして「飛龍館高校」対「鯉ヶ窪学園」の因縁の対決は、片方が監督不在という状況の中で試合開始のときを迎えたのだった。

五

試合はジャンケンに勝った飛龍館高校の先攻ではじまった。

打つ気満々の一番バッターがつんのめるような足取りでバッターボックスへ。迎え撃つマウンド上のエース河端《かわばた》は、軟体動物を思わせるようなふにゃふにゃしたモーションから第一球。すると、打ってくださいといわんばかりの半速球がストライクゾーンの真ん中あたりへ。バッターがびっくりしたようにバットを振りぬくと、「カキン!」と乾いた金属音。真っ青な空に白球が舞い上がりセンターの後方へと伸びていく。腰を浮かせて打球の行方を見守る観客。しかし打球はバックスクリーンの手前で失速。白球は大きな弧を描きセンター木村の茶色いグラブに無事納まった。

ワンアウト。飛龍館球場に落胆と安堵の溜め息がウェーブとなって駆け抜ける。

「こらあッ、河端! いきなりなんて球投げるんだあ。少しは考えて投げろッ!」

早くも部長の激しい野次が飛ぶ。バックネットの金網にしがみついてエキサイトしている部長の姿は、エース河端の目には檻の中で暴れる新種の野生動物のように映っているだ

ろう。さながらオレは飼育係のような立場で、

「まあまあ部長、初球からそう興奮しないでください。まだまだ先は長いんですから」

と宥めるものの、

「ヘイヘイ！　バッター、ビビってる、ビビってるー」

すでに試合に入り込んでいる部長には、なんの効果もない。

「よくいるのよねー、野球場に騒ぎにくる人が」と桜井さんは呆れ顔。「選手に悪い影響が出ないか心配だわ」

オレと部長と桜井さんは、三塁側の観客席ではなく、あえてバックネット裏の観客席に陣取っていた。この角度から見る野球は、ちょうど《七〇年代のプロ野球中継》のようで、中高年には懐かしく、いまどきの高校生にとっては新鮮である。観客席はつめかけた近所の野球好きや両校の生徒たちによって、空席以外は満員の大盛況。主催者発表で五万五千人――実数ならば、だいたい五十五人ぐらいの入りである。

するとそこへ、一塁側の入口を通ってさらに新しい観客が四人現れた。前をいくのは龍ヶ崎賢三氏である。賢三氏は炎天下にもかかわらずきっちりと背広を着こなして、上品な貫禄を示すように歩いている。オレは賢三氏を指差して桜井さんにそのことを伝えた。

「見てください。理事長さんが到着したみたいですよ」

「あら、本当ね」

だが、賢三氏の後に続く三人の女性の姿を見るなり、オレは「おや」と首を捻った。ひとりは車椅子に乗った見知らぬ女性。これは賢三氏の奥さんだろう。先ほど賢三氏の言葉の中に、奥さんが車椅子の生活を送っているという部分があったから、これは間違いない。賢三氏の奥さん、龍ヶ崎真知子夫人である。

その真知子夫人の車椅子を押してあげている女性は、地味なエプロンを身につけている。どうやら家政婦のようだが、安西さんではない。とすると、彼女は先ほど賢三氏がいっていた『吉野さんという若い家政婦さん』のほうだろう。安西さんが丸い体型をした中年のおばさんだったのに対して、吉野さんは女性にしては背が高くがっちりした印象。スポーツ選手を思わせる体格だ。

そして、残ったひとりの女性の顔に、なぜかオレは見覚えがあった。細身のジーンズにTシャツ姿。シンプルな装いでありながら、人目を惹きつけてやまない魅力的なスタイル。

「変ですね。あのジーンズをはいた女の人、うちの学校の芹沢《せりざわ》先生じゃありませんか」

「ええ、そうよ」桜井さんは当たり前のように頷く。「あら、赤坂君、知らなかったの。芹沢先生は龍ヶ崎家に居候していて、そこから鯉ヶ窪学園に通っているのよ」

「え、そうなんですか。それは初耳」

芹沢由希子《ゆきこ》先生は鯉ヶ窪学園の世界史の教師である。オレは世界史を履修していないため、直接指導を仰ぐ機会はない。だが、生徒と教師、立場は違えども同じ学園に通う者同士。職員室で偶然見かけることもあるし、学校の廊下や校庭で偶然すれ違うこともある。いや、この際だから正直にいおう。オレは芹沢先生を職員室で偶然見かけることもあるし、職員室にわざわざ見にいったこともある。廊下や校庭で偶然すれ違ったこともあるし、わざとすれ違ったこともある。なぜ、そんな面倒なことをするのかは、詳しく説明せずとも判っていただけると思う。要するに、彼女は男子生徒憧れの美人女性教師で、オレは普通の男子生徒である、というただそれだけのことだ。

「でも、鯉ヶ窪学園の教師が飛龍館高校の理事長の家に居候するなんて、変わった話ですね。ひょっとして親戚かなにかですか」

「真知子さんの姪《めい》なんだって」

「へえ、そうだったんですか」オレは車椅子の女性に視線を向けた。

真知子夫人は見るからに華奢な女性である。薄い緑のブラウスにベージュのスカート。しかしスカートから伸びた二本の脚には、まるで力が感じられない。

「真知子さんは、脚が不自由なんですね」

「ええ、かわいそうに五年ほど前に轢《ひ》き逃げに遭われたの」

「轢き逃げ⁉　犯人は捕まったんですか」

「いいえ、まだ捕まっていないわ。捕まったところで真知子さんの足が元に戻るわけでもないけど」

「じゃあ、治る見込みはないんですか」

「ええ、ずっとあのままみたい。だから、真知子さんが出掛けるときはご主人の賢三さんがいつも一緒なのよ。あの二人、とってもお似合いの夫婦でしょ」

「ふーん、そうなんですか」

しかし、オレと桜井さんがそんな会話を繰り広げている間も、多摩川部長だけは「へいへい、バットとボールの距離が三十センチも離れてるよー」という具合に目の前の勝負にすっかり夢中で、「へい、ツーアウト！　ツーアウトぉ！」と、そのボルテージはますます高まり、「おらおら、バッター、案山子《かかし》よ、案山子、いただき、いただきー」と、まさに絶好調の野次将軍ぶり。

それを黙って横で聞いていた桜井さん、ついに堪忍袋の緒が切れたのか、「えーい、うるさいわね！」と、叫ぶや否やいきなり部長の喉許を右の掌でむんずと鷲摑みにすると、そのままグイグイ締め上げた。

「い・い・加・減・に・し・な・さ・いッ」

「う・ぐ・う・ぐ・う・ぐ・う・ぐ・うッ」

桜井さんの《鉄の爪》攻撃の前にさすがの部長も青息吐息。目の前で繰り広げられる白昼の惨劇にオレも震えながら言葉を失う。しかし桜井さんはなおも容赦のない攻撃。

「ここは川崎球場の自由席じゃないのよ、多摩川君。汚い野次はご法度《はっと》よ！」

そして最後に「判った？」といいながらひと際強い力でクイッと締め上げると、部長の首が「判った」というようにカクッと折れた。手を放すと部長はドサッと身体ごと椅子から崩れ落ちた。死んだのか？

「やっと静かになったわね」やれやれ、せいせいしたわ——というように桜井さんは手をパンパンと叩いて、「さてと、あたしは真知子さんのところへいってくるわね。赤坂君もくる？」

「は、はいッ！　お供します、桜井さん」

首をすくめながらオレは大慌てで立ち上がった。

部長が立ち上がるのは当分先のことだろう。いまはただ、安らかに眠らせてあげるほうがいい。

六

桜井さんは部長のことなど気にも留めない様子で、バックネット裏の観客席を後にする。オレも桜井さんに続き、飛龍館高校のダッグアウトの前を横切り、一塁側の観客席へ移動した。

グラウンドでは一回表の飛龍館高校の攻撃がちょうど終了したところだ。部長の野次が功を奏したのか、鯉ヶ窪野球部はなんとか相手の攻撃を0点で凌《しの》いだらしい。スコアボードに「0」が入る。

ちなみに、まともな球場の場合、スコアボードはセンターのバックスクリーン付近にあるのが普通。だが、この球場のスコアボードは三塁側ダッグアウトの横、防球ネットの金網の高いところに引っ掛けるような形で掲げてある。早い話が、見えやすいように高い位置に置かれたただの古い黒板だ。しかも黒板の真下には脚立《きゃたつ》とボランティアの生徒がいて、得点が入るごとに生徒が脚立をよじ登り黒板にチョークで数字を書き込んでいくという、絶対に故障しないシステムが採用されている。

龍ヶ崎賢三氏と真知子夫人の二人は一塁側観客席のいちばん外野寄りのところにいた。

賢三氏が雛壇の最前列の端っこに座り、真知子夫人は彼の隣に車椅子を横づけする恰好だ。家政婦の吉野さんは、車椅子の背後から真知子夫人の頭上に日傘を差し掛けてやっている。芹沢先生は夫婦の邪魔にならないように気を使ってか、理事長夫妻から離れたほうの端っこの座席にひとりで腰を降ろしている。脚を組んでペットボトルの茶色い液体をラッパ飲みする姿が素敵だ。

桜井さんは物怖《ものお》じしない態度で大人たちのほうへと歩み寄っていく。

その姿をいち早く見て取った賢三氏が「やあ」というように片手を上げ、隣の真知子夫人になにか囁《ささや》いた。真知子夫人の表情がパッと明るくなるのが、傍目からもハッキリ判る。

「こんにちは、おばさま。ご無沙汰しています。ご機嫌はいかがですか」

「まあ、桜井さん。久しぶりね。ええ、とても元気よ」

真知子夫人が明るい笑顔で応じた。ほっそりとした顔立ちだが、やつれているというわけではなく、むしろ健康的な印象だ。身につけているものや仕草にも優雅な気品が感じられ、いかにも良家の奥様といった雰囲気。年齢は四十歳くらいだろうか。見た目はそれぐらいにしか見えないが、実際はもっと上なのかもしれない。若いころはさぞかし美人で男たちにもモテたであろうことは、姪である芹沢先生を見れば、だいたい察しがつく。

「桜井さん、今日は鯉ヶ窪学園の応援に？　ああ、そういえば、あなたは鯉ヶ窪学園の生徒会長だったわね」

「ええ、そうなんです。生徒一同を代表して応援にきました」

「ほほう、これは手ごわそうだ」横から賢三氏が口を挟む。「しかし、わたしも飛龍館野球部のＯＢだ。負けてあげるわけにはいかないよ。もっとも、わたしの目から見ると、いまの後輩たちはいささか迫力不足に映るんだがね」

「迫力不足ではうちの野球部も引けをとりません」

桜井さんは変なところを自慢する。

「いい勝負になりそうね」真知子夫人は楽しげだ。「ところで、どっちが勝っているのかしら？」

ふいに歓声が沸き、理事長夫妻が揃ってグラウンド上に視線をやる。飛龍館のエース竹《たけ》田《だ》が鯉ヶ窪の一番木村を三振に切って捨てたところである。賢三氏が弾んだ声で、

「やあ、まだはじまったばかりみたいだよ、真知子。一回の裏、鯉ヶ窪側の攻撃中でまだ0対0だ」

「あら、じゃあこれからね」真知子夫人は嬉しそうに顔をほころばせる。それから、ふと桜井さんの背後にいる好青年のことが気になったのだろう。オレのほうを手で示しながら、

「あら、後ろの彼は桜井さんのボーイフレ――」

「違います」桜井さん、皆まで聞かずに即答。「下級生の赤坂君です。赤坂君、こちらが真知子さんよ」

「ども、赤坂通です。桜井さんとは友達です」

「龍ヶ崎真知子です。桜井さんとは友達なの」

　こうしてオレと真知子夫人は、共通の友人を持つ者同士として、簡単な挨拶を交わした。だが、正直にいうと、オレは真知子夫人に挨拶しにきたわけではない。オレはさりげなく理事長夫妻の真横の席を「ここにどうぞ」と桜井さんに勧め、オレ自身はすぐさま離れたところにいる美人教師の横に座った。「こんにちは、芹沢先生ッ」

「ん？」芹沢先生の顔に疑問の色が浮かび、眉間《みけん》に美しい皺がよった。「なにか、わたしに用？」

「いや、べつに用というわけでは。ただ、お話をしたいと思いまして」

「そう」芹沢先生は烏龍茶《ウーロン》のラベルの貼られたペットボトルを傾けながら、「じゃあ世界史の話でもする？」

「……」なんで、ここで？「いや、それは勘弁を。わざわざ野球場で世界史は」

「それもそうだね」芹沢先生は真顔で頷いて、いきなりべつの話。「今日の試合のポイントは鯉ヶ窪先発の河端君ね。彼はなかなかの技巧派で《打たせて取る》タイプだが、うちの内野は知ってのとおりザル内野。したがって《打たせても取れない》可能性が高い。となると、打たせたら負けってことであり——」

「？」オレはわけが判らずキョトン。「あの、先生、なんの話ですか」

「野球の話だけど」

それは判る。

「なぜ、いきなり野球？」

「ん、さっき君、そういったよね。野球場で世界史の話は勘弁してほしいって」

「はあ。いいました。確かに」

「だから野球場で野球の話ならいいでしょ。じゃ続けるよ——」呆気《あつけ》に取られるオレを置き去りにして、芹沢先生は話を進める。「もうひとつのポイントはいうまでもなく四番サードに抜擢《ばってき》されたキャプテン土山よね。野口監督がいきなり彼を四番に据えたのは、なにかしら根拠があってのことに違いない。さては夏の大会に向けた秘策か。うーん、いずれにせよこれは相当な博打《ばくち》よねー」

芹沢先生、相当な勘違いである。

「あの、四番土山に根拠なんてないんですよ、べつに」

「え、根拠、ないの？　なぜ、ないの？　なぜ、それがないと君に判るの？　いや、その前に――」芹沢先生はいまさらのように真面目な顔をオレに向けて大事な質問。「君、いったい誰？」

「え、いまごろその質問？」

「顔はよく見かけるけど、名前は知らない。――あ、君、さては世界史取ってないね」

七

そんなふうにオレと芹沢先生が嚙み合わない会話を交わしていると、

「や、これはこれは！　理事長ではありませんか！」

ユニフォーム姿の男がいきなり大きな声を張りあげながら、一塁側ダッグアウトを飛び出してきた。日焼けした肌を持つ大柄な男性。しかし選手でないことは、突き出た腹と緩慢な身のこなしを見れば一目瞭然。近くで見てみると、やはり中年のおじさんである。年齢は賢三氏と同じか、少し上といったところ。おそらくは指導者だ。男はオレと芹沢先生の前を素通りして、真っ直ぐ理事長夫妻の前へ立った。オレは真横を向く形でこの中年男の様子を眺めた。男は丁寧に帽子を取ると、緊張した面持《おもも》ちで深々と一礼した。

「わざわざ理事長直々《じきじき》に観戦にきていただけるとは光栄です。選手たちにも励みになるでしょう」

「やあ、脇坂《わきさか》監督。いかがですか、チームの調子は」

賢三氏がにこやかに語りかけるのを耳にして、オレはこのお腹の出た中年男が飛龍館高校野球部を率いる監督だと知った。

脇坂監督はまるで機械仕掛けの人形のように頭を何度も上下させて、

「はいッ、それはもう状態は着実に上がっておりますので、はいッ、理事長には必ず勝利の瞬間をご覧いただけるものと思います、はいッ……」

それから脇坂監督は理事長夫妻に対して、現在のチーム状況や相手チームに関する印象などを細かく解説しはじめた。

オレの座る場所からだと彼らの詳しい会話の内容は聞き取れないし、べつに聞くつもりもない。どうせ退屈な話なのだろう。現に、賢三氏は話のさいちゅうに二度ほど欠伸をかみ殺していた。それでも脇坂監督はしきりに頭を低くして、終始なにかを謝っているような態度である。監督としての貫禄は、そこにはない。むしろ上司の前で卑屈に頭を下げる中間管理職のようだ。これでは生徒たちの尊敬と信頼を得られないのではないかと、こちらが心配してしまうほどだ。

ようやく、理事長夫妻と脇坂監督の会話は終わりを迎えたようだった。

「……そうですか。では、ぜひ頑張ってください。いい結果が出るといいですね」

賢三氏の言葉に、脇坂は感激したようにひと際深く一礼する。

「はい。理事長のご期待に沿えるように努力します」

「ところで監督、話は変わりますがね」

賢三氏の口調が突然厳しさを増した。

「は？」脇坂監督の口がポカンと開く。「な、なんでしょうか」

オレは興味を惹かれて、耳を澄ました。賢三氏は力強い口調で話を続けた。

「実は昨夜、わたしと妻、それから家政婦の吉野さんにもついてきていただいて、犬の散歩に出掛けたんですよ。向かった先はこの球場です。球場の周りの遊歩道は犬の散歩に最適ですからね。するとそこで気がかりなことに出くわしました。一塁側の入口なんですがね、ほら、そこの――」といって賢三氏は先ほど彼らが通った入口を右手で指差した。

「あの扉に昨夜、鍵が掛かっていませんでしたよ」

「え、鍵が――掛かっていませんでしたか？」

「はい。仕方がないので、わたしが代わりに施錠しておきました。しかし本来、この球場の戸締りの責任者は監督であるあなたですよね」

「ええ、はい、確かに戸締りはわたくしの責任ですが――。あれ、変だな、確か、最後に球場を出るときに鍵を掛けたような気がしたんですが――」

「『気がした』では困ります。現に、鍵は掛かっていなかったのですから」

「申し訳ありません！」

猛スピードで頭を下げる脇坂監督。その様子を見るに見かねたのか、車椅子の真知子夫人が助け舟を出す。

「まあまあ、あなた、いいじゃありませんか。鍵の掛け忘れぐらいは、よくあることですよ。それに、ひょっとすると脇坂さんが鍵を掛けた後で、誰かが勝手に鍵を開けたのかもしれないし――ねえ、そういう可能性だってあるんじゃありませんか？」

「うむ、それはまあ、あり得ない話じゃないけど――」

真知子夫人のとりなしでなんとか収まりかけたこの場面。しかし、オレの脳裏では真知子夫人の発言が呼び水となって、ひとつの考えが纏《まと》まりかけていた。『野球場の入口』『誰かが勝手に鍵を開けた』……これが連想ゲームならば、ここは『球場荒らし』と答えるべき展開ではあるまいか。だとすると、ここは探偵部の一員として確認しておくべきことがある。

「ちょっと待ってください」

オレは居ても立ってもいられずに、彼らの話に割って入った。意外な闖入者《ちんにゅうしゃ》に理事長夫妻はキョトン。桜井さんはよしなさいというように手をばたばたさせている。だが、もちろんオレは引き下がらない。

「いまの話、聞くともなく聞かせていただきました。そこで、ひとつだけ教えてもらえませんか、監督」

「な、なんだね」脇坂監督は目を白黒させて困惑の表情。「君に『監督』と呼ばれる筋合いはないが——誰だ、君は」

「鯉ヶ窪学園の赤坂です」オレは名乗るだけ名乗って勝手に話を進める。「さて監督、質問です。今朝この球場にきて、なにか盗まれたものに気がつきませんでしたか」

「盗まれたもの？」

「そう。例えば、ベースとか」

「ベース？　いいや、ベースはいつもの位置にちゃんとあった」

「一塁も二塁も三塁も？」

「ああ。一塁も二塁も三塁もだ。もちろんホームベースだって盗まれちゃいない。それがどうかしたかね」

「いえ……」オレは脇坂監督の平然とした態度の前に沈黙した。「………」

桜井さんがオレの傍《そば》に歩み寄り、そっと哀れみの言葉を囁いた。「赤坂君、さては展開を読み違えたわね」

「す、すみませーん」オレはアッサリ敗北を認めた。「絶対、間違いないと思ったんですけど――」

「いったいどういう意味なのかね、赤坂君」

賢三氏が首を傾《かし》げている。無理もない。オレは鯉ヶ窪学園で一週間前に起こったベース盗難事件についてかいつまんで説明した。賢三氏はすぐさま納得の表情に変わった。

「なるほど。それで君は今回のケースが、同じ犯人による二度目の犯行と思い込んだわけだ。夜、野球場、鍵の掛かっていない扉――確かに、球場荒らしを連想させるね」

賢三氏は深く頷いて、脇坂監督のほうを向いた。

「監督、聞きましたね。どうやらこの付近に野球場を荒らす泥棒が出没しているようです。だとすれば、なおさら戸締りは大事です。気をつけてください」

「はい。今後は必ず間違いのないようにいたします」脇坂監督は賢三氏の前でいっそう深々と頭を下げて、「――それでは、わたしは試合がありますので、これで失礼を」

脇坂監督はそういって踵を返すと、脇目も振らずに逃げるようにダッグアウトへと戻っていった。すでに鯉ヶ窪学園の攻撃は三人で終了しており、試合は二回の表に入っている。

脇坂の姿が見えなくなるのを待って、オレはまた芹沢先生のいる端っこの席に戻った。芹沢先生はペットボトルを傾けながら、冷静な立場で論評する。

「いまの、うちの野球部からベースが盗まれた事件のことよね。それ、職員会議でも話題になったよ。でも、犯人がべつのグラウンドでまた同じ犯行を繰り返すという発想はどうかしら。そんなにベースばかり集めても仕方がないと思うけど。収集癖のある犯人というのはいるけど、ベース収集狂というのは聞いたことがないしね」

「そうですね。じゃあやっぱり脇坂監督が鍵を掛け忘れただけですかね」

「だと思うよ。彼は脇坂栄治《えいじ》さんといってね、飛龍館の野球部を率いてもう五年になる人なの。それなりに信頼された人物なんだけど、最近はとみに注意力が散漫になっているという噂でね」

「ああ、注意力散漫といえば、いまの場面なんかまさにそうですよね。練習試合とはいえ試合中ですよ。そのさなかにわざわざベンチを留守にして理事長に挨拶とは、あの監督、いったいどういう了見なんでしょうね。よその監督とはいえ、不真面目ですよ。もっと試合に集中してもらわないと」

「確かにそうね」芹沢先生は皮肉な笑みを浮かべて、「けど、無理もないかな。脇坂監督は雇われ監督だからね。雇い主の前で必死にアピールしているのよ。いいところを見せようと思ってね」

「逆効果じゃありませんかね」

「なりふり構っていられないんじゃないかしら。選手はアマチュアだから負けても平気だけど、監督は報酬をもらってチームを率いている、いわばプロ。生活が掛かっているから自然と力も入る。しかも、こういっちゃなんだけど彼がチームを率いたこの五年間、飛龍館高校の野球部の戦績は低迷し続けているの。彼も危機感を感じているんだと思う。実際のところ、次の監督の話もチラホラ出ているみたいだし」

「え、そうなんですか？」

「これはオフレコだけど」芹沢先生はそう断ってから小声で、「賢三さんがすでに新監督の候補としてある人の名前を強力に推しているという話なの。真知子さんから聞いた話だから、まあ間違いないと思うけどね」

かなり具体的な内容である。

「なるほど。そういえば、この球場にくる途中で、桜井さんから聞きましたよ。飛龍館高校は運動部の強化、特に野球部の強化に本格的に取り組むつもりだと。この新しい球場もそのための施設なんですよね」

「そうよ。新しい球場ができれば新しい指導者が欲しくなる。当然だよね」

「じゃあ脇坂監督はリストラ候補ってわけですか」そういえば先ほどの脇坂監督の卑屈な態度は、首切り寸前の中堅社員のようにも見える。「で、いったい誰なんですか。賢三さんが推している、その新監督候補って」

「知りたい？」芹沢先生は間を取るようにペットボトルをまたひと口飲んで、「当ててごらんよ。君でも知ってる名前だから」

「わ、そんなに有名な監督なんですか。じゃあ常総《じょうそう》の木内《きうち》監督とかＰＬの中村《なかむら》監督とか池田《いけだ》の蔦《つた》監督とか――」

「君、それはひと昔前の名物監督だよ。古い古い」

「じゃあ国見《くにみ》の小嶺《こみね》監督とか」

「それはサッカーだ」

「全然見当もつきません。教えてください」

するど芹沢先生は黙ったまま意味深なまなざしを三塁側のダッグアウトへと向けた。しかし、彼女はしばし視線を左右に泳がせた挙句、いきなり首を傾げた。「あれ、変ね。鯉ケ窪ベンチに野口監督の姿が見えない。なにしてるのかしら、彼は？」

そうだった。その説明が中途半端なままだったのだ。「実はですね――」

「え、監督不在？　土山君が代理監督なの？」オレの説明を聞くなり芹沢先生はさすがに呆れた顔で、「――それって、どういう了見？　不真面目すぎる」と眉を顰めた。

「確かに、四番サードはやりすぎですよね、土山さん」

「そういう意味じゃなくて、わたしがいっているのは野口監督のこと。せっかくアピールするチャンスだってのに欠席なんて、どういうつもりなのかしら？　まさか、その気がないの？　せっかくの御前試合だってのに」

「え、アピールって――それじゃ飛龍館高校の新監督候補って、ひょっとして」

「そう」芹沢先生は小さく頷き、小声で囁くようにその名前を告げた。「野口監督よ」

「………」

鯉ヶ窪学園の現在の監督が、飛龍館高校の次期監督候補⁉

意外な話だ。だが、考えてみればあり得ない話ではない。実際、プロ野球の世界では、中日の監督だった人が、次の年から阪神の監督になったり、そうかと思うとこの前まで阪神の監督だった人が、今度は巨人の監督候補になったりしたではないか。高校野球でも似たようなことが起こって不思議はない。

「でも、野口監督ってよその学校から引き抜かれるほど有能な監督なんですか」

オレはさらに真実に迫るべく質問を投げた。しかし芹沢先生はなぜだか潤んだ眸をこちらに向けて、「ふわぁ？」と疑問形の欠伸を一発。

生？」

「？」いや、先生、いきなり『ふわぁ』っていわれてもですね――「どうしました、先生？」

「ごめん。眠くなってきた」と女教師は手の甲で目をゴシゴシ。「悪いけど、君、そこを退《ど》いてもらえないかしら。横になりたいの。どうやら飲みすぎたみたい」

「飲みすぎた？」オレはいわれるままに席を立ちながら、「でも、これ烏龍茶ですよね」と、彼女の手にしたペットボトルを指で差す。ボトルの中身は三分の一ほどに減っている。

彼女は二人分のシートの上にゴロンと身体を横たえながら、

「そう、烏龍茶だよ。――焼酎入りだけどねー」

それはウーロン・ハイというべつの飲み物だ。

八

結局、芹沢先生に座る場所を奪われたオレは、ひとりでバックネット裏の観客席へと向かった。するとそこにはオレ自身、すっかりその存在を忘れていた人物が、ポツンと寂しげに腰を下ろしていた。多摩川部長である。部長はいままでずっとひとりっきりで、試合を眺めていたらしい。

試合はすでに三回の表、飛龍館高校の攻撃に入っている。飛龍館の一番バッターがエース河端の半速球をセンターに返して、ノーアウト一塁。鯉ヶ窪学園のピンチだが、それよりもなによりも、オレの置かれた状況がピンチである。オレはなるべく部長を刺激しないように、さりげなく歩み寄った。

「やあ、部長、こんなところにいたんですか」

「捜してたのか？」

「………」いや、捜してはいなかった。

「まさかオレの存在を忘れていたのでは？」

「………」部長はこういう勘は動物的に働く。

「ところで、あそこで寝てるの芹沢先生か？」

「………」一塁側に目をやるまでもない。

「正直にいえ。そうすれば許してやる」

「ごめんなさい。部長の存在などすっかり忘れて芹沢先生と二人でお話を――」

「許さーん！」部長はオレに摑みかかった。彼は他人には約束遵守《じゅんしゅ》を求めるが、自分の約束はその場の状況に応じて守ったり守らなかったりする男である。「部長であるオレを置いてけぼりにして、自分だけいい思いしやがって。それが二年生部員のやることか！

こうしてやるッ、こうしてやるッ」

「あーッ、ちょっと、部長ッ、部長〜ッ」オレは手をばたつかせながら、必死でグラウンドを指差した。「ほらッ、ホームランですッ、ホームランッ！」

「なに！」部長は手を緩めて、グラウンドに目をやった。

飛龍館の二番バッターが綺麗にセンターに弾き返した打球は、大飛球となって夏空に綺麗な放物線を描いた。一塁側で歓声があがり、三塁側で悲鳴が上がった。しかし、打球はもうひと伸び足りずにフェンス際力尽きたように急降下。木村のグラブにすっぽりと納まった。

「ふん、なにがホームランだ」部長がオレを睨みつける。「だいたい、センターは百二十メートルもあるんだぞ。そこまで飛ばす選手なんて、うちにも向こうにもいるわけないだろ」

両投手とも不安定な立ち上がりで序盤を終えたこの試合、中盤以降は互いの投手陣が実力どおりのピッチングを展開し、壮絶な乱打戦となった。まさにノーガードの殴り合いの様相を呈したその戦いぶりを克明に記録していくと、このお話が大長編になってしまうので、詳しくは書かない。その必要もない。

幸いなことに、どんな乱打戦でもはじまった試合はいつかは終わる。そんなわけで試合はついに大詰め。九回裏の鯉ヶ窪学園の攻撃。スコアボードに0が入っているのは三回まで。後はすべてのイニングになにかしらの数字が書き込まれている。トータルして19対18。飛龍館高校1点のリード。ある意味、白熱した大接戦である。たとえそれが互いの投手力の悲惨さを露呈したものだとしても、接戦は接戦だ。

「結局うちのチームは最後まで監督不在のままだったな」

三塁側ベンチに目をやりながら部長がいう。

「監督が采配振るうような試合でもなかったですね」

そうこうするうちにたちまちツーアウト。敗北寸前のこの場面、バッターボックスに立った三番新井は、初球を簡単に打ってショートゴロ。万事休すと思われた次の瞬間、荒れたグラウンドの影響か、はたまた勝利の女神の気まぐれか、平凡な打球がいきなり「あっち向いてホイ！」みたいな不規則なバウンドで相手のグラブをすり抜けた。幸運なイレギュラーヒットで、ツーアウト一塁。降って湧いたようなチャンス。ホームランが出れば逆転サヨナラだ。しかも、次のバッターは四番の——土山博之。

「ははん、土山の奴、自分で自分の首を絞めやがったな」

部長がザマミロというように小さく呟く。

確かにバッターボックスに向かう土山の姿は、断頭台に向かう囚人のようだ。自らを「小さな器」と認める彼のような男に「四番サード」の大役はそもそも無理だったのだ。きっと本人も後悔しているのだろう。

隣に座った野球好きのおじさんが、土山の姿を見て不安そうに呟く。

「おいおい、自信なさそうだが、大丈夫なのかね、彼？」

すると部長はなんの根拠もないくせに胸を張り、

「問題ありません。土山という男は、こういう大事な場面で大きな仕事をやらかす男です。まあ見ていてくださいよ」

と嘘八百。しかしこの直後、オレは部長の嘘八百が、一転して真実に変わる瞬間を目撃することになるのだった。

相手ピッチャーが第一球を投じた直後に、その奇跡は起こった。

ストライクゾーンの真ん中あたりに吸い込まれるように入ってくる絶好球。名前だけ四番の土山が「ええい！」とばかりに無造作にバットを振り抜く。乾いた金属音。打球はまるで蹴っ飛ばされた猫のように勢いよく宙に舞い上がり、高く大きな放物線を真夏の空に描いた。一瞬、どの方角に飛んだのか判らないほどの大飛球。歓声と悲鳴の入り混じる中、小柄なセンターが一直線にバックスクリーンへ向かって駆け出した。小柄な外野手はこれまた信じられないような俊敏さで二メートルのフェンスをよじ登った。しかし大飛球はそんな彼の頑張りをあざ笑うかのように遥か頭上を越えていく。バックスクリーン直撃。「ズドン」と、腹に響く太鼓のような音が球場全体に轟《とどろ》いた。

まさに超特大の一発。球場全体が一瞬、呆気に取られたように静まり返り、そして一斉に沸騰した。

「わお、逆転サヨナラホームラン！」

「それもセンター・バックスクリーンですよ！」

三塁側ダッグアウトはお祭り騒ぎ。打った土山は、かつて原辰徳《はらたつのり》がそうしたように、バットを後方に放り投げて歓喜のポーズ。部長とオレも興奮のあまり互いの身体をバシバシ叩き合う。

「バックスクリーン直撃だ。百二十、いや百三十メートルは飛んだんじゃないか！」

歓喜と興奮の中、土山がダイヤモンドを一周してホームへ帰ってくる。さっきまで青かった顔がいまは真っ赤に紅潮している。一方、うなだれるようにして引き上げてくる飛龍館ナイン。しかしよく見るとその数はひとり足りない。ただひとり、センターを守っていた小柄な外野手だけは、いつまでもフェンスによじ登ったまま戻ってくる気配がない。フェンスの向こう側を覗き込んでいるばかりだ。

「なにやってるんだ、あのセンター」部長が異変を察知して指を差す。「あ、バックスクリーンに入っていきやがった。なにする気だ？」

部長のいうとおり。フェンスによじ登っていたセンターは、ひょいとフェンスを飛び越えて、向こう側に姿を消してしまった。

「ホームランボールを取ってきてくれるんじゃないですか。記念のボールってことで」

「そんなサービスのいい外野手がいるかな。サヨナラ負けしたっていうのに——あ、出てきやがった」

見ると、いったんフェンスの向こう側に姿を隠していたセンターが、再びフェンスをよじ登ってグラウンド側に飛び降りるところである。やけに慌てているらしく着地に失敗して、地面の上で無様《ぶざま》に四つん這いになる。しかし、それにもめげずに立ち上がると、今度は猛スピードでこちらに向かって駆け出してきた。激しく手をばたつかせて、なにかをアピールしているように見える。だが、この期《ご》に及んでなにを訴えることがあるというのか。

「なんだなんだ、あいつホームランにいちゃもんでもつける気か」

「それはないでしょう。どう見ても文句なしのホームランですよ」

サヨナラホームランの興奮が収まった観客たちの視線は、いまやこの外野手に集まっていた。外野手は誰もいなくなったダイヤモンドの中央、ちょうどマウンドのあたりで立ち止まると、いま自分が見てきたばかりのセンター・バックスクリーンを指差して、上擦《うわず》った声でこう叫んだ。

「おいッ、バ、バックスクリーンで、ひ、人が死んでるぞッ」

第二章　中盤戦

一

　翌日の月曜日は朝からあいにくの雨。昼休みの鯉ヶ窪学園は校庭に人の姿もなくひっそりとしている。普段なら芝生の上でお弁当を広げる女子生徒や、グラウンドのそこかしこで駄弁《ダベ》っている男子生徒が見られるものだが、今日に限ってはそのような風景は見当たらない。誰もがおとなしく室内での昼休みを送っているらしい。そんな静かな学園の片隅で、「太平洋クラブ」対「クラウンライター」というあり得ない戦いが繰り広げられていることなど、いったい誰が想像できるだろうか。ちなみに、この両者の戦いがどれぐらいあり得ないか、あえて例えるならそれは「堀内《ほりうち》巨人」と「原巨人」が戦うくらいありえないことである。いわば究極の同門対決。もちろん現実ではない。すべては野球部の部室での出来事である。

「そろそろ、やめにしませんか」オレはテーブルの向こうの八橋さんにおそるおそるお伺いを立てた。「自慢じゃないですけど、僕、『エポック社の野球盤』はホント得意なんですから。ほとんど負けたことないくらい」

「やかましい。野球は下駄を履くまで判らんのやッ。昨日の試合みたいに土壇場でひっくり返ることかてあるやないか」

「そんなこといって、土壇場で野球盤をひっくり返すつもりじゃないでしょうね」

「んなことするかい！」そう叫んだ後、先輩の口許が微かに動く。「そや、その手があったんや——」

囲碁や将棋じゃないんだから、その手はなしに願いたいものだ。

ちなみに試合は七回途中、18対5で我が太平洋クラブの13点リード。満塁ホームランを三本打たれても、こっちがまだ1点勝っている計算だ。敗色濃厚の八橋さんはロッテに26点取られたときの楽天《らくてん》の田尾《たお》監督のような、苦渋の表情を浮かべている。

野球部の部室にはオレと八橋さんとの二人だけ。そして二人の間には野球部の備品と思われる野球盤。外は雨。たいして広くもない空間が妙に広く感じられ、雨音がやけに耳に響く。

「それで、さっきの話の続きはどないなったんや。『バックスクリーンで人が死んでるー』いうことになって、それから？　当然、警察がきたんやろ」

「そうですそうです。そりゃもう現場は大騒ぎだったんですから」

昨日の飛龍館高校との練習試合。土壇場で飛び出した土山のサヨナラホームラン。その余韻に浸る間もなく、さらなる衝撃が球場全体を覆った。ホームランを追いかけたセンターがフェンスの向こう側に発見したのは、中年男性の死体だった。

間もなく国分寺署の刑事が到着し、飛龍館高校の関係者などを交えて実況見分がはじまった。オレと多摩川部長はその間、他の大勢の見物客と一緒にスタンドで足止め。部長は探偵部の威信と誇りに懸けて、なんとか事件の概要を摑もうと頑張った。その結果、得られた情報は僅《わず》かなものだったが、その内容は充分驚きに値するものだった。

「死んでいたのは鯉ヶ窪学園野球部の野口啓次郎監督。五十歳、独身。死体を発見した外野手の話によれば、野口監督は猿轡《さるぐつわ》を嚙まされロープでぐるぐる巻きにされた上、首筋を刃物で切られていたそうです。たぶんこれが死因でしょう。彼は、死体の傍《そば》に刃物らしいものは落ちていなかったともいっています。たぶん、凶器は犯人が持ち去ったのでしょう」

「要するに野口監督は殺されたちゅうこっちゃな。――どうりで試合に出られんわけや」

そのとおり。大事な練習試合を無断で欠席したと思われていた野口監督は、実はバックスクリーンですでに冷たくなっていたのだ。おそらくは試合がはじまるずっと前から。それも自殺や事故ではなく、何者かの手にかかって――つまり、これは殺人事件というわけだ。

「でも、僕らに判っていることはそれぐらいなんですよね。僕も部長も死体を直接見たわけじゃないですし、死亡推定時刻も判らないし、実際の現場がバックスクリーンなのか、べつの場所なのか、それも判らないし――。警察は判っているんでしょうけど、当然教えてくれないし」

「教えてもらったらええやん。国分寺署からやってきた刑事って、どうせ祖師ヶ谷《そしがや》警部と千歳《ちとせ》さんなんやろ。なんぼでも聞き出せそうな二人やないか」

「そういうわけにはいきませんよ」

祖師ヶ谷大蔵《おおくら》と千歳烏山《からすやま》は東京近郊の私鉄の駅名だが、祖師ヶ谷大蔵《たいぞう》と烏山千歳は国分寺警察に所属する刑事である。祖師ヶ谷大蔵警部は冴えないおじさんだが警部の肩書きを持っているのが唯一の取り柄。一方の烏山千歳刑事は若くて綺麗なお姐さんだが、名前つながりで警部とコンビを組む毎日に欲求不満を感じている様子。この二人の刑事とオレたちとは、この春に学園で発生したとある殺人事件の渦中に出会い、真相究明に向かって互いにしのぎを削った仲である（向こうにしてみれば、『邪魔なのが何人かいたな』ぐらいにしか思っていないだろうけど）。

「前回の事件では、僕らはまがりなりにも殺人事件の第一発見者でした。最初から事件のド真ん中にいたわけですよ。だから警察も僕らの存在を無視しなかったし、僕らにも事件の詳細を知る権利があった。でも、今回は事情が違います。僕と部長は、ただ単に死体発見の場面に居合わせた大勢の観客の中の二人組にすぎません。早い話、前回の事件では祖師ヶ谷警部は僕らのことも容疑者のひとりに数えていたんですよ。でも、今回はそういうことにはならないでしょうからね。祖師ヶ谷警部も千歳さんも僕らのことなんか相手にしませんよ、きっと――あれ、誰かきたようですよ」

ガラリと部室の引き戸が開いて、二人の男女が姿を現した。噂をすれば影が差すのいい伝えどおり、登場したのは祖師ヶ谷警部と烏山刑事である。祖師ヶ谷警部は室内の様子を一瞥《いちべつ》するなり、アテが外れたような様子。

「ここは野球部の部室のはずだが――」

「やあ、警部さんやないですか」と八橋さんが一見親しそうに手を挙げて迎える。「昨日の事件の捜査ですか。残念ですけど、野球部やったら放課後にならんと現れませんよ。もっとも、今日に限っては放課後になっても練習はせえへんかもしれませんけど」

「ふむ、無理もないな。監督があんなことになったんだからな」

「雨も降っとるしなー」八橋さんが窓の外を見やると、

「雨は関係ないだろ、この際」祖師ヶ谷警部は片目で八橋さんのほうをギロリと睨みつけた。「ところで、君たちなにをやっているのかね」

「あれ？　見て判りませんか、ほらほら」八橋さんは答える代わりに目の前の野球盤を示す。「懐かしいでしょ、警部さんの世代にとっては特に」

「うん、確かに――ちょ、ちょっと触らせてもらっていいかな」しかし警部は伸ばしかけた手を中途で止めて、傍らの女性刑事のほうをチラリ。そして今度は自分の行動を誤魔化《ごまか》すようにゴホンとひとつ咳払い。「どうも質問の仕方が悪かったようだな。わたしはね、なぜ君たちが野球部の部室で野球盤などやっているのかと聞いているのだよ」

「だって教室でやるわけにはいかへんやろ。なんぼなんでも、それは無理」

「だから、そーゆーこと聞いてんじゃねーんだよ！　このク●ガキどもがッ！」

飛び掛ろうとする祖師ヶ谷警部を相棒の女刑事が背後から羽交《はが》い絞めにして、なんとか押さえ込む。

「まーまー、警部。落ち着いてください。どうせ相手はクソ●キなんだから」

烏山刑事も案外口が悪い。

「放せ、烏山！　コイツらきっとオレのこと馬鹿にしてやがる！」

「それは間違いないでしょうけど、とにかくここは抑えて」烏山刑事は警部を押さえ込んだままで、「それより警部、ちょうどいい機会です。例の件を確認してみては――」

「ん、例の件、ああ、それもそうだな」祖師ヶ谷警部は怒りの矛先《ほこさき》を収めて、オレと先輩の顔を見比べた。「だが、ひとり足りないな。あの騒々しい男はどうしたのかね」

再び噂をすると影。ガラリと玄関の引き戸を開けて姿を現したのは、確かに祖師ヶ谷警部よりも騒々《そうぞう》しいと思われる人物――多摩川部長だった。部長は祖師ヶ谷警部の姿を認めるなり、

「やあ、警部さんじゃありませんか。なにやってるんですか、こんなところで？　野球盤ですか？　だったら、オレが相手を――」

「いいや、結構」不機嫌そうに祖師ヶ谷警部が手を振る。

「そうですか。――じゃあ烏山刑事は？」

「いまはそういう場面じゃないのよ、多摩川君」烏山刑事は部長の見当違いを哀れむように首を振った。「とにかく野球盤を片づけて座りなさい。ちょうどあなたたち三人に確認しておきたいことがあったの」

部長と八橋さんはいわれるままに椅子に着いた。オレはテーブルの上に立ち、野球盤を

部室の屋根裏に押し込みながら、そっと呟く――「七回コールドゲーム」。この瞬間、太平洋クラブの歴史的大勝利が確定した(この際、どうでもいいことだが)。

片づけを終えたオレが着席するのを待って、多摩川部長が口を開いた。

「で――いったいなんなんですか、僕らに確認しておきたいことって。昨日の事件に関わる話ですか」

「ああ、もちろんそうだ」祖師ヶ谷警部は当然とばかりに頷くと、考える隙を与えまいとするように、即座に質問を投げた。「一昨日の夜――つまり土曜の夜だ――午後八時三十分から九時三十分までの一時間、どこでなにをしていたか教えてもらえないかね」

二

意外な質問に、「え!」と思わず声が出てしまった。「それじゃあ、まるでアリバイ調べじゃありませんか」

「おかしいですね」さすがの部長も怪訝《けげん》な表情。「ということは、僕らも容疑者のうちに含まれているということですか」

「そやけど、この二人はともかく、オレは無関係なんと違う? 昨日の試合、見てへんかったんやから」

八橋さんの疑問はもっともなものだったが、祖師ヶ谷警部はキッパリと首を横に振った。

「いいや、三人とも同じ質問に答えてもらう。一昨日の夜、八時半から九時半だ」

「一昨日の夜ってことは、練習試合の前夜ってことですよね」部長が素早く質問の裏を読む。「ということは、試合の前の晩の八時半から九時半にかけて、野口監督は殺されたということですか」

「ま、いちおうそんなところだな」と、祖師ヶ谷警部は捜査情報の一部を開示した。「死亡推定時刻は午後九時前後。前後三十分の余裕を見て八時半から九時半の一時間だ」

「でも、僕らのアリバイを調べる意味が判りませんね。僕とトオルは野球場で試合を見物していて偶然、死体発見に遭遇しただけ。八橋に至っては、その場所にさえいなかったんですよ。なんで、僕らのアリバイが問題になるんですか」

「その理由を教えてやれば、アリバイを答えてくれるかね？」

祖師ヶ谷警部の問いに対して、部長は「アリバイを答えてほしかったら、その理由を教えてください」と自らのアリバイを人質に取ったようないい方。祖師ヶ谷警部は「やれやれ」というように溜め息をひとつついた。

「判った判った。どうせ野球部の部室に勝手に出入りする君たちだ。きっと隠しても無駄。

調べれば判ることとなんだしな。――仕方がない。特別に教えてやるとしよう。ただし、これはマスコミにも伝えていない極秘の情報だから、あまり口外しないでくれよ。新聞に面白おかしく書き立てられたらかなわんからな」

「ほう、今回の事件に面白おかしい部分でもあるんですか、警部さん？」

「まあな。面白くはないが、確かにおかしな事件ではある。――おい、烏山！」

説明してやれ、というように祖師ヶ谷警部が烏山刑事に目配せする。女刑事は一歩前に進み出て、真剣な口調で部長にいった。

「実は野口監督の死体の傍におかしなものが置いてあったのよ」

「おかしなもの、というと？」

「まずグローブ。それからボール――これは硬球ね」

「グローブとボール⁉　それは元からバックスクリーンに落ちていたものじゃありませんか」

「元からあったものではないわ。なぜならボールはきちんとグローブの中に納まっていたの。誰かがそういう恰好で死体の傍らに故意に置いたものに違いないわ。それから死体の傍にもうひとつ――」

「まだあるんですか」

「ええ、ベースが一個置いてあったわ」

「ベース⁉　あの一塁二塁っていう、あの野球のベース？」

「そうよ。現場に置かれていたのはホームベースだったけれどね」女刑事はそこでオレたち三人の顔を順に眺めながら、「心当たりがあるんじゃないの、あなたたち」

オレたちは三人揃って頷いた。

「ベースいうたら、つい最近、うちの野球部のグラウンドから盗まれたばっかしやないか。え、ちゅうことは――まさか！」

「どうやらその『まさか』みたいよ」烏山刑事はひとつ頷いてから、詳しい経緯を教えてくれた。「最初、死体の傍にホームベースが置いてあるのを見て、誰もが首を捻ったわ。全然意味が判らなかった。飛龍館高校の野球部の備品かと思って向こうの監督さんに確認してみたけど、それは飛龍館高校の備品ではなかったわ。ところが、そこに偶然居合わせたある人物が面白いことを教えてくれたの。『そういえば鯉ヶ窪学園で先日、ベースの盗難事件があったそうですよ』ってね」

一瞬で話が見えた。部長が先回りしていう。

「その情報を教えてくれた『ある人物』って、ひょっとして飛龍館高校の理事長さんでは？」

「あら、知ってたの？」

「知ってるもなにも、元々その情報を理事長さんに教えてあげたのは、僕らですから」

「なんだ、そうだったの。狭い世界ね」

狭い世界の中で、ひとつの情報が一往復してまた自分たちの場所に帰ってきたわけだ。

烏山刑事は気を取り直して話を進める。

「そこで、わたしたちはとりあえず問題のホームベースを鯉ヶ窪学園の選手たちに見てもらったの。選手たちは口々に『見覚えがある』といってたわ。わたしたちから見るとベースなんてみんな同じようなものだけど、選手たちの目から見れば、傷のつき方とか汚れ具合とか、それぞれに特徴があるらしいの。どうやら、死体の傍に置かれていたホームベースは鯉ヶ窪学園のグラウンドから盗まれたものに間違いない。そう思ったところで、またある人物が気になる情報を教えてくれたの。『ベースを盗んだ奴らに心当たりがある』ってね」

また一瞬で話が見えた。また部長が先回りしていう。

「その情報を教えてくれた『ある人物』って、ひょっとしてキャプテンの土山では？」

「な、なんで判ったの！」烏山刑事は目を丸くする。「千里眼!?　それとも警察の情報が漏れてる!?」

いや、そんなに大袈裟な話ではない。キャプテン土山はベース盗難事件の当初から《探偵部犯人説》一辺倒である。

「要するに、狭い世界ってことですよ」部長は腕組みして頷く。「つまり、土山が烏山刑事に『ベースを盗んだ犯人は探偵部の連中だ』と訴えた。一方『鯉ヶ窪学園でベースを盗んだ犯人』と『野口監督を殺して、その傍らにベースを置いた犯人』とは同一人物の可能性が高い。結果的に、警察はオレらを容疑者のひとりとして数えるようになった。そういうわけですね、烏山刑事」

「まあ、だいたいそういったところね」彼女は軽く頷き、「あなたたちにもベース盗難事件と野口監督殺害事件の容疑が少しだけ掛かっている。身の潔白を証明したいなら、一昨日の夜のアリバイを示しなさい。それがいちばん手っ取り早いわ。なーに、簡単でしょ。夜八時半から九時半なんて、お利口な学生は家にいて勉強している時間だもの」

皮肉である。明らかに彼女はオレたちがお利口さんでないことを知っていて、皮肉をいっている。オレたち三人はそれぞれに「うーん」「それはそやけど」「まずいな」と困惑の表情を見合わせた。

実のところ、オレたち三人は一昨日の夜も三人一緒にいたのだ。場所は神宮球場の外野自由席。早い話が三人でヤクルト対阪神の真夏の神宮決戦を眺めていたのである。レフトスタンドは「ほんまは東京ドームで阪神巨人戦が見たいんやけど、そっちのチケットは手に入らへんから、ヤクルト戦で勘弁したる〜。夏はドームよりも神宮のほうがビールも美味《うま》いしな〜」という関東在住の阪神ファンでほぼ甲子園状態。午後六時にはじまった試合は乱打戦になり、二転三転の末、かろうじて阪神が勝利を得たのだが、そのときすでに試合時間は四時間を超えており、時計の針は午後十時を回っていた。そんなわけでオレたちが自宅に帰り着いたのは午後十一時半過ぎ。お利口さんの高校生が帰宅する時刻ではない。

部長がそのことを説明すると、烏山刑事の形のいい眉毛がピクリと動いた。

「それじゃ、一昨日の夜、八時半から九時半の時間帯は三人揃って神宮球場にいたっていうのね」

「そうです。間違いありません」多摩川部長は胸を張ったが、祖師ヶ谷警部はここぞとばかりに、

「本当か？　本当は三人で飛龍館球場にいたんじゃないのか？」と、三人纏めて容疑者扱い。

「違いますってば。本当に神宮にいたんですよ」

「あなたたち、それ証明できる？」烏山刑事がいうと、

「いや、たぶん無理ですね」部長は誤魔化《ごまか》すような笑みを浮かべながらアッサリ白旗を揚

げた。「僕らの周りに見知らぬ他人が三万人ほどいましたが、たぶん誰も僕らのことを気に留めていないでしょう。だって、僕らは学校の中でこそ目立つ存在ですが、タイガースファンの中に入ってしまえばごくごく目立たない地味な野球好きですから。特に、ほら、この八橋京介なんぞは、普段は関西弁など喋って目立つ存在ですが、いったんタイガースファンの中に入ってしまうと、周りは関西弁だらけとなって、いったいどこに八橋が隠れているのやら、僕らでさえも捜すのに苦労するほどで、いや、まったくタイガースファンの群れというものは虎の群れよりもなお恐ろしいというか——」

「なんの話やねん！」

要するにアリバイ不成立。自らの潔白を証明するには、違った角度からの考察が必要なようだ。

三

とりあえずオレは祖師ヶ谷警部の常識に訴える作戦に出た。

「そもそも警部さんは、僕らが野球部のグラウンドからベースを盗んだなんて、そんな話を真に受けてるんですか。そんなのデマですよ、デマ。常識的に考えてみてください。僕らがそんなつまんないもの盗むわけないじゃありませんか」

「野球部の連中は、『あんなつまんないものを盗むのは、あの三人しかいない』っていってたが」

「百歩譲って、僕らが悪戯でベースを盗むというようなことはあり得るとしましょう。でも、野口監督を殺害するなんてあり得ないでしょう。動機がありませんよ」

「確かに、動機の問題は謎だな。いまのところ、野口監督がなぜ殺されたのか、これといったハッキリした事情は浮かんでいない。野口監督に対して恨みを持つ者の犯行かもしれないし、彼の存在を消すことで利益を得る人がいるのかもしれない。ひょっとすると、標的は監督個人ではなくて鯉ヶ窪学園の野球部そのものという可能性もあるし——」

「野球部そのもの？　それ、どういう意味ですか」

「野球部に恨みを持つ者とか、野球部を弱くしてやろうと考える者の犯行ということだ」

「もう充分弱いんですけどね」それをこれ以上弱くしてやろうなんて、そんな底意地の悪いこと誰が考えるのだろう。「どっちにしろ、僕らは野口監督にも野球部にも恨みなんかないですから無関係ですよ」

「まあ、動機はあるところにはあるんだ。一見、なさそうに見えてもな」

あえて考えるには及ばない、というように祖師ヶ谷警部は手をひらひらさせる。

「ところで千歳さん」と今度は八橋さんが身を乗り出す。「野口監督が殺された場所は、飛龍館高校の野球場のバックスクリーンで間違いないんですか。どこかべつの場所で殺されて運ばれてきたというような可能性は考えんでええんでしょうか」

「その可能性はないわ。被害者はバックスクリーン——正確にいうと、バックスクリーンと外野フェンスの間にある幅三メートルくらいのスペースの中で——喉を掻っ切られて殺された。検視の結果がそう出ているし、それでなくたって死体の周辺をひと目見れば、そこが犯行現場であることは歴然としているわ。あたり一面、血の海だったもの。それがどうかしたの？」

「今回の事件は、鯉ヶ窪学園の事件というよりは、飛龍館高校サイドの事件と見るべきなんと違いますか。理屈からいって、そう思いますが」

「それはどうかしら。飛龍館高校サイドの人物——先生や生徒や学校関係者——が犯人で、野口監督を自分の学校の野球場で殺害した。あるいは鯉ヶ窪学園サイドの人物が犯人で、野口監督を飛龍館高校の野球場で殺害した。どっちのケースもあり得るけれど、より可能性が高いと思われるのはどっちだと思う？」

「飛龍館サイドですね」八橋さんは迷うことなく選択した。「なんちゅうても野口監督は飛龍館高校の野球場で殺されてたんやから。鯉ヶ窪サイドの人物が犯人やったら、わざわざそんな遠いところ、犯行現場に選ぶわけあらへん」

そうだろうか。オレはあえて異を唱えてみた。

「いや、僕はむしろ鯉ヶ窪サイドの事件だと考えますね。飛龍館高校の人間が野口監督を殺すというのは、なんだか突飛《とっぴ》な感じがします。犯人は鯉ヶ窪サイドの人物で、そのことをカモフラージュするために犯行現場を飛龍館高校に求めたんじゃありませんか」

しかし、八橋さんの反撃は早く鋭かった。

「いや、それが違うちゅうねん。もしもトオルのいうとおりやったら、犯人はなんで死体の傍に鯉ヶ窪学園から盗んだベースを置くような真似をするんや？」

「あ！」

「犯人は鯉ヶ窪サイドの人間で、事件を飛龍館サイドに押しつけるためにわざわざ飛龍館高校の野球場を犯行現場に選んだ。それはあり得るやろう。けど、それやったら犯人は鯉ヶ窪学園と繋がるようなものを事件から極力排除するはずや。しかし、この犯人はそれとは逆のことをしとるわけや。これは矛盾やないか」

「なるほど、それもそうですね。むしろ犯人は飛龍館サイドの人物で、その容疑を鯉ヶ窪サイドに押しつけようと考えて、鯉ヶ窪学園から盗んだベースを死体の傍に置いた——そう考えたほうが、まだしも筋が通りますね」

「そやろ。やっぱり、今回の事件は飛龍館サイドの事件やねん。疑うんやったら、飛龍館高校の関係者を疑うんが先や。——違いますか、千歳さん」

八橋さんの見解を黙って聞いていた烏山刑事が、ひとつ大きく頷き、祖師ヶ谷警部のほうを向く。

「いまの彼の意見、なかなか説得力があると思われますが」

「なに、飛龍館高校の関係者が怪しいことくらいは、わたしだってとっくに気づいていたとも。その考え方だと、一見無意味に思えるベースにも意味づけができるしな」

「さすがです、警部」女刑事は無表情にいうと、また八橋さんのほうを向いて、「すると、死体の傍らに置かれていたグローブとボールにもなにか意味があるのかしら」

「まあ、全然無意味ちゅうことはないんと違いますか。犯人のやったことなんやから」

八橋さんはここぞとばかりに、二つの野球用具の出所について祖師ヶ谷警部に質問した。

「そのグローブとボールは飛龍館高校の備品ですか。それとも選手の持ち物かなにか？」

「グローブとボールは双方のチームの選手たちに見てもらったが、誰も心当たりはないということだった。どうやら二つとも新品らしい。たぶん、今回の殺人事件のために犯人がわざわざ買い求めたんだろうな。グローブもボールも大手メーカーの量産品で、どこのスポーツショップでも手に入る代物《しろもの》だ」

「おかしな犯人ですね」オレはあらためて首を捻る。「わざわざ新品を買い求めてまで、犯人は死体の傍らにグローブとボールを置きたかった。それはなぜなんでしょう？　犯人は死体を『野球』で飾りたかったんでしょうか。野球部監督が野球場で殺されて、死体の傍にベース、グローブ、ボールでしょう——あれ、部長、どうしたんですか？　お腹でも痛いんですか」

ふと気がつくと多摩川部長が黙ったまま俯《うつむ》いている。よく見ると、その両肩が小刻みに震えているのが判る。こみ上げてくる感情を抑えようとして抑えられない、そんな気配が部長の全身から伝わってくる。あれ？　この人、ひょっとして——

「まさか、部長、泣いているんじゃ！」

「ち、ちがわいッ！」無理矢理、顔を上げる部長。その顔は、完全に涙で汚れて——いや、涙で濡れていた。ほぼ号泣。しかし部長はけっしてそれを認めようとはしなかった。「泣いているんじゃない！　オレはいま猛烈に感動しているのだああッ！」

星飛雄馬《ほしひゅうま》の名台詞《めいぜりふ》を引用しながら、拳を握り締める部長。さらにその拳をぶんぶん振り回しながら、「それだよ、それッ！　それなんだよッ！」と部長は興奮と感動を露《あらわ》にする。

「いまの八橋とトオルのシビアなやりとり！　烏山刑事を含めたシリアスな会話！　祖師ヶ谷警部でさえもリアルな警部に見える緊張感！　それこそ、オレが『探偵部』に求めていたものなのだ！　理性と理性のロジカルな応酬。知性と知性のスマートな衝突。感性と感性のクールな共鳴。そこから導き出されるビューティフルな真実。それが『本格』だ！　判るか！　可能性と信憑《しんぴょう》性が織り成す繊細なハーモニー。事実と想像力とが奏《かな》でる壮大なシンフォニー。それが『本格』なんだよお！　ああ！　我が『探偵部』もようやく本格の真髄に触れるだけの力量を備えるところまでレベルアップしたのだ。オレは嬉しいぞ！　部長やっててよかった、本当によかった……ぐすッ」

そして部長はここに至るまでの「探偵部」の苦難の道のりに思いを馳せるかのように、天井を向いて「ずずず」と鼻水を啜《すす》った。「ロジカル」「スマート」「クール」という価値観を求めながら、常にその対極にある存在、それが多摩川部長なのかもしれない。

「ふ、ふふ、ふふふふ、ふふふふふ、ふふふふふふ」

やがて泣き止《や》んだ部長は、今度は一転して気色の悪い笑い声を撒き散らしはじめた。

「いける！　いけるぞ！　いまのオレたちの進化した力量を持ってすれば、どんな難事件も恐れるべきものではない。いや、むしろこれはチャンス！　探偵部の存在を世に知らしめる絶好機。――祖師ヶ谷警部、そして烏山刑事！」

部長は現職刑事である二人を名指しすると、いかなる根拠に基づくものか、このような啖呵《たんか》を切ってみせた。

「この度の『鯉ヶ窪学園野球部監督殺害事件』、我々探偵部が見事解決してご覧に入れますよ。まあ、見ていてください——ふ、ふふ、ふふふ、ふふふふ、ふふふふふ」

恐い。部長の笑い声が凄く恐い。夢に見そうだ。

四

その日の午後、放課後を間近に控えた最後の休み時間。まるで蒸し風呂のように湿度の高い教室の中、下敷きを団扇《うちわ》代わりにして顔を扇いでいると、いきなりヤマカヨさんの校内放送だ。ちなみにヤマカヨさんこと山下佳代子《やましたかよこ》さんは放送部員になりすまして何食わぬ顔で学園生活を送る隠れ探偵部員。すなわち探偵部所属であることを堂々と世間に晒《さら》すのはちょっと恥ずかしいと考える、うちの部には数少ないまともな感性の持ち主である。オレは教室のスピーカーから聞こえてくる佳代子さんの澄んだ声に耳を傾ける。

『ピンポンパンポーン——放送部からのお報《しら》せです。二年A組の赤坂通さん。本日の放課後、お好み焼きの店《カバ屋》までお越しください。三年生の多摩川部長がお待ちです』

「え〜ッ、放課後に部長と待ち合わせ〜？　なんで、なんで⁉」

『どういう用件なのかはここではいえません。いけば判ります』

「面倒くさいなあ」

『もちろん、いくかいかないかの判断は通さんの自由です。ただし、いかなかった場合、後で猛烈に後悔させてやるから覚悟してやがれよ……とのことです』

「とのことですって――なんですか、それ、部長の脅し!? 判りました。いきますよ、いけばいいんでしょう!」

『それではよろしくお願いいたします。以上、放送部からでした。――ポンパンポンピーン』

放送終了と同時にざわめくクラスメートたちの口から「おいおい」といっせいに疑問の声。「なんでスピーカー越しに会話が成立するんだ?」

なるほど、確かにヘンだな。でもまあ、そういうこともあるさ。同じ探偵部に所属する同士、きっと通い合うものがあるのだろう。

さて、そんなわけで放課後――

オレは生温かい雨の中、傘を差しながら「カバ屋」に直行。

店内に客の姿はチラホラ。いちばん奥の四人がけの席に多摩川部長の姿を発見。歩み寄ると、部長は「よう」と楽しげに片手を挙げる。「少し待て、もうすぐ八橋がお客さんを連れてくる」

どうやら今回の会合は、探偵部の三人プラスお客さん一名で執《と》りおこなわれるらしい。とりあえず部長の正面に腰を下ろして、確認事項をひとつ。

「お客さんって、野球部の土山さんじゃないでしょうね」

「安心しろ。あいつじゃない」

オレは安心した。キャプテン土山と多摩川部長の乱闘はもう見たくない。しかし、そうなるといったい誰なのだろう。佳代子さんのことを『お客さん』と呼ぶはずもないし——そんなふうに頭を悩ませていると、やがて背後から微妙な関西弁が響く。

「おう、二人とも揃っとるみたいやなー。連れてきてやったでー」

振り返ると八橋さん。そして先輩の背後から現れる若い女性のお客さん。白いブラウスに濃紺のスカートという装いの彼女は、龍ヶ崎家の一員でありながら鯉ヶ窪学園にて教鞭をとる女性教師、芹沢由希子先生だった。先生は傘を持った右手を軽く挙げて、「連れてこられてやったよ」

「やあ、芹沢先生、どうぞどうぞ、こちらへ」

部長は自分の隣の席を指差し、先生はオレの隣の席に座った。自然と、八橋さんが部長の隣に納まる。さっそく芹沢先生の口から疑問の声。

「こんなところでなにをしようというの？」芹沢先生は目の前の鉄板とオレたち三人を交

互に眺めながら、「わたしに焼きそばをご馳走しようとでも？　君たち『焼きそば研究部』の研究成果として」

「違います。我々は『焼きそば研究部』ではありません」部長が静かに抗議する。

「ええッ、そうなの？」芹沢先生、本気で驚いてる。「君たちが焼きそば焼いてる姿を、ここでよく見かけるけど」

「それは焼きそばやなくて、お好み焼きやないですか？」

「ああ、そうなんだ」芹沢先生は判ったというように頷き、また質問。「それで『お好み焼き研究部』が、わたしに何の用？」

「『お好み焼き研究部』でもありません」多摩川部長は女教師の前でついに自らの正体を明かした。「我々は『鯉ヶ窪学園探偵部』の者です」

「『探偵部』？」芹沢先生の表情が一瞬強張った。「その噂なら、聞いたことある。あまりいい噂じゃないけどね――。でも、まさか実在するとは思わなかった。てっきり学園に伝わる伝説だとばかり思っていたのに」

「それが実在するんやなー。都市伝説でも学園の七不思議でもないんやなー」

八橋さんが部長の横で腕組みしながらウンウンと頷く。

「で、その『探偵部』がわたしに何の用？　ああ、そうか。要するに、野口監督が殺された事件について知りたいっていうのね。違う？」

芹沢先生はたちまち状況を理解したようだった。さすがに教師だけあって察しがいい。

「実はそのとおりなんです」多摩川部長がテーブルに身を乗り出さんばかりの勢いで顔を前に突き出す。「今回の野口監督殺害事件では僕らは部外者なもので、残念ながらあまり情報に恵まれていないのです。知り合いの刑事さんに聞いて多少のことは判っているのですが、どうもいまひとつ。ですから、とにかく僕ら情報が欲しいんです。知りたいんですよ、この事件について！　そこでお願いです、芹沢先生！」

「判った判った」芹沢先生は少しずつ前へ前へと迫ってくる部長の顔を片手で押し戻しながら、「確かに、わたしは龍ヶ崎家に居候する身だからね。昨日の練習試合では球場に居合わせたし、成り行きで警察の事情聴取も受けた。野口監督の事件については君たちよりはたぶん詳しいと思う」

思いがけないことを聞いたというように部長が声を張る。

「え、先生が警察から事情聴取を受けたんですか？　ということは、なにか警察に疑われるようなことでも？」

「さあ、疑われていたかどうかは知らないけど」小さく首を振った芹沢先生は、声を潜めて意外な事実を打ち明けた。「実をいうとね、殺人のあった土曜の夜、わたしは偶然あの

「現場付近にいたの」

「なんですって！　土曜の夜、現場付近に！　それは何時ごろの話です？」

「午後九時前後だったかしら」

「午後九時！」八橋さんも興奮を隠せない様子で、「午後九時いうたらちょうど死亡推定時刻のド真ん中やないですか」

確かに刑事さんたちは、死亡推定時刻について午後九時を中心にした前後三十分と見ていた。

「先生！　その話、詳しく聞かせてください。なにがあったんです、土曜日の夜の球場で」

多摩川部長はいよいよ興奮の面持ちで身を乗り出す。しかし芹沢先生は平然としたもので、「まあ、そう勢い込まないで」と部長を軽くいなして、壁に張られたメニューにすっと意地悪な視線を送った。「それはそうと君たち、わたしに焼きそばとお好み焼きをご馳走してくれるんじゃなかったっけ？　確か、さっきそういったよね？」

え、そんなこといいましたっけ？

五

幸い、世の中には《焼きそば入りのお好み焼き》、すなわち《モダン焼き》という便利なメニューがあるので、先生にはそれで勘弁してもらうことにする。

焼き手はもちろん、学園随一の《鉄板奉行》こと多摩川部長である。ちなみに《鉄板奉行》というのは鉄板の世界における《鍋奉行》みたいなものであり、要するに、勝手に焼かせておけばそれでもうご機嫌なのである。

そんなわけでモダン焼きは部長に任せて、オレと八橋さんは芹沢先生の話に集中することにした。先生は事件の夜の出来事を話しはじめた。

「土曜日の夜、龍ヶ崎家には橋元さんがきていたの。橋元さんというのは賢三さんの甥っ子でね――」

「理事長秘書をしている人ですね。橋元省吾氏。昨日会いました」オレがいうと、

「そう。彼、なかなかハンサムな男だったでしょ?」と先生はなぜか得意げな笑みを浮かべて、「彼は近所のアパートに住んでいるんだけど、ひとり暮らしだからよく龍ヶ崎家に遊びにきて、食事などしていくことがあるの。土曜の夜もそうだった。午後七時半ごろに

橋元さんは賢三さんに連れられて龍ヶ崎邸にやってきた。それからみんなで食事。食卓を囲んだのは、賢三さん、真知子さん、それからわたしと橋元さんの四人。給仕をしてくれた家政婦の安西さんと吉野さんを含めて、土曜の夜に龍ヶ崎家にいたのは六人というわけね」

「では、龍ヶ崎家の人間と呼べるんは、その六人だけですか?」八橋さんが聞く。

「そう。たいした数じゃないから覚えられるよね?」

オレと八橋さんは黙って頷く。部長はモダン焼きを焼いている。

「食事が終わったのは八時半ごろだったと思う。それから、わたしは自分の部屋に戻ろうとしたんだけど、二階へ上がる階段の途中で、橋元さんに呼び止められた。そして彼は真剣な顔でわたしにいったの、『ちょっとつき合ってほしい』って」

「え、それは交際を申し込まれたということ?」

「文脈で考えてね、赤坂君」女教師はさりげなくオレの理解力の低さを指摘した。「大事な話をしたいから、ちょっと散歩につき合ってくれと、彼はそういったのよ」

「なんだ。そういう意味ですか」ホッと胸を撫で下ろすオレ。

「そんなわけで、わたしと橋元さんは二人で夜の散歩と洒落込《しゃれこ》んだわけ」

「そういう夜の散歩は、二人の間ではよくあることなんですか」と八橋さん。

「べつにしょっちゅうあることでもないけど、ときどきは誘われることもあるよ。誘われれば断ることはないかな。犬を連れていったりすることもあるけど、その夜は二人きり。二人の向かった先が飛龍館球場というわけ」

「最初に飛龍館球場にいこういい出したんは、二人のうちのどっちやったんですか」

「べつにどちらということもないけど、あえていうなら橋元さんのほうかしら。少なくとも、わたしが橋元さんに行き先を指図した覚えはないよ。わたしは雑木林の中にできた新しい野球場に、それまでほとんどいったことがなかったの。明るいうちに一度いったことがあるだけ。日が暮れてから訪れたことはなかったから、とても新鮮な体験だったね」

「恐いとは思わなかったんですか」オレの素朴な疑問。

「ひとりなら恐かっただろうね。実際、夜の雑木林はまるで深い森の中のように暗かった。足元の小道さえ見失うほどに。けれど、橋元さんはよく道が判っているらしくて、迷いもせずに進んでいった」

芹沢先生はうっとりと目を細めて、そのときの情景を思い返す。

「夜空にぽっかり浮かんだ月が綺麗だった。あたりはひっそりと静まり返り、聞こえてくるのは草むらで鳴く虫たちの声ばかり。ロマンチックな夜。誰もいない雑木林の小道。肩を寄せ合い歩く美男美女（注：彼女自身がこういった）。昼間のうだるような暑さも去って、どこからともなく流れてくる爽やかな夜風が、わたしの柔らかい髪の毛を揺らし、そのまま彼のもとへ――すると、彼はとうとう我慢できなくなったように、情熱的な眸をこちらに向けて、わたしの名前を呼ぶ。そして、ついに『つき合ってください』と、こうだよ。どう、男子諸君」

「――今度はなににつき合わされたんです？」

「あのね、赤坂君」先生は悲しげに首を左右に振り、「彼は交際を申し込んだのよ、このわたしにね」

結局、そういう話だったらしい。

「で、なんと答えたんです、先生。まさか『よろしくお願いします』なんて、いわなかったでしょうね」

「べつにそう答えてもよかったんだけどね」女教師はまんざらでもない表情で、「とりあえず『しばらく考えさせて』とだけいっておいたんだけど――でも、そんなことはこの際、どうでもいいよね。大事なことは、そういった会話を交わしていた時刻がだいたい午後九時ごろだったということ」

「場所は雑木林の中？」八橋さんが念を押すと、

「ううん、告白があったのは正確には遊歩道から少し逸《そ》れたところ。三塁側の入口前のスペースよ。雑木林の中をしばらく歩いていたわたしたちは、自然とそこにたどり着き、そこでわたしは橋元さんの告白を聞かされたわけ。それから彼は間が持たない様子で、入口の鉄扉の小窓越しに球場の中を覗き込んだりしていたみたい」

「中には入らへんかったんですね」

「入れなかったのよ。扉には中からカンヌキが掛かっていたからね。本当は入ってみたかったんだけど」

「先生は小窓から球場の中を覗き込んだりせえへんかったんですか」

「わたしも覗いたよ。なんでかっていうと、橋元さんが小窓を覗き込んだまま声をあげたから。『あれ、誰かいるようですよ』っていって、彼が窓の向こうを指で差したの。わたしは誘われるように扉に顔を寄せ、彼と並んで小窓から中を覗き込んだ。そしたらね、誰もいないと思っていたグラウンドに人影が見えたのよ。人影は一塁側の暗がりから現れて、マウンドの横を通りすぎ、三塁ベースを跨《また》ぐようにして、だんだんこちらに近づいてくる。人影の正体はまったく判らない。わたしは激しい恐怖を感じた。雑木林に囲まれ、月の明かりだけに照らされた野球場。あたりは不気味に静まり返り、聞こえてくるのは草むらで鳴く昆虫たちの声ばかり。ホラーチックな夜。誰もいない三塁側入口。肩を寄せ合い恐れおののく美男美女。どこからともなく流れてくる生ぬるい風が、わたしの髪を揺らした、その瞬間！」

「きゃー」

「いや赤坂君、『きゃー』とは誰もいわなかったんだけどね」芹沢先生がオレの思い込みを否定する。「事実はこうよ。橋元さんが近づいてくる人影を見ながら、『なあんだ、叔父さんじゃないですか』と窓の向こうを指差したの。わたしはそれを聞いてホッと胸を撫で下ろした。謎の人影の正体は、実は賢三さんだったのよ」

「へえ、なぜ賢三氏がそないな場面に急に現れはったんですか」

「わたしもその点が不思議だったんだけど、向こうは向こうで同じ疑問を感じたみたい。賢三さんは小窓越しにわたしと橋元さんの顔を見てびっくりしたような顔をしていた。『いったいこんなところでなにを？』そういって賢三さんは扉のカンヌキを開けると、こちら側に出てきた。橋元さんはわたしと散歩中であることを告げてから、逆に賢三さんに尋ねたの。『叔父さんのほうこそなぜこんなところに？』ってね。すると賢三さんは『犬の散歩』って答えたの」

「犬というのはビクターという名前の黒犬ですね」とオレ。

「そうよ。わたしたちも知らなかったんだけど、賢三さんは奥さんの真知子さんと家政婦の吉野さんを連れて、ちょうど飛龍館球場に犬の散歩にきていたみたいなの。ま、夕涼みの意味合いもあったんだろうけどね」

「そやけど、奥さんたちと犬の散歩にきてはった賢三さんが、なんでグラウンドを横切って、ひとりだけ三塁側に現れはったんです？」

「そう。そこが問題なんだけど、どうやらこういう事情だったみたい。賢三さんは真知子さんたちと一緒に飛龍館球場にやってきた。時刻は午後九時ごろよ。三人はわたしたちがいるちょうど逆の、一塁側入口にたどり着いた。そこで賢三さんはその扉の鍵が掛かっていないことに気がついたの」

「え、ちょっと待ってくださいよ」オレは思わず大きな声をあげた。「土曜の夜の九時ごろ、一塁側の扉に鍵が掛かっていなかった――ああ、そうか、そういえば！」

オレの脳裏にもひとつの光景が蘇《よみがえ》った。昨日の練習試合のさいちゅう、賢三氏が飛龍館高校の脇坂監督に対して、鍵の掛け忘れを責める場面があった。彼が怒っていたのは、このことだったのだ。

「あの球場の扉はどんな構造でしたっけ。両開きの鉄扉だったのは憶《おぼ》えていますけど、どんな鍵だったかは記憶にありません」

「無理もないね。そもそもあの球場の扉には鍵と呼べるほどのものはついていないの。ただ、バーをスライドさせるタイプのカンヌキが内側についているだけ。一塁側も三塁側も同様よ」

「内側にカンヌキだけ？　それじゃ、球場全体の戸締りはどうやっておこなうんです？」

「わたしも昨日の騒ぎで初めて知ったことなんだけど、あの球場の場合、戸締りの仕方はとっても単純よ。球場を最後に出る人は、まず三塁側の扉を内側からロックする。中からカンヌキを掛けるわけね。それが済んだら、その人は一塁側の扉から外に出て、その扉を外側からロックする。このロックにはチェーンとカバン錠を使うの。両開きの二枚の扉には『コ』の字型の取っ手がある。一本のチェーンをこの二つの取っ手にくぐらせて輪にする。そしてチェーンの端と端をカバン錠でロックするの。これで戸締り完了というわけ。判る？」

オレと八橋さんは揃って頷く。部長はモダン焼きに夢中である。

「原始的やけど確実なやり方やな」八橋さんがいう。「ただし、土曜の夜九時の時点では、そのチェーンロックはすでに何者かの手で破られとったわけですね」

「さあ、破られていたのか、それとも最初から鍵を掛け忘れていたのか、それはよく判らないみたい。少なくともそのときの賢三さんは、破られているとは考えなかったようよ。というのも、チェーンはちゃんと二つの取っ手をくぐらせてあって、しかもチェーンの端と端はカバン錠のフックの部分でいちおう繋がれていたらしいの。ただ、肝心のカバン錠が開きっぱなしの状態で、全然ロックの役目を果たしていなかっただけ。だから、そのときの賢三さんは、『野球部の人が鍵を掛けそこなったんだろう』と、そんなふうに軽く考えたみたいね」

「鍵を掛けそこなった？」オレが首を傾げる。

「ほら、カバン錠という奴は、開けるときは鍵を使うけれど、閉めるときはフックの部分を本体の穴の部分に押し込むようにするでしょ。押し込みが足りないとカバン錠はきちんと閉まらない。だから、本人は鍵を掛けたつもりでも、実際はちゃんと掛かっていなかった、というようなことはときどきあるよね。賢三さんはそういったケースだと考えたようなの。要するに、深刻な事態とは受け止めていなかったわけね、その時点では」

「バックスクリーンで死体が発見されたのは、次の日のことでしたからね」

「そうなのよ。土曜の夜の時点では、野球場の入口に鍵が掛かっていなかったからといって、それほど深刻に受け止める段階ではなかったの。ただ、賢三さんは一塁側の鍵が掛かっていないことを知って、三塁側の戸締りが気になったみたい。そこで賢三さんは一塁側入口に真知子さんと吉野さんを残して、ひとり球場の中に入っていったというわけ」

「なるほど」八橋さんがようやく合点がいったとばかりに頷いた。「それで賢三さんは一塁側から三塁側に向けてダイヤモンドを横切った。三塁側入口にきてみると、そこに思いがけず芹沢先生と橋元さんの姿があった。そういうわけやったんですね」

「そういうこと。賢三さんは三塁側の扉を開け、球場の外に出てきて橋元さんとしばらく雑談してた。確か、鍵が開いてるとか閉まっているとか、そんな話よ。正直、そのときのわたしにとってはどうでもいい話だったけどね」

恋人たちの甘い囁きの時間が、いつの間にやら無粋な鍵の開け閉めの話にすりかわったわけだ。芹沢先生にしてみれば面白くなかったのだろう。しかし、それはそれとして、

「三塁側の入口にはちゃんと中からカンヌキが掛かっていたんですよね？」

「そう。三塁側の入口に問題はなかったみたいよ。もっとも、賢三さんはわたしたちと話をするために、いったんそのカンヌキを解いて扉を開けてしまったんだけどね。でも、もちろん彼は戻るときにまたカンヌキをちゃんと掛けていった。わたしたちも扉を押したり引いたりして確認したから間違いないと思う。賢三さんは最後に小窓越しに『わたしたちはもうしばらく涼んでいくから、気をつけて帰るように』といい残して、また一塁側へと戻っていったの」

「結局、賢三氏が三塁側入口におったのは、どれくらいの時間やったんですか」

「さあ、どうだったかしら。ほんの三、四分だったような気がするけど、べつに時計を見ながら計っていたわけじゃないから――もう少し長かったかもしれないけど」

芹沢先生は自信なさそうな顔つきで曖昧《あいまい》に答えた。正確には判らないらしい。

「一塁側入口に戻った賢三さんは、それからどないしはったんですか」

「賢三さんは一塁側に戻るなり、あらためてその扉をチェーンとカバン錠で施錠したそうよ。それからまた真知子さんと吉野さんを連れて、しばらく遊歩道を歩いて間もなく家に戻ったの。もちろん、三人はずっと一緒に行動していたそうよ」

「先生と橋元さんは？」オレがさりげなく尋ねると、

「わたしたちは賢三さんと別れると、また雑木林の中をしばらく歩いて、それから屋敷に戻った。大事な話はすでに済んでいたし、正直なところ少々水を差された恰好だったからね」

「ほな、家に戻ったんは、先生たちのほうが先やったんですね」

「そうね、わたしたちのほうが先だった。留守番をしていた家政婦の安西さんによれば、わたしたちの帰宅が午後九時十五分くらい。賢三さんたちも九時半までには戻ってきたそうよ」

六

「念のため聞きますけど」八橋さんは声のトーンを低くして、「帰宅して以降は、みなさんずっと家にいたんでしょうね？」

「ええ、もちろん。わたしと橋元さんは戻ってからも一緒に居間にいたし、賢三さんと真知子さんが戻ってからは、四人揃ってお茶を飲んだ。お茶を淹《い》れてくれたのは吉野さんよ。そうやって十時くらいまで雑談したかしら。だから、ひょっとして君たち、アリバイのことを疑っているのなら、心配はいらないよ」

芹沢先生は出来の悪い生徒のことを思ってか、自らの話を整理してみせた。

「犯行時刻は午後八時半から九時半までの一時間。龍ヶ崎家の人間は、夕食を終える午後八時半までは全員屋敷にいた。しかし、その後の行動は別々。わたしと橋元さんは二人で飛龍館球場に散歩に出掛けていき、九時十五分に屋敷に戻り、それ以後もずっと一緒だった。賢三氏と真知子夫人、家政婦の吉野さんの三人はわたしたち二人に遅れて屋敷を出て、飛龍館球場で犬の散歩。そして九時半ごろには屋敷に戻ってきた。その間、三人はずっと一緒だった。その後はみんなでお茶を飲んだ。——どう？　アリバイは成立しているでしよ、赤坂君？」

「安西さんは？　中年の家政婦さんはひとりで留守番していたんでしょう？」

オレが疑問の声をあげると、芹沢先生は呆れ顔で、

「安西さんのアリバイなんか調べてどうする気？　彼女が野口監督を殺害したとでも？」

「いや、いちおう念のために聞いておこうかと」

「じゃ、いちおう念のために答えておこうかな」芹沢先生は真面目な口調で、「安西さんはみんなが散歩に出てひとり留守番している間、ずっと携帯で友達と電話していたそうよ。もちろん、彼女が携帯を耳に当てたまま友達との会話を楽しみながら、その実密かに飛龍館球場に出掛けていき、バックスクリーンで野口監督の喉を掻っ切って、また大急ぎで屋敷に戻り、散歩から戻るわたしたちを何食わぬ顔で迎え入れた――という可能性も否定はできないけどね」

「………」なるほど、否定するまでもない、ということか。

「うーん。しかし、気になる話やなあ」と、八橋さんが頭を掻く。「要するに、同じ時間の同じ野球場、その一塁側に賢三氏と真知子夫人と家政婦の吉野さんがおって、三塁側には芹沢先生と秘書の橋元さんがおったわけや。本当に偶然なんやろか、それ？　殺人があったと思われる時間帯に、殺人が起こった場所の周りに龍ヶ崎家の面々が勢揃いやなんて。

偶然にしては出来すぎやないやろか」

「じゃあ、八橋君、偶然じゃなかったらなんだというのよ？」

「いや、それはなんとも――」八橋さんは困ったように言葉を濁した。

しばしの沈黙。するとそのとき――

「ひとつだけ気になる点があります」といきなり声をあげたのは《鉄板奉行》多摩川部長である。部長はいままで事件の話とは無関係にモダン焼きを焼いていると思われていたが、実はちゃんと焼きながら聞き、聞きながら焼いていたのだ。

「気になる点って、なんのこと、多摩川君？」

「アリバイの件です。さっき先生は賢三氏、真知子夫人、吉野さんの三人が『ずっと一緒だった』と割合簡単にいい切りましたが、それは事実とは違うんじゃありませんか。少なくとも彼に関してはほんの僅かの間ですが、ひとりになる機会があったわけですから」

「彼？」

「そう、賢三氏ですよ」多摩川部長は両手にコテを握り締め、目の前の鉄板を睨む。いまそこには綺麗な満月を思わせるお好み焼きと、充分に炒められたそば麺が、二つ並んでいる。部長は二つのコテをお好み焼きの側面から差し入れながら、「僕にいわせれば賢三氏のアリバイだけが不充分です――とりゃあッ！」

気合一発！　部長のコテが一閃すると、お好み焼きは鉄板上空でくるりと半回転して、そば麺の上に綺麗に着地した。「おおッ」お好み焼きと焼きそばはこの瞬間、ひとつのモダン焼きとなって、オレたちの目の前に現れた。小麦粉の焼ける香ばしい匂いが、空腹を刺激する。「——で、なんの話でしたっけ、部長？」

「賢三氏のアリバイの話だ」

そういって部長はソースの入った壺を手元に引き寄せた。そして備えつけの刷毛《はけ》でもって、モダン焼きの表面に茶色いソースを満遍《まんべん》なく塗りたくった。それが済むと部長はマヨネーズのチューブを手にして、茶色い表面にマヨネーズ色の線を引きはじめた。一塁線、三塁線、ホームベース、ダイヤモンド、ピッチャープレート——丸いモダン焼きは、たちまち円形の野球場へと変貌を遂げた。部長は鉄板の上のモダン焼き球場を指差しながら、話を続けた。

「賢三氏が一塁側の扉を開けてグラウンド内に入り、やがて三塁側の扉の前に立つ。それからまた一塁側へと戻っていく。この間、つまりダイヤモンドを横断している間だけ、賢三氏はひとりだったわけです。違いますか、芹沢先生？」

なんだそんなことか、というように女教師は肩をすくめた。

「でもそれは、ひとりになったうちには入らないよ。ダイヤモンドを横断する賢三さんの姿を、わたしも橋元さんもちゃんと見ていたんだから」

「しかし、先生はさっきこういったはずですよ。『人影は一塁側の暗がりから現れた』と。野球場は広い。しかも夜中のことです。三塁側から見ている先生の目には一塁側はあまりに遠く、その様子は暗すぎてよく判らなかったのではありませんか。漠然とした暗闇の中から人影が現れて、マウンドの付近を通るうちに徐々に輪郭が鮮明になってきて、三塁ベースを過ぎたころにやっと賢三氏だと判別できた。そんな感じだったろうと、推測するんですがね」

「それはそのとおりよ。確かに、三塁側にいたわたしの目からは一塁側の様子を判断することはできなかった。けれど、一塁側には真知子さんと吉野さんがいたのだから同じことじゃないかしら」

「というと？」

芹沢先生は「ちょっとそれを貸して」といって部長からマヨネーズのチューブを受け取ると、それでもってモダン焼き球場の一塁側三塁側に入口を書き加えた。一塁側の扉は開いた状態で描かれた。

「賢三さんはグラウンドに入る際に、一塁側の扉を開いたままの状態にしておいたんだって。そして真知子さんの車椅子はちょうど三塁側を正面に見る位置にあったの。つまり真知子さんと吉野さんは、その開いた扉から賢三さんの様子をちゃんと見ていたのよ。行きも帰りも、目を離さずにね。ということは、わたしの目からは見えていなかった一塁側の様子は、真知子さんの目にはハッキリ見えていたことになる。同じように、真知子さんたちの目に三塁側の様子は見えていなかったとしても、そちらはわたしと橋元さんが見ていたことになる。つまり、賢三さんの行動は一塁側と三塁側の両方から見られていたわけ。したがって賢三さんはダイヤモンドを横断する間、実質的にひとりで行動する機会はなかった。そうなるでしょう？」

「なるほど。そういうことなら、確かに賢三氏に犯行の可能性はありませんね。いや、先生の話を聞いていて、ついつい疑ってしまったんですよ。一塁側からグラウンドに足を踏み入れた賢三氏が、暗闇に乗じてマウンド付近で方向転換。素早くセンター・バックスクリーンへと移動し、そこで被害者の喉を掻っ切って、その直後に何食わぬ顔で三塁側の先生たちの前に姿を見せたのではないかと――」

部長は芹沢先生からマヨネーズを奪い取ると、賢三氏が通ったかもしれない架空のルートをモダン焼き球場の表面に描いて見せる。それを見て芹沢先生が首を振る。

「疑うのは勝手だけど、それは見当違いね。賢三さんがグラウンドに足を踏み入れたといっても、要するにダイヤモンドを横断しただけ。つまり内野での出来事よ。一方、殺人現場はバックスクリーン。つまり外野のいちばん奥。ダイヤモンドとバックスクリーンの間は、まだ随分な距離があるもの」

オレは素早く計算した。

「確か飛龍館球場は、ホームベースからセンターのフェンスまで百二十メートルでしたね。マウンドからホームベースが約十八メートルだから、引き算すると、マウンドからバックスクリーンまでは、まだ百二メートルあります。賢三氏が一塁側と三塁側を往復する間に、なんらかの隙に乗じて百メートルの距離を移動して、バックスクリーンで野口監督を殺害できたとしたら、まさに奇跡ですよ」

「奇跡いうより、瞬間移動やなー」八橋さんが的確にいい直す。

「本当にそうね」と芹沢先生も頷いて、「やっぱり賢三さんを疑うのは無理だと思う。あの人は野口監督を飛龍館野球部の次期監督に据えようと考えていたくらいだから、殺す動機もないしね。そもそも賢三さんが人殺しなどするような人とは思えないし――ううん、そんなことより！」芹沢先生は鉄板の上の熱々のモダン焼きに視線を落とすと、邪念を振り払うようにブルブルと頭を振った。「とりあえず食べようよ！　モダン焼きに描かれた野球場を眺めていても、埒《らち》は明かないもんね。さあ、君たちも食べていいよ。どうせ君たちが払うんだからさ」

ならば遠慮はいらない。オレたち三人は鉄板とキスするような勢いで猛然とモダン焼きに食らいついた。モダン焼きの円形球場は切り刻まれて、見る見るうちに四人の胃袋の中に収まっていった——。

土曜の夜の出来事をあらかた語り終え、モダン焼きもすべて食べ終えると、芹沢先生は「ごちそうさま」といって席を立った。

「明日は研修のため出張なのよ。いろいろ用事があるから、悪いけどこれで失礼するね。わたしの話は役に立ったかしら？　そう、それはよかった。そうそう、多摩川君、君の焼き加減も絶妙だったよ。さすが『お好み焼き研究部』の部長だけのことはあるね」

芹沢先生はなにかを勘違いしたまま「それじゃ！」と片手を挙げながら、ひとり「カバ屋」を後にした。

先生の去ったテーブルで、オレたち三人は顔を突き合わせて互いの意見を述べ合った。

「芹沢先生の話、ホンマに信じてええんやろか。なんやら相当怪しい気がするんやけど」

「でも嘘をついている様子はなかったですよ。いちおう信じていいんじゃありませんか」

「仮に先生が嘘をついていなくても、彼女の周りの人が嘘をついている可能性はあるな。例えば賢三氏とか——」

部長はあくまでも賢三氏に疑いの目を向けている。芹沢先生の前でいったん納得したような顔を見せたのは、単なるポーズにすぎなかったようだ。

「いずれにしても、まだまだ情報不足ですよね。芹沢先生から話を聞いただけでは」

「うむ、もう少し違った角度から話を聞きたいとこだな」

「芹沢先生は三塁側におったんやから、違った角度いうたら今度は一塁側やな。事件の夜、一塁側におった連中——理事長夫妻と家政婦の吉野さん——この三人の誰かから話を聞くんが順序ちゅうもんやろ」

「そうだな。いまのところ賢三氏がいちばん怪しい感じに映るから、真知子夫人か吉野さんの話が聞きたいとこだ。うまいきっかけがあるといいんだが」

「それからもうひとつ」八橋さんが指を一本立てて強調した。「オレ、まだ現場をいっぺんも見てへん。とにかく飛龍館球場いうもんを自分の目で見てみたいんやけど」

「ん、それならさっき見たじゃないか。鉄板の上で」

「モダン焼きの野球場やなくて、ホンマもんの飛龍館球場を見たいんやッ。それも、できれば夜の飛龍館球場がええ」

「あ、それ僕も賛成です。たぶん昼間に見るのとは印象が違うでしょうから」

「判った判った」部長が決断した。「じゃあ、明日は夜の飛龍館球場で散歩でもするか」

第三章　ラッキーセブン

一

翌日の火曜日は前日とは打って変わった快晴の一日だった。

夜の散歩にはまだ早すぎる放課後のこと。オレは多摩川部長とともに野球部のグラウンドを訪れた。三十人ほどの部員たちが隊列を組んでグラウンドを走っている。誰もが真剣な表情で汗まみれになっている姿は、傍目にも清々《すがすが》しさを感じさせる——ということにしておこう。実際は見ているだけでこっちまで汗が噴出しそうな光景だ。隊列の中にキャプテン土山の姿を捜してみたが、どういうわけだか見当たらない。と、思ったところ、グラウンドに響き渡る土山の声——

「おらおら！　なにチンタラチンタラ走ってやがるんだ！　もっと真剣にやれーッ！　ほ

ら、声出していけ、声出してーッ！　ほら、一、二、三！　一、二、三！」

　隊列の中から悲鳴に似た声が答える。

「キャプテーン！　三拍子では走れませーん」

「うるせー、オレのやり方に文句いうなー」

　キャプテン土山はひとり隊列を離れてダッグアウトの中。ベンチにふんぞり返って、メガホン片手に声だけ出している。まるで監督だ。野口監督亡き後、彼が練習メニューの一切を取り仕切っているらしい。飛龍館高校との練習試合の中で、成り行きによって誕生した代理監督土山博之は、意外に定着するのかもしれない。

「ま、かわいそうなのは思いつきのスパルタ野球を押しつけられる選手たちだな」

　部長は哀れむように小声でそういうと、一転、片手を挙げて陽気な声を発しながらダッグアウトに足を踏み入れた。

「よう、土山、元気そうだな。陣中見舞いにきてやったぞ！」

「よう、多摩川、元気だ。陣中見舞いにきてくれたのか！」土山は言葉とは裏腹な鋭い視線で部長を睨みつけると、顔の前でバットを立てて構えた。「で、誰が思いつきのスパルタ野球だと？」

「なんだ、聞こえてたのか。案外地獄耳だね、鯉ヶ窪学園野球部キャプテン、四番サード土山博之君」

「うふッ」隠しきれない笑みが土山の口許から零《こぼ》れ落ちた。「まあ、立ち話もなんだ。座れよ。冷たい麦茶あるぞ。飲むか」

土山は上機嫌でバットを収め、でっかいヤカンに入った麦茶を紙コップに注いでうまそうに飲んだ。

「で、なんの用だ？　どうせ、事件の話なんだろ」

「そうだ。野口監督が殺された理由について、おまえになにか心当たりがあるんじゃないかと思ってな。なにかないか、野口監督を巡るトラブルめいた話とか、誰かに恨まれていたとか」

「さあ、知らんな、そんな話」土山はグラウンドのほうに視線をやりながら、「そもそも、あの人が監督に就任したのは、ついこの春のことだ。正直、野口監督という人物について詳しいことは知らない。というか知る前に死んでしまった感じだな。野口監督は指導者としては中ぐらいのレベルだろう。野球には詳しかったし、情熱もあったな。確か、飛龍館高校の野球部の出身で、ポジションはピッチャーだったらしい。だが、社会人野球を経た後は、ずっと野球からは離れていたそうだ。監督を引き受けたのも、今回が初めてだったみたいだ」

「ほう、野口監督は飛龍館の出身だったのか。それは初耳だ」

「だからって、飛龍館球場で殺される理由にはならんだろ」

「しかし、飛龍館高校の関係者に彼を恨んでいた人物がいたのかもしれない」

「そうかな？　監督が飛龍館高校に通っていたのは、大昔だぞ」

「なに、意外に昔の事件が現在の事件を解く鍵になるものだ」部長はそういって、またべつの質問。「ところで、野口監督はずっと野球から離れていたといったな。それはどうしてだ？　なにか野球をやりたくない理由でもあったのか」

「さあな。そのへんの事情については、本人、あまり話したがらなかったな。なにか話したくない事情があったのかもしれないが、おれは知らん」

「そうか。――野口監督に対する選手の評判はどうだった？　監督のことを極端に嫌っている部員なんていなかったか」

「そういう質問には答えられんな」土山は部長の質問に不満を表明するようにいきなり立ち上がった。「さあ、質問が終わったら、そろそろ帰ってくれないか。おれはあいつらにノックをしてやらなきゃならんのでな」

「そうか、おまえ、いまは代理監督だったな」

多摩川部長はグラウンドを走る選手たちの姿を横目で眺めながら、しみじみとした口調

になって、

「しかし、土山も短い間に出世したもんだ。ついこの前までは試合によっちゃキャプテンの身でありながらベンチ温めていたくせに。それがいまじゃ学園はじまって以来のプレーイング・マネージャーだ。滅多《めった》にいるもんじゃないぞ、プレーイング・マネージャーなんて。西鉄の中西《なかにし》、阪神の村山《むらやま》、南海の野村《のむら》、ヤクルトの古田《ふるた》……あ、判ったぞ、トオル！」

「え？　なにが判ったんですか、部長」

「野口監督を殺した犯人だ。実は犯人は野球部キャプテンの――」

「えええッ、そんな、まさか！」オレは目を見開きながらキャプテン土山を見やる。

「こ、こらこら！　おまえたち」土山はかなり狼狽《ろうばい》気味に、声を張りあげる。「いい加減なこというな！　人聞きの悪い」

「犯人はみんなそういう」

「犯人じゃねーっての！」

「まあまあ、そう興奮しないで落ち着いて聞きたまえ、土山博之君」と部長はキャプテンを鼻で笑うような態度。「オレはなにも、いい加減なことをいっているわけではないぞ。つまり、こういうことだ。おまえはなかなか自分を使ってくれない野口監督の選手起用に常々不満を持っていた。そんなおまえは高校生としての最後の夏になんとかレギュラーとして、できれば四番サードとして大会に出場したいと願っていた。しかし、普段から野口監督とおまえとの折り合いは悪く、その願いは叶えられそうもなかった。そして、いよいよ夏の大会が迫ってきたこの七月、ついにおまえは自らの願望を実現するための最後の手段に打って出た。すなわち、野口監督を殺害することによって、自らがプレーイング・マネージャーとなり、夏の大会に出場する。そうすれば四番サードも一番ショートも思いのままだ。それがおまえの――」

部長は物語のクライマックスで殺人犯を指名する名探偵よろしく、人差し指を土山に向けた。「――それがおまえの殺人計画の全貌だったのだああッ！」

さすが部長。適当な推理をでっち上げる腕前は一級品だな、とオレは半ば感心しながら眺めていたのだが――

「ち、ち、違うッ、違うッ！」土山はこれまた物語のクライマックスで殺人犯として指名された真犯人のように、おおいにうろたえた。「お、おれは関係ないんだッ！」

真に迫った混乱振り。手にした紙コップは握り締められて、もはやコップの形をしていない。でっち上げの推理が土山にもたらした意外な効果に、オレと部長は思わず顔を見合わせた。

「どうしたんです、土山さん？　部長は冗談をいってるだけですよ。ね、部長」

「そうだ。土山が犯人なわけがないじゃないか。なに慌ててるんだ？」

「そうですよ。土山さんが犯人だったら、自分とこのベースを死体の傍にわざわざ残していくわけないですもん」

オレの口にした理屈に、土山はハッとしたような顔を浮かべて、

「そ、そうだとも。オレは潔白だ」そして急になにかを取り繕《つくろ》うかのように土山は笑い出した。「――ハハハ、もちろん多摩川が冗談をいっているのも判っていたさ。判っていながら、友達としてわざとノッてやったのだ。いやいや、おまえたちの探偵遊びにつき合ってやるのもなかなか骨が折れるな、まったく――ハハハ」

「………」怪しい。なんだろう、このわざとらしさ。隠し球を見破られた遊撃手のような照れ笑い。怪しすぎる。

「おい、土山」部長が静かな声でいう。「おまえ、なにか隠してないか？」

「隠し事などない！」

土山は不必要に大きな声を張りあげて、バットを手にすると、「さあ、部外者は出ていってくれ」とオレたちを追い払い、返す刀でグラウンドを走る選手たちにバットの先端を向けて叫んだ。「よーし、守備位置につけえッ！　ノックだ、ノック！　いいな、エラーしたら一回につき百円を車椅子共同募金に寄付するんだぞ！」

二

それから数時間後、オレと部長、八橋さんの三人は北戸倉町行きのバスに揺られていた。もちろん目的地は飛龍館球場である。バスが飛龍館高校前に到着するころには、あたりはすでに夕闇が迫っていた。夜はもうすぐそこまできている。このことはとても重要だ。今回、オレたちは太陽の下の飛龍館球場を見にきたわけではない。夜の闇に包まれた球場を見るために、わざわざこの時間を選んでやってきたのだ。

バスを降りて、真っ直ぐに飛龍館球場へと向かう。先日は桜井さんのいい加減な道案内で迷子になったが、さすがに今回はもう迷うことはない。間もなく目の前には、紺色の空をバックに雑木林のシルエットが黒く立ちはだかった。その光景には、あたかも部外者の侵入を拒むかのような威圧感さえ感じられた。

「この雑木林の中に野球場があるんやな」この場所を初めて訪れる八橋さんは、雑木林の入口でいったん立ち止まると、物珍しそうに周囲を見回した。「それにしても、けったいな場所に建てたもんやなー」

「まったくだな」部長も同意しながら、雑木林の中に歩を進める。「しかし案外、殺人犯にとってはうってつけの環境だったかもしれないな。この雑木林は飛龍館高校の敷地らしいが、実質的には誰でも出入り自由だ。しかも、夜ともなれば訪れる者はまずいない。

「そうですね」実際、オレたちの周辺に人の姿はひとりとして見当たらない。「でも、土曜日の夜の九時前後には、龍ヶ崎家の人々が偶然にもここに勢揃いしていた——。やっぱりなんか変ですね」

「ああ、まったく変だ。どう考えても偶然じゃないな。ここにきてみて、あらためてそう思うぞ」

重なり合う木々。上空を覆う枝々。月明かりさえ届かない雑木林の中には、ひと足先に本格的な夜が訪れていた。歩行者用の小道はそれなりに整備されているものの、ところどころに設けられた水銀灯の明かりに頼らなければ、歩行は困難だった。その頼みの綱の水銀灯さえ、けっして充分な明るさではない。現に、八橋さんは足元にあった細長い物体を蛇と勘違いして飛び上がった。「——なんや、枯れ枝かいな！」驚いて損したというように枯れ枝を放り投げる先輩。そうかと思うと多摩川部長は足元の細長い物体を枯れ枝だと勘違いして素手で拾い上げた。「——なんだ、蛇かよ！」拾って損したというように大きな蛇を放り投げる部長。やっぱり部長は只者ではない。

しばらく歩くと、ようやく重なり合った木々が途切れ、視界が開けた。目の前に飛龍館球場の周囲を覆うイチョウの並木が巨大なカーブを描いている。オレたち三人は球場を周回する遊歩道に出た。

「とりあえず、球場の周りを一周してみるか」

部長の提案に乗る形で、オレたちは歩きはじめた。イチョウ並木と遊歩道が描き出す単調な直線とカーブ。周囲に広がる雑木林の黒々としたシルエット。代わり映えのしない光景の中を、ゆっくり歩くこと五、六分。夕暮れ時は完全に過ぎ去り、あたりには完全な夜の闇が訪れていた。そろそろ球場の周囲をほぼ一周したのではないかと思ったあたりで、オレたちは遊歩道から直角に折れる横道に入っていった。すると、たちまち八橋さんが足を止めて、警戒するような声をあげた。

「なんやら、ぎょうさんいるみたいやで」

五メートルほどいったところに球場の入口がある。その入口の前に五、六人の人影がたむろしているのが見える。現場保存に努める警察官かな、と一瞬思ったが、どうもそうではないらしい。人影の中に混じって見える、車椅子の特徴的なシルエット。

「真知子夫人ですよ、部長」

「ほう、あの人がそうなのか。とすると、他は龍ヶ崎家の人たちかな?」部長は期待するようにいった。「だとすれば、かえって好都合だ。球場の中に入れるかもしれないぞ」

「ほな、いこかー」

八橋さんのお気楽な声を合図に、オレたちは横一列で入口に向かった。

すると、入口付近にたむろしていた人影の中からひとりの男が進み出て、オレたちの前に両手を広げて立ちはだかった。威圧的な、しかしながらどこかで聞いたことのある中年男の声が響く。

「コラコラ、君たち、こんなところになにしにきたのかね！」

お馴染みの祖師ヶ谷警部である。背後にはもちろん烏山千歳刑事の姿も垣間見える。

「やあ、祖師ヶ谷警部じゃありませんか。僕ですよ、僕」部長が左手で自分の顔を指差しながら、右手で頭を掻く。「いやあ、奇遇だなあ。たまたま僕ら三人、夜の散歩と洒落込んでいたら、こんなところで警部さんと会ってしまった。いやあ、偶然ってあるんですね、警部さん」

「ふん、偶然なものか」祖師ヶ谷警部は吐き捨てるようにいう。「どうせ君たちのことだ、素人探偵気分で殺人現場を覗きにきたんだろ。違うかね？」

「………」図星。

「駄目だ駄目だ。殺人現場は部外者立ち入り禁止だ。帰りたまえ、さあさあ！」

うるさい蠅《はえ》を追い払うように手を振る祖師ヶ谷警部。すると、よく通る女性の声が警部の名を呼んだ。「――あの、警部さん」

「ああ、奥さん、心配いりません。いま追い払いますから、ほら、シッシッ！」

まるで犬でも追い払うかのよう。

「いえ、あの、警部さん」真知子夫人はおずおずとした口調ながら、オレたちのために助け舟を出してくれた。「その方たちを追い返すには及びませんよ。その方たちは彼女のお友達のようですから」

真知子夫人はそういいながら、車椅子の傍らに立つ『彼女』を手で示した。鯉ヶ窪学園の夏服を着た『彼女』が、一歩前に進み出る。生徒会長の桜井あずささんである。

しかし桜井さんは真知子夫人の用意してくれたせっかくの助け舟に、ドリルで穴を開けるかのように、

「いいえ、おばさま、この人たちはべつに友達じゃないんですよ。ただ知り合いなだけで」

「こら桜井、余計なことをいうな！」部長がびっくりしたように叫ぶと、

「え!?」闇の中で生徒会長の眸がキラリと鋭く光った。「いまなんていったのかしら。『こら』っていったの？『こら桜井』って、ひょっとしてあたしのこと？」

「い、いいえ、とんでもない」部長は打って変わったような卑屈な態度で、「どうかお願い

します、桜井さん、余計なことはおっしゃらずに、ここはひとつ友達ということで穏便に」

「ま、仕方がないわね。――警部さん、そこ退《ど》いてくれませんか」桜井さんは堂々と祖師ヶ谷警部を邪魔者扱いすると、先輩たちを真知子夫人のもとに招き寄せた。「紹介します。この二人は多摩川君と八橋君といって、わたしとは単なる友達です。――赤坂君とは練習試合のときに会っていますよね？」

「ええ、もちろん憶えているわ」真知子夫人はオレに小さく微笑《ほほえ》んでから、二人の先輩のほうを向いた。「はじめまして、龍ヶ崎真知子といいます。よろしく」

「ど、どうも」部長は緊張気味に深々とお辞儀をしながら、「お会いできて光栄です。実はぜひ一度会ってお話が聞きたいと思っていたものですから」

「あら、わたしと？　いったいなんの話かしら？」

部長が答えるより先に、桜井さんが口を挟む。

「どうせ殺人事件の話ですよ、おばさま――この人たちは『探偵部』といって、素人探偵気取りで事件に首を突っ込む困った人たちなんです」

「まあ『探偵部』!?　鯉ヶ窪学園には面白いサークルがあるのね」

「駄目ですよ、そんなもの面白がっていたら。彼らすぐ調子に乗るんだから――」

真知子夫人と桜井さんは親しげに会話を交わす。その間、オレはその場にいる面子《メンツ》を素早く確認した。祖師ヶ谷大蔵警部と烏山千歳刑事のコンビ。真知子夫人と桜井さん。賢三氏の甥っ子で秘書の橋元省吾氏。そして若い家政婦の吉野さん。その横にきちんとお座りしている黒い犬はビクターである。オレたち三人を除けば六名と一匹。出張中の芹沢先生がいないのは当然だが、事件の重要人物と思われる賢三氏の姿が見えないのが気に掛かる。

八橋さんがさりげなく女刑事のもとに歩み寄り、小声で尋ねる。

「千歳さん、いったいこんな時間にこんな場所で、みなさん、なにしてはるんですか？夕涼みですか？」

「実験よ。祖師ヶ谷警部の思いつきでね。本当は昨日やりたかったんだけど、昨夜は雨だったでしょ。だから今夜にずれ込んだの」

烏山刑事はいまひとつ要領を得ない説明のまま、警部のほうに向かった。

「警部、もうあたりは充分暗くなったようです。そろそろはじめてもいいのではありませんか。見物人が三人増えたくらい、どうということもないでしょうから」

「うむ、そうだな。真知子夫人が構わないというのであれば——」

様子を窺うように警部が真知子夫人に顔を向ける。真知子夫人はしっかりと頷いて、

「ええ、構いませんよ、警部さん。どうぞはじめてくださいな」

真知子夫人の傍らでは、橋元省吾氏が銀縁眼鏡の奥から冷たい視線を警部に浴びせる。

「ところで警部さん、そもそもなんの実験をしようというのか、まずそれから説明してもらえませんか」

「判りました。では、実験の趣旨をご説明しましょう。なに、簡単なことです。要するに事件の起こったとされる土曜日の夜の光景を再現していただきたいのです。いま、我々は飛龍館球場の一塁側の入口にいます」

そういって警部は入口の脇に掲げられた『一塁側入口』の看板を指で示した。

「土曜日の夜九時ごろ、ここには賢三さんと真知子さん、それから吉野さんの三人がいました。犬と一緒にね。そこで賢三さんはこの一塁側の扉の施錠が不完全であることを発見した。そして三塁側の戸締りを確認するために、グラウンドの中にひとりで入っていった。そういう話でしたね、奥さん」

「ええ、間違いありませんよ、警部さん。――ひょっとしてなにか疑ってらっしゃるのですか、主人のことを」

「いえいえ」とんでもない、というように警部は激しく頭を振った。「ご主人のことを疑ってなどいません。ただ、イメージを摑みたいだけですよ。賢三さんがグラウンドを横切

っていく。その姿がこの場所から実際どのような感じで見えたのか、そのイメージを

「疑ってるも同然じゃないですか」橋元氏が冷たい声で非難する。「警部さんは叔父貴が暗闇に乗じてバックスクリーンでの殺人をおこなったと、そう勘ぐっているんですね。だとしたら、わたしはこの実験には協力できませんね。あの人を陥《おとしい》れるような実験には反対です。家族としても部下としても、到底承諾できません」

「いいえ、賢三さんを陥れるだなんて、そんなつもりはこれっぽっちも」

「じゃあ聞きますが、警部さん。なぜこの場所に叔父貴を呼ばなかったんですか。実験がしたいのなら、まっさきに本人を呼ぶべきでしょう。これではまるで欠席裁判のようですよ」

「欠席裁判だなんてとんでもない。わたしはできれば賢三さんにも参加してほしいと思ったのですが、なかなか連絡がつかなかったわけでして――」

「だったらわたしに聞けばいいじゃありませんか。叔父貴のスケジュールならわたしが常に把握しています。いま時分は駅前のフィットネスクラブで汗を流しているはずですよ」

「おや、そうでしたか」

「ふん、どうせ最初から連絡しなかったんでしょう」

「まあまあ、橋元さん。そう興奮しないで。あなたらしくもない」

真知子夫人は感情的になりかける橋元氏をやんわりと窘《たしな》めてから、警部のほうに顔を向けた。

「判りました、警部さんがそれで納得するなら、実験に協力いたしましょう」

「そ、そんな——本気ですか！」橋元氏は信じられないといった表情。

「いいのよ、橋元さん。主人もおかしな疑いを掛けられたままでいるより、さっさと疑いが晴れたほうがいいでしょうから。主人には後でわたしのほうからいっておくから。——それで、警部さん、具体的にわたしたちはなにをすればいいのですか」

「ご協力感謝いたします」警部は深く頭を下げて、「では土曜の夜のように、真知子さんと吉野さんはここにいてください。橋元さんは烏山刑事と一緒に三塁側入口にいってもらいます。烏山刑事はいわば芹沢由希子先生の代役です」

「判りました。なにもかも土曜の夜のようにするんですね。——それで、どなたが主人の役をおやりになるのですか」

「もちろん、このわたしが」祖師ヶ谷警部が得意げに胸を叩く。

「ん!?」いままで黙っていた多摩川部長がここぞとばかりに口を開いた。「ちょっと待ってくださいよ。警部さんが賢三さんの役を演じたのでは、実験の趣旨にそぐわないじゃありませんか」

「というと?」

「賢三さんがグラウンドを横切る姿が、一塁側と三塁側からどのように見えていたのか、警部さんはそのイメージを摑みたいのでしょう。だったら、警部さんが一塁側、烏山刑事が三塁側にいるべきでしょう」

「君のいっていることはよく判るが、それでは賢三さんの役を演じる人物がいなくなる」

「なにをいってるんですか、警部さん」多摩川部長は親しい友人であるかのように警部の肩に手を置いて、「僕がいるじゃありませんか。グラウンドを横切ればいいんでしょう?簡単じゃありませんか。任せてくださいよ、警部さん。こう見えても僕は、祖師ヶ谷警部の手柄のためには、協力を惜しまない男なんですから」

三

多摩川部長の図々しい申し出は、しかし祖師ヶ谷警部にとっては渡りに舟だったらしい。

こうして部長は土曜の夜の龍ヶ崎賢三氏の役を演じることとなった。祖師ヶ谷警部は新人俳優に演技指導をおこなう演出家のように、多摩川部長になにやら指示を与えている。会話の詳しい内容は聞き取れなかったが、なんにせよこの二人の間に協力関係が築かれるのは史上初の快挙だ。

「警部さんは真知子夫人の前ではあんなふうにいってましたけど、本心ではやはり賢三氏を有力な容疑者と睨んでいるんでしょうね。部長と同じように」

「そやな。ひょっとするとあの二人、頭の構造は案外似たようなもんかもしれんなー」

オレと八橋さんが勝手なことをいっているうちに、警部と部長の打ち合わせは終了。戻ってきた部長に、今度は八橋さんが小声で耳打ちする。二人の間でどんなやりとりがあったのかは判らない。やがて烏山刑事と橋元が三塁側に移動するのを待って、いよいよ土曜の夜を再現する実験が開始された。

警部は自ら入口の鉄扉の前に進み出た。鉄扉のチェーンロックはすでに開錠されている。

「賢三さんは自ら扉を開いたのでしたな。扉は二枚あります。賢三さんは両方の扉を開いたのですか」

「いいえ」と真知子夫人が首を振る。「主人が開けたのは片方の扉だけです」

「右の扉でしたか。それとも左の扉？」

「ええと、それは——どっちだったかしら、吉野さん、覚えていない？」

「右の扉だったと思います、奥様」吉野さんは大柄な体格に似合わぬ控えめな態度。「右の扉を開けたから、奥様の位置からダイヤモンドがよく見渡せたのだと記憶しております」

「なるほど」警部は二つの扉を交互に開けてみて、「確かに、左側の扉を開けた場合、開いた扉が邪魔になってダイヤモンドが見にくい。では、開いていたのは右の扉が一枚だけ。それで奥さん、扉の開く角度はどうでしたか。九十度くらい？　それとも四十五度？」

「九十度くらいだったと思います」

「判りました」警部は扉を九十度程度に開けて手を放した。「扉はこの状態でずっと開きっぱなしだったのですね？」

「ええ、主人が出ていってから戻ってくるまで、ずっとそんな感じでした」

「では、奥さん、いまこの状態で土曜の夜となにか違う点がありますか？　入口の周辺やグラウンドの中の様子など」

真知子夫人は開いた扉越しにグラウンドの中に視線をやった。オレたち三人もここぞとばかりに彼女と同じ方角を凝視した。

入口を入ってすぐ左手に一塁側観客席が見える。その向こう側に見えるのがダイヤモンド。いちばん手前に見えるのは、当然のことながら一塁ベースだ。その右手の奥には二塁ベースのような物体の影が辛うじて肉眼でも確認できる。三塁ベースとなると距離が遠すぎてもはや影すらも確認できない。一塁線や一塁と二塁を結ぶ白線などはかなりハッキリ見える。ホームベース付近は一塁側観客席に隠れる恰好となって、見ることはできない。ダイヤモンドの中央にはマウンドがある。そこには、なにやら黒っぽいものが被せてある。

「マウンドに被せてあるのは、なんですか」

オレが尋ねると、真知子夫人が答えてくれた。

「ああ、あれは夜中の急な雨に備えての防水シートよ。マウンドとバッターボックスは雨に濡れないように毎晩シートで覆っているそうよ」

そして真知子夫人は警部のほうを向き、きっぱりと首を縦に振った。

「ええ、土曜の夜と同じだと思います。特に違った点があるようには見えません」

「吉野さんはいかがですかな？」

「はい。わたくしも奥様と同じでございます」

吉野さんが頭を下げると、警部は満足そうに頷いて、おもむろに多摩川部長を手招きした。「いまから、この多摩川君に土曜の夜の賢三さんと同じ行動を取ってもらいます。みなさんはよく見ているようにお願いします。——では、君。打ち合わせどおりに頼むよ。くれぐれも余計なことはしないように」

「任せといてください」部長は胸を叩いて、入口の扉の前に立った。「では、いってきます」

部長は一塁側の入口から入っていった。全力疾走ではなく小走り程度のスピードで、真っ直ぐに一塁ベースのほうへと向かう。ひょいと身軽な動きで一塁ベースを跨いだ部長は、そのままマウンド方向に進む。しかし、ここで部長はほんの僅かではあるが方向転換。部長はそのまま真っ直ぐマウンド上を通るのではなく、むしろマウンドを迂回するように二塁寄りの進路を取った。マウンドをやり過ごした部長はそのまま三塁ベースを目指して進む。このあたりになるともはや距離が遠すぎて部長の背中を確認しづらい。部長の姿はぼんやりとしたシルエットとなって、間もなく闇の中に紛《まぎ》れ込んでいった。もはや一塁側入口から部長の姿は確認できない。部長はちゃんと三塁側入口にたどり着いたのだろうか？

そう思ったころ、祖師ヶ谷警部の携帯が鳴った。

「わたしだ——そうか判った——じゃあ、彼に戻るようにいってくれ」

警部は携帯を手にしたまま、状況を説明した。

「多摩川君はいま三塁側入口にいます。これから一塁側に戻ってきますから、よく見ておいてください」

いわれるまでもなく、誰もが扉の向こうの景色から目を離さない。すると、やがて三塁側の深い闇の中に蠢《うごめ》くような影を発見。影は徐々に大きくなり、それとともに鮮明さを増していく。影はやがて人影になった。人影は例によってマウンドを避けるかのようにそのセカンドベース寄りを迂回して進む。すると突然、いままで順調だった人影の動きに異変が起こった。人影は一塁側と三塁側のちょうど中間点、マウンドの横を通り抜けようとしたあたりでいきなり前のめりに転倒した。しかし人影はまたすぐに立ち上がった。頭を掻くような仕草がシルエットとなって確認できる。それから人影はまた何事もなかったかのように走り出し、一塁ベースを軽快に飛び越えて、一塁側入口に近づいてきた。近づくにつれて人影の輪郭は明確になり、顔立ちもようやく判別できるようになった。当たり前のことだが、その人影の正体は多摩川部長だった。違う人だったら大変である。

部長が一塁側入口にたどり着くのを待って、祖師ヶ谷警部はさっそく真知子夫人に質問した。

「いかかですか、奥さん。土曜の夜の賢三さんの見え方と、いまの多摩川君の見え方と、なにか違った点はありませんか」

「いいえ、非常によく似ていたと思います。土曜の夜に見た光景とそっくりでした」

「吉野さんは、いかがですかな？」

「はい。わたくしも奥様と同じでございます。土曜の夜の旦那さまといまの学生さん、ほとんど同じように見えました」

「土曜の夜のほうがいまよりも暗くて人影が見えにくかった、というようなことはありませんか」

吉野さんは首を振って、

「いいえ、そのようなことはなかったと思います。やはり旦那さまの影はいまのようにマウンドを通り過ぎるところまでは見えていますが、三塁ベースのあたりでは見えにくくなって、その先はまったく見えなくなりました。いまの実験と、ほとんど同じだったと思います」

「奥さんはいかがですかな？」

「吉野さんのいうとおりだと思います。主人と多摩川君の体つきが違うだけで、他はほぼ一緒でした。もし、土曜の夜に警部さんがわたしと一緒にこの場所にいたとしても、やはりいまと同じような光景を見たと思います」

「うーん、そうですか」困ったなというように祖師ヶ谷警部は唸り声をあげた。「しかし、三塁ベースあたりまでなんとか肉眼で確認できるとなると……」

実験の結果は祖師ヶ谷警部にとっては不本意なものだったらしい。警部は烏山刑事と携帯で連絡を取り合い、また多摩川部長を呼び寄せた。

「君、すまんがもう一度同じことをやってもらえんかね」

「いいですよ」警部の要求に素直に応じる部長。「では、いってきます」

祖師ヶ谷警部の実験の様子

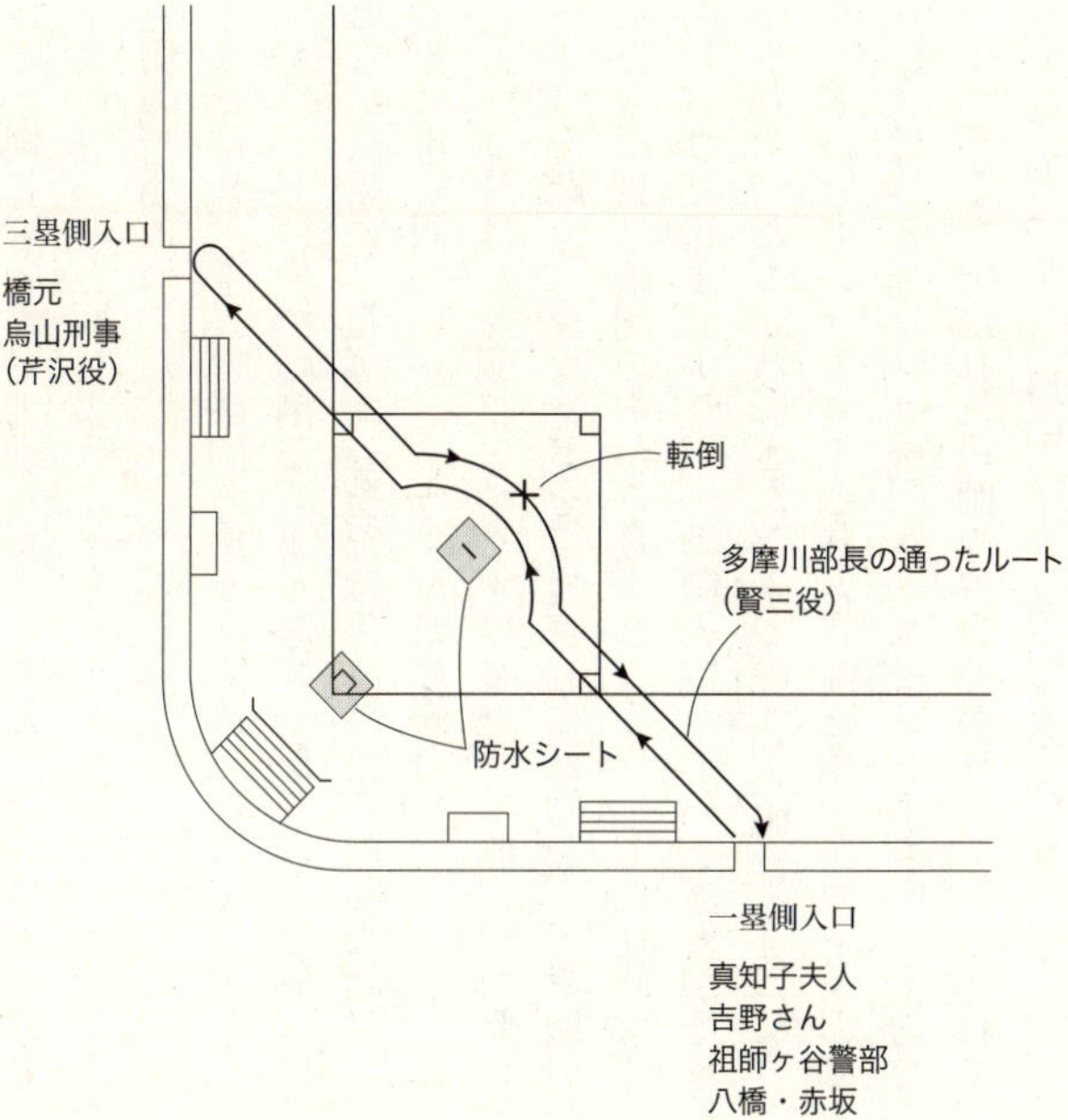

多摩川部長は先ほどと同じスピードで進んだ。オレたちは先ほどと同じように部長を注意深く見守った。部長は先ほどと同じように一塁ベースを跨ぎ、マウンドを二塁寄りに迂回し、間もなく三塁側の暗闇に消えた。

戻ってくるときもまた同様。部長は暗闇の中から人影となって登場し、マウンドを迂回するコースを進む。マウンドの横で転倒し、また起き上がり、一塁側入口へと戻る。

先ほどと寸分違《たが》わない結果に、祖師ヶ谷警部は焦りの色を隠せない。

「ぬぬぬ——君、本当に申し訳ないが、もう一度だけ頼む」

「お安い御用ですとも」部長は嫌な顔ひとつせずにまた一塁側入口を駆け出していった。

部長は三度一塁ベースを跨ぎ、マウンドを二塁寄りに迂回し、三塁側の暗闇に消えた。

またしばらくすると、部長は暗闇の中から登場し、マウンドを迂回するコースを進み、マウンドの横で転倒し、また起き上がり、一塁側入口へ——と誰もがそう思った刹那《せつな》、

「うわ！　ホンマにやりおった！」八橋さんが素《す》っ頓狂《とんきょう》な叫びをあげた。

なんと部長はマウンド付近でいきなりくるりと方向転換。キョトンとする祖師ヶ谷警部をあざ笑うかのように、猛然とダッシュを利かせてセンター方向に全力で駆け出した。

「こ、こ、こらあッ！」不意を突かれた祖師ヶ谷警部がワンテンポ遅れて、ドタバタとグラウンドに飛び出していく。「おい、烏山ッ！　あの男を捕まえろ！」

警部の命令を待つまでもなく、「待ちなさーい！」という制止の声が三塁側から響く。女豹を思わせる俊敏さで三塁側の暗闇から登場した鳥山刑事は、砂煙を上げるような猛スピードでセンター方向にすっ飛んでいった。「こらーッ！」

多摩川部長とそれを追いかける二人の刑事の姿は、あっという間に暗闇に見えなくなった。あとはセンター方向から若い男の悲鳴に似た叫び声が、途切れ途切れに聞こえてくるばかり。部長がどんな目に遭っているかは、なんとなく想像がつく。

「八橋さん、さっき『うわ！　ホンマにやりおった！』って叫びましたよね。あれどういう意味ですか」

「なに、大したことやない」先輩はうっすらと口許に笑みを浮かべながら、「賢三氏がグラウンドを横切る途中でなんらかの隙を見てセンターに向かい、バックスクリーンで野口監督を殺したんやないか——あいつはそういう考えやったやろ」

「そうでしたね」

「そやから、ホンマにそないな隙があるんやったら、おまえ自身が隙を見てセンターに向かって走ってみー、とあいつにそういってやったんや。いわば警察の実験に便乗した、オレら独自の実験やなー」

「………」駄目じゃないですか、そんなふうに部長をそそのかすようなことといっちゃ！

「けど、まさかホンマにやるとはええ度胸やなー。オレには真似でけへんわー」

ひとり感心している八橋さん。唖然《あぜん》とするオレ。

その横では桜井さんが真知子夫人に顔を近づけながら、

「ほらね、おばさま、『探偵部』というのはこういう連中なんですよ。だから面白がっていては駄目なの！」

「あらまあ、本当ねえ」そういう真知子夫人はどこか面白がっているようにも見える。

間もなく、多摩川部長は祖師ヶ谷警部と烏山刑事の二人に両脇を摑まれた恰好で、一塁側まで《連行》されてきた。部長は「申し訳ありません」「反省してます」「もうしません」と素直に自らの行いを詫びたが、彼の言葉を信用する人間はもう誰もいなかった。

三塁側にひとり残っていた橋元氏は、一塁側入口に戻ってくるなり、さっそく祖師ヶ谷警部に詰め寄った。

「それで警部さん、実験の成果はどうだったんですか？　叔父貴が犯人であるという確証が得られましたか？」

「はあ、いえ、まあ――」

警部は非常に曖昧な態度。

「そら御覧なさい。だからわたしがいったじゃありませんか」

「まあまあ、橋元さん。そう喧嘩腰にならずに冷静に」真知子夫人は再び橋元氏を宥め、それからあらためて祖師ヶ谷警部のほうを向いた。

「警部さんもご覧になったでしょう。一塁側から三塁側に向かって駆けていく多摩川君の姿は、マウンドを過ぎるあたりまでは確実に見えています。実際、土曜の夜、わたしは吉野さんと一緒に、この場所から主人の背中を見ていましたが、主人の背中はマウンドの向こうまでちゃんと見えていました」

「ええ、どうやらそのようですな。しかし、いまの実験では、多摩川君の背中はマウンドを過ぎたあたりから見えにくくなっていき、やがてまったく見えなくなってしまいました。土曜の夜も似たような条件だったとすると、やはりご主人の背中は三塁側にたどり着くころには、奥さんの位置からは確認できなくなっていた」

「ええ、そうです。しかし、そのとき三塁側には橋元さんと芹沢由希子さん——今日の場合は烏山刑事が一緒にいて、暗がりから現れる主人の姿を目撃しています。——そうでしょう、刑事さん」

烏山刑事はしっかりと頷いて、

「ええ、そのとおりです。わたしは橋元さんと三塁側の扉の小窓越しにダイヤモンドを眺めていました。その場所からですと人の姿はマウンドのあたりまではハッキリ見えていて、一塁ベースに近づくにつれて見えにくくなり、それより遠くなるとまったく見えなくなりました。もちろん、三塁側に近づけば近づくほどよく見えるようになることは、いうまでもありません」

真知子夫人はあらためて警部のほうを向いて訴えた。

「以上のことから、お判りでしょう、警部さん。要するに、主人の行動には一点の曇りもありません。主人はただ一塁側の戸締りが不完全だったのを見て、三塁側の戸締りが気になった。わたしをひとりにするわけにはいかないので、吉野さんを残して、自分ひとりでグラウンドに入っていった。三塁側にはたまたま橋元さんと芹沢由希子さんがいたから、しばらく話をした。そして、また一塁側へと戻ってきた。――この一連の動きは一塁側と三塁側から、わたしたち四人の目が見つめていたのです。確かに、三塁側にいた主人の姿は一塁側にいたわたしの目には見えていません。しかし、そのときは三塁側にいた橋元さんと芹沢由希子さんが主人の姿を見ていました。逆に橋元さんたちが主人の姿を確認できない場面では、わたしと吉野さんが主人を見ていました。それで、どうして主人が殺人をおこなえるというんですか？」

「いいえ、わたしはけっして賢三氏を殺人犯だといったわけではなくて――」

真知子夫人の静かな迫力に祖師ヶ谷警部はタジタジとなった。要するに、祖師ヶ谷警部は多摩川部長と同様に、土曜の夜の賢三氏が単独で行動できた可能性を疑っている。片や、真知子夫人はそれがあり得ないことを主張しているわけだ。そして今夜の実験の結果は、ものの見事に真知子夫人の主張を裏づけるものだった。

祖師ヶ谷警部も納得せざるを得なかったのだろう。彼は傍らの女刑事にしみじみと語りかけた。

「ふーむ、どうやら我々の見当違いだったようだな、烏山刑事。犯罪捜査とは難しいものだ」

「警部、訂正していただけますか」警部の部下は冷静に反論した。「《我々》ではなくて《わたし》の見当違いだったと――」

四

祖師ヶ谷警部は無言のままにそそくさと、烏山刑事はブツブツ文句をいいながら、現場を去っていった。彼らはまたどこかで新しい容疑者を捜すのだろう。烏山刑事の幸運を祈るばかりである。

オレたち三人は真知子夫人らとともに一塁側の入口を離れ、球場を周回する遊歩道に出た。真知子夫人と桜井さんは祖師ヶ谷警部の印象を語り合っている。家政婦の吉野さんは真知子夫人の背後に影のように従い、黙って車椅子を押している。橋元氏はビクターのリードを握りながら、警戒するように厳しい視線を周囲に巡らせている。

「ところで、ちょっと聞きたいことがあるんですけど」多摩川部長が誰にともなく質問した。「先ほどの実験の中で、僕は三塁側から一塁側に戻ってくる途中で、わざと転倒しました。そういうふうに警部さんに指示されたんです。あの転倒の意味はなんなのでしょう？」

「ああ、あれね」真知子夫人が答えた。「あれは土曜の夜の主人の行動を忠実に再現したものよ」

「つまり、実際には賢三さんが転んだということですか．土曜の夜に」

「そうよ。ねえ、橋元さん」

詳しく説明してあげて、というように真知子夫人が橋元氏に話を振る。

「ああ、そうなんだよ。叔父貴は三塁側でわたしや芹沢さんと会った後、一塁側へと戻ろうとする途中で、いきなり転倒したんだよ。ちょうどマウンドの横を通り過ぎようとしたあたりだ。あんまりいきなりだったものだから、心配したんだけど、実際はそうたいしたことでもなかったようだ。叔父貴はすぐに起き上がり、恥ずかしそうに頭を掻く仕草をしたようだった。さっき多摩川君が再現してくれたようにね。そして、また何事もなかったように一塁側へと戻っていったんだ」

橋元氏の話を頷きながら聞いていた真知子夫人が、後を引き受けるように話しはじめた。

「その場面、わたしもよく憶えているわ。わたしは一塁側の入口で吉野さんと一緒に主人を待っていた。主人がなかなか戻ってこないので、不安に思いはじめたころ、ようやく暗がりから主人の姿が現れたの――」

「ちょ、ちょっと待ってください」慌てて部長が真知子夫人の話を遮った。「賢三さんは三塁側から、なかなか戻ってこなかったんですか」

「ええ、そうよ。結構、待たされた記憶があるわ」

「待たされたというのは、何分ぐらい？」

「さあ、正確には判らないわ。戸締りにしてはずいぶん時間が掛かっているなと思ったから、そうねえ――五、六分程度は待たされたかしら。ねえ、吉野さん？」

長身の家政婦は身体を屈めるようにしながら、

「はい、たぶんそれぐらいだと思います」

と答えて、真知子夫人の見解にいちおうの同意を示した。

「五、六分ですか」微妙な時間を耳にして部長の眉間に皺がよる。「昨日、僕らが芹沢先生から聞いた話では、賢三さんが三塁側にいたのは三、四分ではないか、ということでしたが」

「あら、そう？」真知子夫人は今度は傍らの若い男に確認した。「橋元さんはどうお感じになったかしら？」

橋元氏はわずかに考える仕草を見せてから、

「そうですねえ、叔父貴が三塁側で僕と雑談していたのは、せいぜい四、五分だったと思いますけど」

「四、五分ですか」部長は困惑の表情。「芹沢先生は三、四分といい、橋元さんは四、五分といい、真知子さんは五、六分という。いったい、どれが本当なんでしょうか」

「なに、そう深刻に悩む問題じゃないだろう。要するに、だいたい五分前後の出来事だったのさ。誰も時計で正確な時間を計っていたわけじゃないから、多少の誤差は仕方がない。由希子さんだって、『間違いなく三分から四分の間』と断言したわけじゃないんだろ」

「そういえば、『もう少し長かったかも』ともいっていましたね。自信はなさそうでした」

部長の言葉に、真知子夫人も車椅子の上で頷いた。

「そうね。わたしだって絶対といい切る自信はないわ。なにしろ暗い中でじっとしたまま人を待っていると、時間というものは長く感じられるものだから——ええと、それでなんの話だったかしら？　そうそう、主人が転んだ話が途中だったわね」

真知子夫人はいったん逸れた話を元に戻した。

「ようやく主人が暗がりから現れて、わたしはホッと胸を撫で下ろした。と思ったら、ちょうどマウンドの横あたりで、主人が急になにかに躓《つまず》いたように転んだの。ひょっとしたら、防水シートの端っこでも踏んだのかもしれないわね。まるで小学生の子供のような転び方だった。主人は照れくさかったのか、わたしたちのところに笑いながら戻ってきたわ。主人は、『もう年だ。ちょっと走っただけで足がもつれてしまったよ』といって、しばらく笑いが止まらなかったみたい」

「笑ってはったんですか、賢三さんは」意外というように八橋さん。

「そうね。転んだ自分がおかしかったみたいよ」

「きっと、おじさまの照れ笑いですね、それ」桜井さんはアッサリ納得する。

「それでは、ついでにもうひとつ質問を」と、部長は別の質問を投げた。「僕はダイヤモンドを横切るときに、わざとマウンドの部分を避けるようにして、二塁方向に迂回するような感じで進みました。もちろん警部さんの指示です。あれも賢三さんの行動を忠実に再現したものと考えていいんでしょうか」

「ええ、そのとおりよ。主人はマウンドを避けて通ったの」

「それはなぜだったんでしょうか。ダイヤモンドを横切るなら、マウンドの上を突っ切っていくのが最短距離だと思いますが」

「その理由は簡単よ。多摩川君もマウンドの上に防水シートが掛けられていたのを見たでしょう。あの防水シートは土曜の夜も、今夜と同じようにマウンドを覆っていたわ。主人は防水シートの上に土足で上がることに抵抗があったのね。だからシートの上を避けて二塁ベース寄りを敢えて通った。もしシートが被せてなければ、主人はマウンドの上をまっすぐ通ったと思うわ」

「ああ、やっぱりそういうことですか。いや、たぶんそうだろうとは思っていたのですが」

「ひょっとして、あなたたちも主人のことを怪しいと考えているのかしら？」真知子夫人はいまさらのようにオレたちに訝《いぶか》しげな視線を送った。「だとしたら、それは間違いよ。主人はそんなことのできる人じゃない。一緒に暮らしているわたしがいうのだから間違いないわ」

「ええ、もちろんです。芹沢先生も同じことをいっていました」

「あら、あなたたち由希子さんからずいぶんと情報を仕入れているのね。さすが『探偵部』だわ。それで、由希子さんは他にどんなことをいっていたのかしら」

「主に土曜の夜の出来事について聞かせてもらっただけです。龍ヶ崎家の人たちには全員アリバイがある、とか、賢三さんに犯行の機会はない、とか、橋元さんが芹沢先生に『つき合ってください』と告白をしたとか――」

「わッわッわわあッ」いままで無表情なまま黙り込んでいた橋元氏が突然、慌てふためきながら両手をばたばたさせる。「な、な、なにをいってるんだ、君！　なんでそんな話を君が――悪い冗談はやめなさい！」

もみ消しに躍起になる橋元氏をよそにして、

「あらまあ、面白いのね！　橋元さんが由希子さんに――ふーん、そうだったの！」

真知子夫人は車椅子の上で目を輝かせていた。

五

それからオレたち三人は、真知子夫人たちと別れてバスで帰宅の途についた。桜井さんはもう少し真知子夫人と話をしたいということで、オレたちとは別行動をとった。単に、オレたち三人と行動をともにしたくないだけかもしれない。

鯉ヶ窪学園の傍のバス停で降りると、夜だというのに外はまだまだ凄い熱気である。雑木林の野球場ではそれほど感じなかった暑さが、あらためてのしかかってくる感じだ。

「どうだ。ミーティングを兼ねて『カバ屋』でカキ氷でも——」

部長の提案に、オレと八橋さんはもろ手を挙げて賛成した。

オレたちは「カバ屋」の暖簾《のれん》をくぐり、お馴染みの店内に。カバに似たおばちゃんに「イチゴ」「レモン」「抹茶」の三種類を注文。やがてテーブルには、軽く揺らせばハラリと崩れ落ちそうな三色の氷の山が並んだ。オレたちは氷の山をスプーンの先で崩し崩し、今夜の成果と今後の展望について語った。

「どうやら賢三氏を疑う根拠はなくなったようですね」

「そやな。昨日芹沢先生から話を聞いた時点では、まだまだ信用でけへん部分もあったけど、今夜の実験を見てよう判った。真知子夫人もいうてたように、確かに賢三氏の行動には一点の曇りもない」

「部長のあのセンターへの大暴走によっても、それは証明されましたね。賢三氏があれと同じような行動を取れば、必ず一塁側三塁側両方の人たちの目につくはずですから」

「しかし、賢三氏に無理ちゅうことは、他の人たちにはなおさら無理ちゅうことになるな」

「野口監督殺害事件と龍ヶ崎家の人々とは無関係ということですかね」

「いやいや、ちょっと待て」部長が氷の山を慎重に崩しながら、「それじゃあ、土曜の夜の午後九時に飛龍館球場に龍ヶ崎家の人たちが勢ぞろいしていたのは、まったくの偶然なのか。午後九時といえば、まさに野口監督が殺害された時刻だぞ。そんな偶然あるか？」

「でも部長、なにも犯行は午後九時ジャストときまったわけじゃありませんよ。死亡推定時刻は午後八時半から午後九時半までの一時間です。野口監督は龍ヶ崎家の人たちが球場にやってくる前に、すでに殺されていたのかもしれません」

「そや――」八橋さんがなにか思いついたようにスプーンを指揮棒のように振る。「ひょっとすると犯人はちょうど球場におったんかもしれんな。バックスクリーンで犯行を終えて球場を立ち去ろうとしたところに、ちょうどのタイミングで龍ヶ崎家の人たちが一塁側と三塁側に現れる。球場から出るに出られんようになった犯人は、暗闇に身を潜めてじっと息を殺しながら、彼らが立ち去るのを待っていた――ちゅうのは、どうや？」

「犯人と龍ヶ崎家の人たちがニアミスしたわけですね。あり得ますね、それ」

「じゃあ犯人は龍ヶ崎家とは無関係なべつの誰かなのか？」部長は途方に暮れたような顔で、「だとすると、オレたちがいくら頭を捻ったところで無意味だな。容疑者の範囲が広すぎる。推理のしようがないじゃないか」

「それもそやな。オレら、警察やないんやし」

素人探偵の限界を目《ま》の当たりにして、八橋さんも落胆したように肩を落す。なんとなく話が行き詰ったところで、オレは席を立った。「ちょっとトイレへ」

氷を食べると小便がしたくなる。人間の身体はそういうふうにできている。オレは店の奥のトイレに入り用を足した。そして、先輩たちのテーブルに戻ろうとしたところ、

「ドスン！」

通路を歩いてきたおじさんと出会い頭に衝突した。べつにこちらの不注意というわけではなく、向こうのほうが俯いて歩いていたのだ。おじさんはびっくりしたようにひっくり返り、先輩たちのテーブルの前で派手に尻餅をついた。その弾みで、被っていたハンチング帽が床に落ち、掛けていたサングラスが斜めにずれた。

「あれ？」一瞬、垣間見えた中年男の素顔になぜか見覚えがあった。「おじさん、ひょっとして――」

顔を覗き込もうとすると、男はオレの視線を避けるように顔を伏せた。怪しい。男は立ち上がろうとするよりも先にまず帽子を被り、サングラスを掛けなおした。ますます怪しい。

「なんや、トオル、この人知ってるんか？」

「ええ、飛龍館高校の脇坂監督じゃないかと思うんですが――」

「ほう、そらオモロイ」八橋さんは中年男に話しかけた。「おじさん、脇坂監督かいな?」

ハンチングにサングラスのおじさんは、黙ったままブルブルと顔を振った。

「違ういうてるで」

「でも――」

オレは通路でひっくり返ったままの中年男を、あらためて観察した。どうやら倒れた弾みで腰でも痛めたらしく、なかなか立ち上がれないでいる。年齢は五十歳前後。太目の体型。麻の開襟シャツに茶色いズボン。ユニフォームを着せてサングラスを外し、ハンチングを野球帽に替えたら、一昨日見た脇坂監督によく似ていると思うのだが――

すると部長が、オレたちを押しのけるようにして自らおじさんの前に歩み寄った。

「なに、こんなところを飛龍館の監督さんがうろうろしているはずはない。他人の空似というやつだろう。――やあ、どうもすいませんね、おじさん。僕の後輩がご迷惑をおかけして」部長は優しい笑顔でそういうと、転んだままのおじさんを親切に助け起こしてやった。服についた埃を手で払ってやりながら、「おじさん、大丈夫ですか? おじさん、お怪我はありませんか? おじさんは脇坂監督ですか?」

「誘導尋問かね!」

おじさんは誘導尋問に引っかかった。シマッタというように慌てて口を押さえているがもう遅い。独特の太い声は日曜日の野球場で聞いた声と同じだ。

「あ！　その声はやっぱり脇坂監督ですね！」

「シーッ！　君、声が大きい！」

六

脇坂監督はサングラスを外して素顔を晒すと、オレたちをもとの四人がけの席に押し込んで、自らもオレの隣に腰を落ち着けた。明らかに人目を憚《はばか》る素振り。オレはわけが判らずに尋ねる。

「なんで飛龍館の監督がこんなところにいるんです？　野球部の練習の帰り？」

「いや練習は中止だ。事件の影響で球場が使えないから——ところで、君」

脇坂監督はオレの顔をまじまじと見て、

「君の顔には覚えがある。日曜日の練習試合のときに理事長たちと一緒にいた。確か、赤坂君とかいったな。ということは、君たち三人は龍ヶ崎家の知り合いかなにかか？」

「ええ、知り合いです」一昨日知り合ったばかりだが。

「やっぱりそうか。それで君たち、野口監督の事件に首を突っ込んでいるんだな」

「おや、おじさん僕らの話を聞いていたんですか」多摩川部長が非難するような視線を脇坂監督に向ける。「盗み聞きとはいけませんね。フェアじゃない」

「べつに盗み聞きしようと思ったわけじゃない。君たちの話し声が漠然と聞こえただけだ。詳しい内容までは聞いていない。ただ、わたしのことを話しているんじゃないかと思って、気になっただけだ」

「僕らが脇坂監督の話を?」部長の眉がハの字になった。「確かに、僕らは事件の話をしていましたがね、失礼ながら、脇坂監督の名前は『わ』の字も登場しませんでしたよ」

「そ、そうなのか?」アテが外れたような脇坂監督。「そうか、それならいいんだ——」

「なんで自分のことが話題になっていると思い込んだんです? あなたこそ野口監督の殺された事件とは、なんの関係もないでしょうに」

部長の言葉を聞いて、オレは「あ!」と声をあげた。野球部における脇坂監督の苦しい立場を思い出したのだ。「そうだった、忘れてた! 関係あるんですよ、部長。脇坂監督と野口監督は非常に微妙な関係にあるんです」

「ほう、どういう関係だ?」

「芹沢先生に聞いた話によると、野口監督は飛龍館高校野球部の次期監督候補なんです。

なんでも賢三氏が次期監督に野口監督を強く推しているとかで」

「そら、聞き捨てならん話やな」八橋さんが身を乗り出す。「ほな、野口監督が新監督になった場合は、脇坂監督はどないなんねん？　終身名誉監督かいな？」

「いや、高校野球にそれはないでしょう……」ていうか、プロ野球だってあの球団にしか存在しないポストだ。

「なるほど、判った。野口監督が飛龍館の新監督に就任すれば、脇坂監督はクビを切られる。つまり二人はたったひとつの監督の椅子を争うライバル同士というわけだ。そうなんですね、おじさん？」

「………」脇坂監督は黙ったままカクンと首を縦に振った。「確かに理事長の周辺には、わたしをクビにして野口啓次郎を新監督に迎えようという、そんな動きがあったようだ」

「ふむ」部長は重々しく頷き、「それで野口監督さえ亡き者にしてしまえば、自分の監督の座も安泰だと、そう考えてあなたは犯行に及んだわけですね」と、また誘導尋問。

「だから、そうじゃないんだッ！」

脇坂監督は悔しそうにテーブルを叩いて、「わたしがそんな安易な動機で殺人までやらかすと思うかね。監督の座を奪われたくないから、次期監督候補を殺害するだと？　ふん、そんな話は聞いたこともない。もしそんなことがしょっちゅうおこなわれるなら、ストーブリーグは血の海だ。例えばの話、堀内恒夫《つねお》が原辰徳を●●したからって、堀内監督のあの成績では続投が認められるわけがない。そうだろ？」

「そりゃそうですが——おじさん、喩《たと》えが物騒《ぶっそう》すぎますよ」

「すまん。他にいい具体例が思い浮かばなかったんだ。——と、とにかくわたしは野口監督の事件とは無関係だ」

「でも、現実に警察はあなたのことも容疑者のひとりだと睨んでいる。だから、あなたはサングラスなどで変装して、こそこそと逃げ回っている。違いますか、おじさん？」

「べつに逃げ回っているわけじゃない。ただ、なんとなく落ち着かないから真っ直ぐ家に帰らずに、ここで飲んでいただけだ。サングラスは普段だって掛けることもある。この店だって、今日が初めてというわけじゃない。そうそう、随分昔には野口と一緒にきたこともあった」

脇坂監督は野口監督のことを野口と呼び捨てにした。

「野口監督とはお知り合いなんですか？」オレが尋ねると、

「ああ、知っているとも。高校時代の同級生。しかも飛龍館高校野球部のエースと四番だ」

「へえ、野口啓次郎がエースで脇坂栄治が四番バッターですか？」

「いや、野口啓次郎がエースで脇坂栄治は四番手のピッチャーだった」

テーブルの向こうで部長のカキ氷がクシャッと崩れ落ちた。

しかし脇坂監督は気にすることなく、昔を懐かしむような顔で「カバ屋」の古びた内装を眺めながら、

「鯉ヶ窪学園との練習試合が終わった後なんかに、野口と一緒によくここにきたもんだ。一枚のお好み焼きを二人で分けて食べたりしてな。そうそう、当時はカバによく似たうるさいおばちゃんがいて、よく怒鳴られたっけ」

「いまでもいますよ。ほら、そこ」

オレがカウンターのほうを指差すと、脇坂監督はお化けを見たような形相《ぎょうそう》で、

「う、嘘だろ、わたしがいま五十だから高校時代はもう三十二年も前——。じゃ、いったい幾つなんだ、あのおばちゃん！」

「まあ、それはともかく」部長が逸れかけた話題を元に戻す。「要するにあなたと野口監督とは高校時代から親しくする仲間。たまたま監督の椅子を争う恰好になったけど、殺すなんてとんでもないと、そういいたいんですね」

「そうだとも。野口がこの春から鯉ヶ窪学園の監督になったのを知って、むしろわたしは喜んだんだ」

「実は、野口という男はかわいそうな奴でな。野口は高校を出た後、社会人野球に進んだんだが、そこでは故障続きであまりいい成績があがらなかったらしい。期待されて入ったのに情けないと、当時の彼はよく漏らしていたよ。そんなときだ、彼が交通事故を起こしたのは」

「というと？」

「交通事故？」

「そう。夜道でバイクの二人乗りをしているさいちゅうに、小学生を撥《は》ねたんだ。十歳くらいの女の子だ」

「死んだんですか、その女の子？」

「いや、撥ねられた女の子はショックでいったんは気を失ったようだが、病院に運び込まれるとすぐに回復した。足に傷を負ったけれど、重傷というほどではなかった。野口自身に怪我はなく、後部座席にいた同乗者もかすり傷程度だったそうだ。それほど大事故ってわけじゃない。そもそも、いきなり道路に飛び出した女の子のほうにも非はあったんだ。しかし、野口のほうにはさらに重大な違反があった」

「なんですか」

「飲酒運転だ。野口は二十歳になったばかりで、ちょうど酒の味を覚えたころだったんだ。

しかし、なんにせよ酒を飲んでバイクの二人乗りはマズかったな。後部座席に乗っていたのが高校生でな、飛龍館の野球部員だったんだ。二人は一緒に食事した帰りだったそうなんだが、野口としては高校の後輩に無免許運転させるわけにもいかず、それでついつい自分で運転を——というような成り行きだったらしい。二人ともタクシーで帰っていれば、なんでもなかったんだがな。結局、その事故がもとで、野口は会社を辞めるはめになった。と同時に彼は野球を断念せざるをえなくなったわけだ。それ以来、野口啓次郎の消息はプッツリと途絶えたまま、三十年——」

「三十年！」部長が素っ頓狂な声をあげる。

「そうなるだろ？　野口の事故が二十歳のときで、いまわたしが五十ということは」

「なるほど、確かに。では、三十年間音信不通だった野口啓次郎が、この春鯉ヶ窪学園の監督として現場復帰を果たした。脇坂監督とも三十年ぶりの再会だったわけですね」

「そういうことだ。そしたらたった三ヶ月ちょっとでこんなことに——よくよく運のない奴だよ、野口啓次郎という男は」

脇坂監督はうっすらと眸に溜まった涙を隠すように、サングラスを掛けた。それから壁の時計に目をやると、

「おっと、つまらんお喋りをしてしまったようだ。とにかく、そういったわけだから、わ

たしを疑うのはやめにしてくれよ。わたしは一日も早い犯人の逮捕を願う男なのだから」

「あ、ちょっと待ってください」席を立とうとする脇坂監督を、部長が呼び止めた。「だったら、最後にひとつだけ質問させてください」

「なにかね?」

「おじさんは、結局のところ野口監督は誰に殺されたと考えているんですか?」

脇坂監督はベンチで采配を振るうときのように、腕組みをして首を傾げた。

「うーむ、わたしもいままでそのことを繰り返し考えていたんだが、これといって思い当たる人物はいないね。まったく見当もつかんよ」

部長はごくさりげない口調で探りを入れた。

「例えば、おたくの学校の理事長さんなんて、どう思いますか?」

「なんだって!? うちの理事長が野口を――」

脇坂監督は真剣な顔でその可能性を検討しているようだったが、やがて悪い想像を振り払うように頭を振って、「いやいや、理事長はとてもそんなことのできる人ではない。殺人なんてとんでもない。いくらなんでもそれはあり得ない話だ」

脇坂監督はそういって自らの雇い主を擁護した。オレは芹沢先生が似たようなことをいっていたのを思い出した。『人殺しなどするような人とは思えない』――それが彼女の賢三氏に対する評価だった。だが、周囲から人格者と認められ、それなりの高い地位に就いている人物が、殺人に走ったケースは枚挙に暇《いとま》がない。飛龍館高校の理事長という肩書きがどれほど立派なものだとしても、そして実際に人々の尊敬を受けているとしても、それは殺人事件においてなんの保証にも繋がるものではない。

多摩川部長も同様の考え方をしたのだろう。彼は脇坂監督に対して、肩をすくめるようにしてひと言こういった。

「ま、人は見かけによらない、ともいいますからね」

部長の言葉に、脇坂監督は腑に落ちない表情を浮かべたものの、なにも反論することなく、

「ま、誰を疑おうと君たちの勝手だが」

そういって席を立ち、精算を済ませて店を出ていった。

オレたち三人も少し時間を置いて『カバ屋』を出た。しばらくは昼間の熱気の残る国分寺の街を練り歩いた。その間、八橋さんは先ほどのやり取りが気になるらしく、

「あの監督、なんか大事なこと知ってるんちゃうか」と、盛んに首を傾げている。「まるで賢三氏は絶対犯人やないちゅう確信があるみたいな口ぶりやった。あの監督は、今夜の実験の結果を知らんはずやのに」

一方、多摩川部長はまったく気にならないようで、

「なーに、雇われ監督という立場上、理事長のことを悪くはいえないいんだろう」

と、一顧だにしない。なんだかんだいいつつ部長はいまでも《龍ヶ崎賢三犯人説》を捨てきれないでいるらしい。

しかしながら——

結局のところ、脇坂監督の言葉は正しかった。

オレたち三人は翌日、思わぬ形でそれを知るのだった。

第四章　終盤戦

一

　水曜日は午後の授業がないため、学校は十二時半で終了。放課後が長い水曜日は各部各サークルとも活動に没頭できる貴重な日だ。だが、しかしこの暑さ。太陽の光は地上の人間たちを焼き尽くさんばかりの勢いで、燦々と降り注いでいる。立っているだけで眩暈《めまい》がしそうだ。そんな中、

「ほう、『新庄《しんじょう》、超美技！　日ハム連勝』か——」

　校庭の片隅のベンチに座り、多摩川部長は「多摩スポーツ」、略して『タマスポ』を読んでいる。『タマスポ』は野球と競馬とプロレスだけが売り物の超一流のスポーツ紙である。

「――なになに、『昨夜おこなわれた日ハム対ロッテ戦、新庄は攻守にわたって大活躍、七回には特大の一発。九回のピンチにはまさにレーザービームを思わせる一直線の送球でホーム寸前今江《いまえ》を刺し、勝利に貢献。外野手の勲章である補殺数もリーグトップに並んだ――ふむふむ」

「やっぱり新庄って肩だけは天下一品ですね」

「けどファッションセンスはもうちょいなんとかならんのかいな」八橋さんは日ハムのプリンスをこき下ろしながら、「それはそうと、どこかもうちょい涼しいところに移動しよーやー」と、もっともな提案。確かに、ここは暑すぎる。

「それもそうだな」部長は新聞を丸めて鞄のポケットに突っ込んだ。「それじゃ『ドラセナ』でアイス珈琲でも飲みながら駄弁るとするか」

「クーラーがあるんやったらどこでもええ。早《は》よいこやー」

こうして、オレたち三人は夏空の下、「ドラセナ」のアイス珈琲を目指して歩き出した。ちなみに「ドラセナ」は鯉ケ窪学園の近くにある喫茶店である。お好み焼きは「カバ屋」、珈琲なら「ドラセナ」、これ常識。

ところが校門を出たところで、オレたちを猛烈な勢いで追い越していく長い髪の美少女ひとり。八橋さんは咄嗟に彼女を背後から呼び止めた。

「おッ、なんやねん、生徒会長。そないに急いでどこいくんやー？」

「あ！　あなたたち」振り向いた桜井さんの表情が一瞬にして強張った。いまここでオレたちと遭遇したことを好都合と思っているのか、最悪と思っているのか、どちらとも判断がつかない表情だ。「た、た……大変よ！　大変なの！」

いきなり、大変よ、では意味が判らない。八橋さんも桜井さんの緊張が伝染したように、

「なんやねん、藪から棒に！」

と、いまどきの高校生らしからぬ言葉遣いで驚きを表現する。すると、ようやく桜井さんは大変の意味を口にした。

「龍ヶ崎のおじさまが――賢三さんが亡くなったらしいの！」

「なにい！」叫んだのは部長である。「賢三氏が死んだだと？　本当か？　いつ死んだ？　なぜ死んだ？　まさか殺されたんじゃ――」

「判らないから、急いでるんじゃないの！」桜井さんは部長の矢継ぎ早の質問を遮るようにそういうと、「たったいま芹沢先生から連絡をもらったばかりなの。とにかく、これから龍ヶ崎家にいってみるわ」

そして桜井さんは道路の向こうを指差して声をあげた。「ああ、バスがきたわ。それじゃね」

桜井さんはオレたち三人に慌《あわただ》しく手を振って、『鯉ヶ窪学園前』のバス停へ向けて駆け出していった——

不完全燃焼の黒い排気ガスを撒き散らしながら、北戸倉町行きのバスがオレたちの前を通り過ぎていく。遠ざかっていくバスの行方を見やりながら、多摩川部長は深刻な顔で呟いた。

「賢三氏が亡くなるとは意外だった」

「いったい、どないなってんのやろ」

「まったく予想できませんでしたね」

溜め息をつくオレの隣で、

「まったく！　予想できなかったわ」

桜井さんが不満そうに『飛龍館高校前』のバス停を蹴っ飛ばす。「まさか、あなたたちが同じバスに乗ってくっついてくるとはね！」

そう。桜井さんがオレたちに手を振って別れを告げ『鯉ヶ窪学園前』のバス停に向かった直後、オレたちも彼女の後を追って、同じバスに飛び乗ったのだ。だって、それはそうだろう。あの状況の中、ひとり龍ヶ崎家へ向かおうとする桜井さんの姿を先輩たちが黙って見送るわけがない。それが予想できなかったのだとすれば、それは桜井さんが甘いといわざるを得ない。

というわけで、午後一時過ぎの飛龍館高校前である。気温は当たり前のように三十度を超え、とにかく蒸し暑い。ジリジリと地面を焼く太陽が憎らしい。校門から飛龍館高校の中に目をやると、国旗掲揚台に掲げられた旗たちが、三本のポールのてっぺんで萎《しお》れた朝顔のようにうなだれている。風はソヨとも吹いていないようだ。

「あなたたち、あたしについてきても龍ヶ崎邸に入れてもらえるかどうか判らないわよ」

「べつに入れてもらえんでもええねん。ただ詳しい状況を知りたいだけなんやから」

「そうですよ。桜井さんだって芹沢先生から話を聞くんでしょう？　だったら、僕らと桜井さんは同じ目的ですよ」

桜井さんはやれやれというように首を振り、自慢の髪を軽く掻きあげて、

「判ったわ。じゃあついていらっしゃい」

それから桜井さんは校門の前で佇む部長の肩をポンと叩き、「多摩川君、なにボーッとしているの？　いくわよ」といってスタスタと歩き出した。「龍ヶ崎邸は確かこっちよね」

オレは遠ざかっていく桜井さんの背中に呼びかける。

「桜井さーん、そっちじゃありませーん、こっちこっちー」

「生徒会長、意外に方向音痴やなー」

二

なんとか龍ヶ崎邸の前までたどり着くと、正門の前には新聞記者や報道カメラマンらしい人たちが、たむろしている。ということは、賢三氏の死は自然死ではなく、なんらかの事件性を持って扱われているということなのだろう。《殺人事件》の四文字が頭に浮かぶ。だが、いまさら驚くことではない。『賢三氏が亡くなった』と桜井さんから聞いた時点で、殺人事件の直感はすでに頭のどこかにあったのだ。

桜井さんは龍ヶ崎邸を遠巻きに見ながら、携帯で芹沢先生と連絡を取った。間もなく、彼女は携帯を閉じると、「いいわよ、あなたたちも中に入っていいって」

「でも、どこから入るんです？」オレは正門前の報道陣に怖気《おじけ》づく思い。

「先生が裏門を開けてくれるそうよ。そっちは大丈夫なんだって」

オレたちはあたかも近所に住む仲良し高校生のようなフリをしながら、龍ヶ崎邸の広い広い敷地をぐるりと回って裏門へ。そこは裏門というにはあまりにも立派な門だったが、確かに報道陣の姿は見当たらなかった。

芹沢先生は日曜日の飛龍館球場で見たような細身のジーンズにグレーのTシャツ姿で登場。門を開けてオレたちを敷地内に招き入れた。

「よくきてくれたね、君たち」先生の表情には心配したほどの暗さはない。「なにしろ思いがけない出来事でね。とにかく誰かに話したい気分だったの。話し相手になってくれるなら猫でも歓迎するよ」

「賢三さんが亡くなったというのは、本当なんですか」桜井さんがさっそく確認する。

「ええ、本当よ」

「報道陣の様子からすると、殺人事件みたいですね」と、これは八橋さんの質問。

「そう。賢三さんは殺された」

「とすると」多摩川部長がいちばん気掛かりな質問を投げた。「野口監督の事件との関連は？」

「あるよ」

何の迷いもなく芹沢先生はそう答えた。部長はその答えがむしろ意外だったらしく、

「あるよって——なぜ、あるって判るんですか？」

ちょうどそのとき、オレたちは龍ヶ崎邸の裏玄関にたどり着いた。芹沢先生はその扉を自ら開き、オレたちを中に招き入れた。

「とにかく入って。詳しいことはお茶でも飲みながら話そう」

芹沢先生はオレたちを自分の部屋に案内した。そこは二階の角部屋で日当たりの良い部屋だった。床は足が埋まるような分厚いじゅうたんが敷いてある。テーブルや椅子などの家具はすべて木目調で統一され、シックで落ち着いた雰囲気を醸《かも》し出している。しかし若い女性の部屋にしては、やや落ち着きすぎているともいえる。

オレはざっと部屋中を見渡して、「テレビとかないんですね」

「あんまり見ないからね」

八橋さんは大きな本棚が気に掛かる様子で、「本はぎょうさんあるんですね」

「いちおう教師だからね」

部長は部屋の一角を占めたある物に視線をやって、「立派なベッドですね」

「あ、そこには注目しなくていいよ、君」

でも、そこに注目する多摩川部長はなんて正直なんだろうと、少し感心する。

それから芹沢先生は家政婦の安西さんを呼び、紅茶を頼んだ。やがて中年家政婦の手で五つのティーカップとポットが運ばれてきた。オレたちはひとつのテーブルを五人で囲んだ。桜井さんがそれぞれのカップにポットから紅茶を注ぎ、テーブルの周りがダージリンの芳醇な香りに包まれる中、オレたちはさっそく殺人事件の話に突入した。

まず芹沢先生が大まかな状況を話す。

「賢三さんの死体が発見されたのは、今朝の六時。場所はここから程近いところにある神社の境内《けいだい》。神社といってもただ鳥居と祠《ほこら》があるだけで、神主さんが常駐しているわけじゃないの。要するに、ただの目立たない広場ってことね。死体を発見した人は、神社の傍に住むお年寄り。この人は毎朝六時ごろにその神社を散歩するのが日課だったみたい。今日も普段どおりに神社にきてみると、祠の陰で人が倒れている。しかも背中にナイフのようなものが突き刺さっている。そこでそのお年寄りはびっくりして一一〇番に通報したってわけ。近所のお巡りさんがやってきて死体を確認したところ、賢三さんだということになったの。一方、龍ヶ崎家では前の晩から賢三さんの居所が判らなくなっていて、真知子さんや橋元さんが気を揉んでいた。そこに警察から連絡が届いた。それで、真知子さんと橋元さんがさっそく現場に駆けつけたという流れだったそうよ」

「先生は駆けつけなかったんですか？」部長が不思議そうに聞く。

「わたしが出張先から帰ってきたのは今朝の十時ごろ。だから早朝の現場には立ち会えなかったのよ」

「死体は賢三さんに間違いなかったんですね」

「ええ、真知子さんが確認したから間違いないね」

「死因はなんだったんでしょう？」

「背中をナイフで刺されていたそうよ」芹沢先生はティーカップを口許に運び、「そうそう、この凶器として使われたナイフというのがなかなか特徴のあるナイフだったみたいなの。柄の部分が角ばっていて銀の細工があったり、広い鍔《つば》があったりと、ずいぶん珍しいナイフだったそうよ。ナイフというより短刀とか短剣と呼ぶべきものかもしれないけど、警察はいちおうナイフと呼んでいたみたい」

「美術品みたいな感じですか」

「そうね。実際の値打ちはどうかしらないけど」

「ひょっとして、そのナイフ、龍ヶ崎家の所有するお宝では？」

「警察もそれを疑っていたようだけど、それはないと思うよ。この家の人間でナイフや刀剣を趣味にしている人間はいないもの」

「なるほど。――ところで殺人ということは間違いないんでしょうね。まさか自殺なんてことは」

「それは無理ね。自分で自分の背中は刺せないから」

「では殺人とした場合、殺されたのはいつごろなんでしょう？」

「詳しい時間はわたしも知らないんだけど」芹沢先生はゆっくりと首を振り、また紅茶をひと口啜《すす》ると、「ただ、たぶん殺されたのは昨日の晩のことだろうと思う。なんでも、昨日の夜、祖師ヶ谷警部が真知子さんや橋元さん、吉野さんたちに協力してもらって、なにか実験をしたみたいなの。そのとき、警部さんは賢三さんにも参加してもらおうとしたけど、なぜか連絡がとれなかったらしいのね。ということは、その時点ですでに賢三さんは携帯に出られない状況にあった、とも考えられるわけ。まあ、推測にすぎないけどね」

「ああ、その話は僕らも知っています。その場にいましたからね」部長がいうと、

「え、そうなの!?」意外というように、芹沢先生は目を見張る。「君たち、案外凄いね」

「そうでもありません」部長は滅多に見せない謙遜のポーズ。「ところで、肝心な話に移りますが」

部長はあらためて芹沢先生の顔を覗き込むようにしながら質問した。

「賢三氏が神社の境内で殺された事件と、野口監督がバックスクリーンで殺された事件とは、本当に関係があるんですか」

「あるよ」再び芹沢先生は迷うことなく答えた。

「なぜ、あるっていい切れるんですか。そう確信を持って」

「実はね」芹沢先生は大切な秘密を明かすかのように、慎重に口を開いた。「賢三さんの

死体の傍に変なものが置いてあったみたいなの。——なんだか判るかしら?」

変なもの? 死体の傍?

「え、それって、ひょっとして」部長は忌まわしい言葉でも口にするようにいった。「野球に関わるものですか?」

芹沢先生は静かに頷いた。

「ベースとグローブとボールよ」

三

「そ、それじゃあ、この前とまったく一緒じゃないですか!」

怯えたように叫んだのは桜井さんである。彼女のいう『この前』とはもちろん野口監督殺害事件のことを指している。しかし、芹沢先生は冷静な面持ちで首を振った。

「いいえ、桜井さん、この前とまったく一緒というわけじゃないのよ。前回はホームベースとキャッチャーミット。そのミットの中に硬式ボールが納まっていた。今回は四角い形をしたいわゆる普通のベースとファーストミット。ミットの中に硬式ボールよ。前回とは微妙に違っているの」

確かに硬球のボールがミットの中に納まっている点は同じだが、ベースの種類とミットの種類が違っている。

芹沢先生は一同の反応を確かめるように、ゆっくりと紅茶を啜って、

「けれど、違っているといっても、死体を野球道具で飾っている点では野口監督のときと同じね。だから野口監督の事件と賢三さんの事件とは、関係があるものと考えざるを得ないというわけ。そうでしょ、多摩川君？」

「確かに関係あるとしか思えませんね」部長は眉を顰めて、「とすると、これは連続殺人事件ということか」

「そういうことになるでしょうね」静かに頷く芹沢先生。「いわば《野球連続殺人》といったところかしら」

「ところで」と、部長に代わってオレが先生に質問する。「今回見つかったベースはやはり鯉ケ窪学園から盗まれたものなんですか」

「それはたぶんいまごろ警察が調べていると思う。でも、前回と今回の状況を比べれば、当然盗まれたベースのうちのひとつと見るのが妥当でしょうね」

「ということは、うちの学園から四つのベースを盗んだ犯人がいて、そいつが野口監督と賢三氏を次々に殺害し、その死体の傍に名刺代わりにベースを一個ずつ置いていった——

ということになりますね」

「グローブとボールも添えてな」部長が注意深くつけ加える。

「そうです。ベースのほかにグローブとボール——ん？」オレの頭にふと素朴な疑問が浮かんだ。「そういえばこの犯人、バットは置いていかないんですね。普通、野球道具といえば、まず真っ先に思い浮かぶのはバットでしょうに」

「そういえばそうだな」部長もオレの話にすぐさま食いついた。「考えてみれば不思議な話だ。《野球連続殺人》にバットが見当たらないなんて。そもそも、犯人が自らの殺人を野球と絡めたいなら、まずなによりもバットで殴り殺すというのが、いちばん手っ取り早いやり方だ。それなのに、この犯人はバットには興味がなくて、死体の傍に置くこともしない。なぜだ？」

「確かにその点は重要かもよ」芹沢先生も興味深そうに身を乗り出す。「つまり犯人はいい加減に野球道具を死体の傍に並べているわけではないということよね。バットはなんらかの理由があってわざと置かないのよ。逆にいうならベースやグローブやボールは理由があるから置いてるってことね」

「まったく！　わけの判らないことする犯人ね！」テーブルの向こうで桜井さんが見えない犯人に憤慨するようにいう。「犯人はなぜわざわざそんなことをするの？　世間の注目を集めたいのかしら？　それとも誰かに対するメッセージ？　でも、野球と殺人となんの関係があるの？　さっぱり判らないわ」

「まあまあ、そう興奮しないで」生徒会長を宥めていた芹沢先生は、ふと横に座る八橋さんに視線を留めた。「ん、どうしたのよ、君」

八橋さんは芹沢先生の言葉にピクリとも反応しない。腕組みをしたまま眉間に皺を寄せて、何事か一心に考えている素振りである。

「おいおい、どうしたんだ、八橋？　お腹でも痛いのか？」

部長が声を掛けると、八橋さんはいきなり、

「そや！」と勢いよく顔を上げて、「おい、『タマスポ』はどないした？」と唐突すぎる質問。

「なに、『タマスポ』？」

「さっきおまえが読んどったスポーツ新聞はどないしたんや。もう捨ててしもうたんか？」

「いや、捨ててはいないぞ。確か、丸めて鞄のポケットに差しておいたはず――」

「この鞄やな」八橋さんは椅子を離れ、部屋の隅に置いてある部長の鞄に飛びついた。そしてポケットに差してあった新聞を引き抜き、両手で広げた。「新庄……新庄……」

「なんだなんだ、新庄がどうかしたのか」部長が相棒のもとに歩み寄り怪訝そうな顔で尋ねる。「まさか犯人は新――」

「いや、新庄はどうでもええねん」八橋さんは新聞記事に視線を落としたまま、「さっき、おまえがこの記事を読み上げたとき、どうも気になる部分があったような、なかったような、そんな感じがしてたんやッ」

オレも背後から紙面を覗き込みながら、

「あったような、なかったようなって、いったいどっちなんです？」

すると、

「あったあッ！」八橋さんは新聞に鼻がくっつくほど顔を寄せて、「これやッ！」と絶叫。

「ど、どれだ！」新聞を奪い取ろうとする部長に対して、

「まあ、待たんかい」

と、八橋さんは余裕を見せ、テーブルに座る芹沢先生と桜井さんのほうに向き直った。

彼女たちは男三人のやり取りの意味が判らないようで、キョトンとしている。

「どうしたっていうのよ、急にスポーツ新聞なんか広げて」

桜井さんの質問に答える形で、八橋さんが説明に取り掛かる。

「さっき、生徒会長は『野球と殺人となんの関係があるの？』というたやろ。その謎を解

く鍵がここにあるねん。昨日の日本ハムの試合、新庄のプレーについて書かれた部分なんやけどな。ええか、読み上げたるから、よう聞いてや――『九回のピンチにはまさにレーザービームを思わせる一直線の送球でホーム寸前今江《いまえ》を刺し、勝利に貢献。外野手の勲章である補殺数もリーグトップに並んだ』――どや？」

「犯人はレーザービームを使ったの？」

「桜井さん」と芹沢先生が生徒会長の間違いを正す。「どこの世界にレーザービームを駆使する殺人犯がいるの？」

というよりレーザービームで殺された被害者がいない。桜井さんの発言は論外である。とはいえ、オレ自身、いまの記事の中に事件の謎を解く鍵があったとは思えなかった。スポーツ新聞でよく見かける記事にしか思えない。

だが、そのとき芹沢先生が呟くように、しかしハッキリとひとつの言葉を口にした。

「《ホサツ》ね」

八橋さんは黙って頷いた。「そう、《ホサツ》です。事件の謎を解く鍵です」

「ん、《ホサツ》がどうかしたのか」部長は呆気に取られたような表情を浮かべていたが、やがてその顔に見る見るうちに険しさが加わった。「むむ、そうか、《ホサツ》か！」

自分の頭越しに話が進むのを見て、桜井さんが不満そうに口を尖らせる。

「なによ、みんなホサツホサツって。《ホサツ》と殺人事件がどう関係するの？　ていうか、《ホサツ》ってなんのことよ？」

桜井さんは言葉そのものを理解していないらしく、初歩的な疑問を口にした。確かに《ホサツ》という言葉は、野球用語としてもあまり知名度の高くない部類に入るだろう。生徒会長が知らないのも無理はない。ならばここは――

「僕が説明しましょう」と、オレは説明役を買って出た。「《ホサツ》というのは捕手の《捕》の字と殺人の《殺》の字で《捕殺》と書きます。意味は、外野手がホームへ送球しアウトにすることです。この新聞に載っている新庄のプレーみたいなのが《捕殺》です」

「ブーッ！」間違いを報せるブザーが鳴った。八橋さんが口で鳴らしたのだ。「不正解やな、トオル」

「あれ、違いましたか？　結構、自信あったんですが」

「トオルのいうてるんは、ありがちな勘違いや。だいいちに、《ホサツ》のホの字は捕手の《捕》の字やない。補助とか補欠の《補》の字に《殺》と書いて《補殺》と書くのが正しい。それから、《補殺》いうのはバックホームでランナーをアウトにするプレーを意味してるんやない。《補殺》という言葉を説明するためには、まず《刺殺》という言葉を理解せなあかん。ほな、そもそも《刺殺》とはなにか？」

「決まってるわ」と桜井さん。「《刺殺》とは刃物で相手を刺し殺すことよ」

「桜井さん、ストレートすぎ」芹沢先生が慌てて生徒会長の勘違いを指摘する。「桜井さんがいっているのは犯罪の話でしょ。八橋君がいっているのは野球の話よ」

「え、そうなんですか？」桜井さんは混乱気味。「じゃ殺人事件の話はどこにいったの？」

「まあ、そう焦らんと聞けやー」八橋さんは桜井さんを宥めて先を続けた。「簡単な例を挙げて説明しよう。仮にショートに打球が飛んだとする。ショートはこのボールを捕って一塁に送球する。ファーストがこの送球を受けて、バッターランナーをアウトにする。ごくごく普通のプレーやな。このプレーの場合、最終的にランナーをアウトにしたファーストに《刺殺》が記録される。一方、ボールを送ったショートには《補殺》が記録される。同じようにレフトがキャッチャーに送球してランナーをタッチアウトにした場合、タッチしたキャッチャーに《刺殺》が記録され、送球したレフトに《補殺》が記録される。ま、《刺殺》と《補殺》の関係は大雑把にいうとそんなとこや。つまり《補殺》というんは、英語でいうところの《アシスト》のことなんや。判ったか、トオル？」

「へえ、知りませんでした。《補殺》って、外野手だけに用いる言葉じゃなかったんですね」

「ま、そう勘違いするんも無理はない。普通、《補殺》という言葉は、外野手の評価に関係する話の中でしか登場せんもんや。『赤星《あかほし》は補殺の数がリーグ一だ』とか『イチローは毎年二桁の補殺を記録する名外野手だ』とか『広島は外野手が手薄だから補殺の数が少ない』とか。その意味では、確かに《補殺》という言葉は外野手と縁が深い。この新聞に書いてあるとおり、《補殺》は外野手の勲章やからな」

「《補殺》の数が多い外野手はそれだけ優秀な外野手ということになりますもんね。バックホームでランナーを殺すシーンは外野手の最大の見せ場だし――あ、そうかッ！」野球用語の話が、ようやくオレの頭の中で殺人事件と結びついた。「じゃあ、野口監督のあの死に様は、ひょっとして《補殺》の意味だと!?」

「そういうこっちゃ」八橋さんがゆっくりと頷く。「野口監督の死体はバックスクリーンにあった。つまりセンターやな。その傍にはホームベースとキャッチャーミット、そのミットの中にはボールが納まっとった。これは、『センターからキャッチャーにボールが送られて、野口監督はホーム寸前タッチアウト』というプレーを表現しとるんやないやろか」

「あり得る話だ」部長が無表情な声で頷いた。「そういえば日本の野球でアウトは《死》と訳されているな。《二死満塁》とか《盗塁死》とかいうふうに。それに、ランナーをアウトにすることを《殺す》というふうに表現することも日常的だ」

「そやろ。つまり、この事件の犯人は、刃物で喉を掻っ切ることで野口監督に現実の死を与えた。と同時に、その死体の周囲に野球道具を置くことで野球的な意味での《死＝アウト》を与えたわけや」

「なるほどね」芹沢先生が呻くようにいった。「つまり犯人は野口監督を《補殺》したってわけね」

四

一瞬、部屋中がシンと静まり返った。その沈黙に耐えられなくなったように、桜井さんが陽気さを装いながら口を開いた。

「な、なにいってるんですか、先生まで彼らの話を真に受けちゃって！　もう、どうかしてますよ、先生」

さらに桜井さんは先輩たちのほうに鋭い視線を向けると、

「あなたたちも、いい加減にしなさい。そんな馬鹿な話あるわけないじゃない。ミステリの読みすぎだわ！」

「いや、しかしだなあ――」

生徒会長の剣幕に押されてひるむ部長。するとそのとき、

「いや、充分信憑性のある話だと思うよ」意外にも先輩たちの意見を後押ししたのは芹沢先生だった。

「さっき赤坂君が《補殺》のホの字を捕手の《捕》の字と勘違いしたよね。それって知識の浅い野球ファンには、結構よくある種類の勘違いだと思う。それで、ふと思ったんだけど、実は犯人はまさしく知識の浅い野球ファンなんじゃないかしら」

「どういう意味ですか」と、オレ。

「つまり、犯人自身も赤坂君と同じ勘違いをしていたんじゃないかってこと。犯人は《補殺》という野球用語を《捕》らえて《殺》す――《捕殺》と書くものだと思い込んでいた。そこで、犯人は野口監督の身体をロープでぐるぐる巻きにして殺した。そうすることで、犯人は野口監督を《捕》らえて《殺》した――つまり《捕殺》した。そんなふうに表現したつもりなんじゃないかしら」

「なるほど！」それに違いない。きっと犯人はオレと同じ程度に知識の浅い野球ファンなのだ。「どうやら真相にまた一歩近づきましたね」

「ちょっと待ってください、先生！」桜井さんが怒ったようにいう。「野口監督が捕らえられて殺されたのは現実に起こった殺人事件なんですよ。一方、ホームベースやキャッチ

ヤーミットが表現している《補殺》は単に野球にこじつけた装飾ですよね？　要するにフィクションなんでしょ？」

「そう。装飾であり、虚構ね」

「なんで現実の事件をフィクションの野球で飾らなきゃいけないんですか？　意味が判りません。犯人は野球がしたいんですか？　それとも殺人がしたいんですか？」

「さあ、それは犯人に聞いてみないと——」

「なにいってるんですか、先生！」桜井さんは芹沢先生の顔に自分の顔をずいと近づけ断言した。「犯人がやりたかったのは殺人ですよ。犯人は野口監督を殺したかったんです。だから殺した。目的は殺人です。それを、なんでわざわざ野球にこじつける必要があるんですか。まったく筋が通らないわ！」

興奮収まらない桜井さんに、部長がミステリ・マニアらしく反論する。

「いや、なにもおかしくはない。これはミステリの世界ではお馴染みの、いわゆる《見立て殺人》という奴だ」

「見立て殺人ですって！」桜井さんは恐怖に駆られたかのように口許に手をやった。「そういえば見立て殺人って、聞いたことあるわ。確か、アガサ・クリスティーが無人島で童謡の歌詞のとおりに十人殺して失踪したっていう、あの有名な実話のことね！」

「惜しいが、ちょっと違う……」

「女王を冒瀆《ぼうとく》する発言やな……」

先輩二人は神をも恐れぬ桜井発言に困惑気味。ちなみに桜井さんが勘違いしているのは『アガサ　愛の失踪事件』と『そして誰もいなくなった』。前者は映画にもなった有名な実話であり、後者は見立て殺人を扱ったクリスティーの代表作である。

「まあいい」部長は気を取り直して話を続けた。「確かに、見立て殺人のことを別名《童謡殺人》といったりするな。しかし見立て殺人に利用されるのはなにも童謡ばかりと決まったわけではない。特に日本では殺人に利用できる童謡が少ないせいか、童謡以外のものに見立てるケースが多いようだ。『獄門島』なら芭蕉《ばしょう》の俳句、『犬神家の一族』なら三種の家宝という具合だ。そして今回の事件では、犯人は野球に見立てて殺人をおこなっているわけだ」

「そういうこっちゃ。さっきも話に出たけど、野球用語には《刺す》とか《殺す》とか《死ぬ》とか、やたらと物騒なもんが多いねん。その点、見立て殺人にはうってつけちゅうわけや。犯人はそこに目をつけて、こんな凝った殺人を演出してるんやな」

「そう、判ったわ。納得はできないけど、いちおうは」桜井さんは渋々頷いた。「でも、もしそうだとしたら、昨夜の事件はどうなの？　賢三さんの殺害も見立てなの？」

「そうなるやろな。賢三氏の死体の傍にはベース——これはホームベースやない普通の四角いベースやった。それからファーストミット、その中にはボール。そして忘れてならんのは、凶器として使用された派手な装飾の施《ほどこ》された短剣みたいなナイフや。さて、これの意味するプレーはなにか？」

考えるまでもないとばかりに部長が即答した。

「《刺殺》だな。あまりにも単純だが」

「オレも同じ意見や。賢三氏の死体の傍に置いてあった四角いベース、これは同じ場所にファーストミットが置いてあることから考えて、ベースのほうも一塁ベースと考えてええやろう。そしてミットの中にはボールが納まっとった。これは『賢三氏はファースト手前でアウト』というプレーを意味してると思う。つまり《刺殺》やな」

「うむ、《補殺》というプレーが外野手に縁が深いように、《刺殺》というプレーは一塁手に縁が深い。おそらく野手の中でもっとも《刺殺》を記録するポジションは一塁手だろうからな」

「なるほど、それで四角いベースとファーストミットとボールなのね」芹沢先生が溜め息をつくようにいう。「そして実際、賢三さんは背中をナイフで刺されて死んでいた」

つまり、刺殺。

「あ、そうか」オレはようやく犯人の意図に気がついた。「犯人が派手な装飾のナイフを使い、それを現場に残していったのも、《刺殺》であることを強調するためにわざとやったことなんですね」

「そうだ。確かに賢三氏は《刺殺》だった」部長は確信を得たように断言した。「間違いない。やっぱり、この犯人は現実の殺人事件を野球のプレーに見立てている。若干の勘違いはあるにせよ、確かに犯人は野口監督を《補殺》し、続けて賢三氏を《刺殺》した。恐ろしい奴だな。完全に頭がどうかしているぞ」

「まったくですね」

オレは寒気を感じて身震いした。そもそも見立て殺人などというものは、小説の中だけで起こる犯罪だ。それを現実の世界で、それも童謡でも俳句でも歌謡曲でもなく、よりにもよって野球に見立てておこなうなんて、全国三千万人の野球ファンを敵に回したも同然だ。この事件、いったいこれからどうなっていくのか想像もつかない——と、一瞬そう思ったが、次の瞬間、オレは思わず身震いした。ある程度、想像はつくのではあるまいか。

「ちょ、ちょっと待ってください。もし犯人が野球に見立てて連続殺人をおこなっているのだとしたら、それはまだこれからも続くんじゃないですか。だって、うちの学校で盗まれたベースは四つあるんだから」

「それもそうね」と、芹沢先生も不安に顔を曇らせる。「いままでの事件で、すでに二つのベースが使われた。だけど、犯人の手元にはまだあと二つのベースが残っているはず。ということは、あと二つ殺人事件が起こり得るということになる」

桜井さんも深刻な顔で頷き、先輩たち二人に質問する。

「仮にそうだとしたら、それはどういう殺し方になるのかしら？　犯人は《補殺》《刺殺》という具合に、《殺》という文字を含んだプレーに見立てて犯行に及んでいるわ。この次もきっとそうよ。ねえ、野球で《殺》の文字を含んだプレーって他にもあるの？」

部長と八橋さんは顎に手を当てながら一瞬考える仕草。しかし、二人はほぼ同時に顔を上げると、互いに顔を見合わせながら、

「あるぞ。今回のケースにちょうど相応《ふさわ》しいのが」

「おう、そやな。ベースの数もピッタリ合うしな」

「なに？　なんなの、それ？」

勢い込んで答えを求める桜井さんに、多摩川部長と八橋さんは真面目な口調で答えた。

「《併殺》だ」

「もしくは《重殺》ともいうけど、意味は同じやな」

「《併殺》とか《重殺》って、つまりダブルプレーのことよね。ということは——」桜井

さんの表情が見る見るうちに強張っていくのがハッキリ判った。「嘘！　じゃあ、次はいっぺんに二人殺されるってこと！」

五

事態は急を要する。オレたちの推理した《野球見立て殺人》がもしも事実だとするなら、あと二名の被害者が出る可能性がある。

「だとしたら、このことは祖師ヶ谷警部の耳にいれておいたほうがいいかもよ」

そう提案したのは芹沢先生だった。

確かに、警察が《野球見立て殺人》という真相に気づくのを待っていたら、新たな被害者を防ぎきれない。祖師ヶ谷警部はオレたちの天敵みたいな存在だが、ここは意地悪をせず広い心で教えてあげるほうがいい。

「きてるんですか、警部さんたち」オレが尋ねると、

「さあ、どうかしら」と先生は曖昧《あいまい》に首を捻って、「ちょっとわたし、様子を見てくるね」

先生はオレたちを残して部屋を出て行った。しばらくして戻ってきた彼女は、ホッとしたような笑みを浮かべて、

「刑事さんたちは真知子さんの部屋にいるみたいよ。さあ、いきましょ」

急《せ》きたてるようにいう芹沢先生に対して、オレたちの反応は鈍い。べつに警察が苦手なわけではない。問題は真知子夫人だ。部長が顎をさすりながら困り顔でいう。

「正直、真知子夫人と顔を合わせるのは、どうも気が進まないんですがねえ」

八橋さんも呼応するように「ホンマやな」と呟いて、芹沢先生に質問する。「ええんですか、先生。ご主人を亡くされたばかりの真知子さんのところに、僕らみたいなんが邪魔して」

「へえ、細やかな気配りね。君たちらしくもない」芹沢先生は軽い皮肉を口にしてから、「心配しなくていいよ。真知子さんは身内を亡くしたからといって、取り乱したり萎れたりするような人じゃないから。彼女は朝の現場で賢三さんの死体を見たときも、とても冷静で、刑事さんの質問にもしっかり答えていたそうよ」

「真知子おばさまはとても気丈な方なんですね」桜井さんは感心するようにいう。「普通なら、ショックで寝込んでしまっていても不思議じゃないのに」

「真知子さんはそういう人じゃない。あの人がいまいちばん望んでいるのは、ご主人を殺した犯人が捕まることだと思う。そして今回の事件に終止符が打たれること。だから、君たちの話はぜひ彼女にも聞かせてあげたほうがいいと思うの」

結局、先生に押し切られるような形で、オレたちは部屋を出た。芹沢先生はいちばん最後に部屋を出ながら、

「真知子さんの部屋は一階の端よ。ちょうど、わたしの部屋からいちばん遠いところなの――あら」

ちょうど先生が扉を閉めようとしたときに、彼女の部屋の電話が鳴った。携帯ではなくて固定式の電話だ。

「誰かしら――」先生はすでに廊下に出ているオレたちのほうに片手で詫びを入れながら、「ちょっとここで待ってて」といって、再び部屋の中に姿を消した。

オレたちはただ手持ち無沙汰なまま廊下に取り残された。

間もなく、「ドスン！」というような重たい響きが下から伝わった。オレたちは廊下で顔を見合わせた。

「ん、なんやねん、いまの音？」八橋さんが呑気な調子でいう。「地震かいな？」

「地震じゃないだろ」部長も取り立てて騒ぐことなく、「先生の部屋かな？」

「いえ、下の階から響いてきたみたいでしたよ」オレは廊下の床を軽く蹴る。

「なにか重たいものが倒れたような音だったわ」と桜井さん。

すると、扉が開いて電話を終えた芹沢先生が廊下に現れた。

「待たせて、ごめん。さ、いきましょ」

芹沢先生は廊下を階段に向かって歩き出した。龍ヶ崎邸は階段が建物の中央に位置している。廊下は中央の階段から左右に長々と伸びている。部屋の扉は廊下の片側に整然と並んでいる。さすが龍ヶ崎邸は学校経営者の屋敷だけあって、その構造は個人の邸宅というより古い木造校舎に近い。

「――ところで」中央の階段をゆっくりした足取りで下りながら、先生がいまさらのようにいった。「さっき変な音がしなかった？　なんか、ドスンみたいな」

「ええ、しましたね」部長がさほど深刻なふうでもなく答える。「先生の部屋の真下あたりじゃありませんか」

「そうね、わたしもそんな気がしたんだけど」

「先生の真下の部屋って、誰の部屋なんですか」桜井さんが聞く。

「家政婦の吉野さんの部屋よ。でも、なんの音だったのかしら？」

「なにか倒れたんじゃありませんか」

オレがいうと、芹沢先生はすぐさまオレに問い返した。

「なにか倒れたって――例えば、なにが？」

「え、なにがって――さあ」

「ひょっとして」と、いままで発言のなかった八橋さんが口を開いた。「人が倒れる音やった、とか」

「人ですって⁉」桜井さんが叫ぶ。「まさか。人が倒れるぐらいじゃあんなに響かないわ」

「いやいや」部長が八橋さんを擁護する。「人が倒れる音ってのは、結構でかいんだぞ。大人の男性なら六十キロ以上あるんだからな」

芹沢先生はやや暗い表情で一階の廊下に立つと、「まさかとは思うけど、こういう時期だしね」といってオレたちのほうを向いた。「君たち、ちょっとここで待ってて。わたし吉野さんの部屋を見てくるから」

芹沢先生はひとり小走りに廊下を進み、突き当たりの一室の前で立ち止まった。そこが吉野さんの部屋らしい。先生は扉を数回ノック。応答があったのかなかったのか、離れた場所から眺めているオレたちには判らない。先生は扉を開き、部屋の中に入っていった。するとしばらくして、

「きゃあああああッ」

悲鳴と一緒に先生は部屋から転がり出てきた。まるで腰が抜けたかのように廊下で四つん這いになった先生は、それでも必死にオレたちを呼んだ。

「た、大変よッ！　君たち、きて！」

オレたちは顔を見合わせ、廊下をいっせいに駆け出した。問題の部屋の前にたどり着くや否や、扉を開けて一目散に中に飛び込む。そこは先ほどまでいた芹沢先生の部屋によく似た一室だった。分厚いじゅうたんが敷かれた床、木目調の家具類。あまり女性らしさを感じさせない素っ気ない雰囲気までよく似ている。ただ、大きく違っている点があった。入口から程近いところ。壁に沿って置かれていたはずの木製の大きな本棚。それがまるでそこだけ震度七の地震に襲われたかのように、ばったりと倒れていた。

先ほどの大きな音の正体は、この倒れた本棚だったらしい。なんだ、そういうことだったのかと、安易に納得しそうになったオレの目に、驚くべき光景が飛び込んできた。

「わあッ！」一瞬、本棚から手足が生えているような錯覚を覚えた。しかも女性の手足。

「こ、これはいったい――」

オレは思わず立ちすくんだ。もちろん、本棚に手足があるはずもない。本棚の下に女性が倒れている。というより、女性が本棚に押しつぶされているのだ。

「驚いていないで、これを退かしてあげて」芹沢先生が女性の上にのしかかった恰好で倒れている本棚を指差した。「さあ、早く」

「よっしゃ！」八橋さんがオレに命令する。「おい、トオル！　おまえ、そっち持て」

オレは先輩の命じるままに本棚の一方の端に回る。そこには人の背丈ほどのコート掛けが倒れていた。本棚が倒れた弾みで一緒になって倒れたのだろうか。オレは邪魔なコート掛けを横に退かして、本棚の側面についた。

オレと八橋さんは大きな本棚に両側から手を掛けて、それを一気に持ち上げた。一見重そうに見えた本棚は、思いのほか簡単に持ち上がった。転倒した時点で、本棚の中の本はあらかた床に落ちてしまい、本棚そのものは空になっていたからだ。本棚そのものも、見た目は立派だが明らかに合板製の安物で、さほどの重量ではなかった。オレたちは空になった軽い本棚をもとの壁際に立てて置いた。

本棚の下から現れたのは、白いブラウスにベージュのズボンをはいた大柄な長身の女性。本棚のほうに頭を向けて、うつ伏せの恰好で大の字になっている。彼女の周りには散乱した本。

「吉野さん！」芹沢先生が悲鳴に近い声で彼女の名を叫んだ。

「だ、大丈夫か」部長が本に埋もれた吉野さんに近寄った。が、たちまち「わッ」と声をあげて硬直した。「せ、背中にナイフが！」

見ると、確かに彼女の背中——正確にいえば、やや肩に近いあたり——から、ナイフの柄が突き出ている。角ばった形をした柄の部分に細かな彫刻が施されている。鍔の部分が広い。まるで短剣を思わせる形状のナイフ。芹沢先生の話に出てきた、賢三氏の命を奪った凶器に似ている。

傷口の周辺の布地は鮮血で真っ赤に染まっている。滴《したた》り落ちる血が、じゅうたんの上に赤い地図を描きだし、その面積は見る見る広がっていく。たったいま刺されたと判る生々しい光景だ。

「なんだなんだ」

「どうしたんですか」

部屋の入口では騒ぎを聞きつけて駆けつけたらしい橋元省吾氏、そしてもうひとりの家政婦安西さんが不安そうな表情で中を覗き込んでいる。

そのとき、廊下で祖師ヶ谷警部の聞き覚えのある声が響いた。

「ん——なんだ、なんだ、なにがあったというんだ？　ほらほら、退きたまえ」警部はまるで縁日の人だかりを掻き分けるようにして部屋の中に入り、目の前に広がる光景に愕然とした表情を見せた。「お、おい、こりゃいったい、どういうわけなんだ！　君たちはなぜ——その人はいったい——」

「警部さん！」多摩川部長がいつになくシリアスな顔で叫んだ。「なにをぼんやりしているんです！　早く一一〇番を！」

「わ、判った！」祖師ヶ谷警部は大慌てでテーブルの上の電話に飛びつき、受話器を耳に当て、プッシュボタンに指を掛けたところで、いきなり受話器を放り捨てた。「えーい、馬鹿馬鹿しい！　なんでわたしが一一〇番通報しなくちゃならんのだ。わたしが警察だ。君たち、そこを退きたまえ！」

「その前に警部さん！」今度は八橋さんが警部に命令した。「一一九番に電話してください。ナイフは急所を外れています。助かりますよ」

「そ、それを早くいいたまえ！」

祖師ヶ谷警部は再び電話に飛びつき受話器を取ると、一一九番をプッシュした。

遅れてやってきた烏山刑事が、素早く吉野さんに駆け寄り、応急処置に当たった。

「あら」芹沢先生がふと気づいたかのように窓際に歩み寄った。「窓が開いてるね」

いわれてみればそのとおり。オレたちが部屋に飛び込んだときから、部屋の窓は大きく開いていた。あたかも人間の通り道のように。

「ひょっとして、この窓から犯人が逃亡したんでしょうか」

「さあね。その可能性はあると思うけど」

先生の言葉を聞いて、オレは思わず開いた窓の向こうに視線をやった。もちろん逃亡中の犯人の姿が庭先に見えるわけもない。

オレはあらためて室内に目を転じた。刺された吉野さんの周囲を落ち着いて観察する。

お目当てのものは、すぐに見つかった。それは吉野さんが倒れている位置から一メートルも離れていない床の上にあった。もはや、その存在は意外でもなんでもない。

「ベースがありますよ」

オレは無表情な声でそういって、四角いベースを指差した。

「おう、グローブとボールもあるでー」

八橋さんがベースの傍らに置かれたグローブとその中に納まったボールを指差す。

すると、

「ん？　ベースならこっちにもあるぞ」

多摩川部長がもうひとつの四角いベースを指差した。

その存在はちょっと驚きだった。

六

祖師ヶ谷警部の一一九番通報から間もなく、救急車が龍ヶ崎邸に到着。背中に重傷を負った吉野さんは、救急隊員たちの手により担架に乗せられ、部屋から運び出された。その間、吉野さんに意識が戻ることはなく、言葉を発することは一度もなかった。

吉野さんが運び出されると、今度は警察の現場検証。そしてオレたち三人は第一発見者として二人の刑事から事情聴取を受けることとなった。どうやらオレたちも今回の事件に関しては関係者として公式に認められたらしい。

龍ヶ崎邸の応接室にて、多摩川部長は、ここぞとばかりに身振り手振りで張り切って事件発生当時の状況を語って聞かせた。部長の難解かつ無駄の多い説明に、祖師ヶ谷警部は辟易《へきえき》した様子だったが、それでもなんとか粘り強く聞き役に徹した。

部長の話が終わると、今度は八橋さんが質問する番だった。

「ところで警部さん。吉野さんは助かったんでしょう？　それやったら、今回の事件は解決したも同然ちゃいますか。後は吉野さんの意識が戻るのを待って、彼女から直接誰にやられたか聞いたらええんですから」

「ところが、そういうわけにはいきそうもないんだよ」祖師ヶ谷警部は不愉快そうに顔をしかめた。「君たちも見たんじゃないかね。被害者、吉野礼子《れいこ》さんの後頭部には重いもので殴られた打撲の跡があっただろ。つまり、犯人は顔を見られる前に吉野礼子さんを背後から殴りつけて、彼女の意識を奪ったんだ。それから、彼女の身体を本棚の前に運び、うつ伏せの状態で背中をナイフで刺した。そして本棚を倒した——という具合だな。よって、吉野さんの意識が戻ったとしても、それで事件解決とはならない。まだまだ、事件は闇の中だ」

家政婦吉野さんのフルネームが吉野礼子であることを、オレたちはこのとき初めて知った。

オレは現場を見たときからずっと気になっていた質問をしてみた。

「犯人はなぜ本棚を吉野さんの上に倒していったんですかね？」

「さあな。それも謎だ。べつに圧死させようと思ったわけでもないようだが――いや、そんなことよりも、まずこれだ！」

祖師ヶ谷警部は苦虫を嚙み潰したような顔で、テーブルの上に置かれた犯人の遺留品を、睨みつけた。「ベース、グローブ、ボール」

「いまや《三種の神器》ですね」烏山刑事もテーブルの上に視線を落とす。

「しかし、同じといえば同じだが、違うといえば微妙に違うのもまた事実だな」

祖師ヶ谷警部は困惑を露《あらわ》にしながら、「今回は四角いベースが二つ。そしてグローブは普通のグローブ――要するにファーストやキャッチャー以外の野手が使う一般的なグローブだな。そして硬式のボールだ。置かれ方もいままでとは違っていた。本棚の両側にひとつずつ――ん!?　まさか、君たち、勝手にベースの位置を動かしたりしてないだろうな」

「とんでもない」部長が大袈裟に両手を振る。「二つのベースはもともと本棚の両側に離れて置いてありました。犯人がそういうふうに置いていったんですよ。僕らは手を触れてません」

八橋さんが念のためというように質問する。

「やっぱり、ベースはうちの学校のグラウンドから盗まれたものなんですか」

烏山刑事が説明を加えた。

「その二つのベースに関してはまだ未確認よ。まあ、まず間違いはないと思うけど。ちなみに、今朝、賢三氏の死体の傍で発見されたベースは鯉ヶ窪学園のベースであることが、すでに確認されているわ」

「ま、当然だな」警部はつまらなそうにいって、またオレたちのほうを向いた。「ということは、これで盗難にあった四つのベースはすべて出揃ったということだ。野口監督、龍ヶ崎賢三氏、そして吉野礼子さん。犯人は三つの現場に四つのベースを置いていったわけだ。しかし、判らん。なぜ、犯人はこのようなわけの判らない犯行を繰り返しているのか」

すっかりお手上げといった感じの祖師ヶ谷警部。その様子を椅子に座ったままニヤニヤしながら眺めていた多摩川部長が、ここぞとばかりに口を挟んだ。

「いいえ、警部さん、犯人の意図はハッキリしています。判りませんか？」部長は十二分に間を取ってから、「今回の一連の事件は《野球見立て殺人》なのです！」と宣言した。

「野球……見立て殺人……なんのことかね？」

「野球に見立てた殺人事件です。すなわち野口監督の死は、多少の勘違いを含んではいますが、おそらくは《補殺》の意味であり、龍ヶ崎賢三氏の死は《刺殺》の意味なのですよ――詳しく説明しましょう」

多摩川部長はやや得意げな面持ちで《野球見立て殺人》の意味するところを解説した。それは先ほど芹沢先生の部屋でオレたちがディスカッションした内容そのままだった。それを部長はあたかも自分ひとりの脳みそで考えたかのように、とうとうとまくし立てた。

しかし部長の話はそれなりに説得力があったらしい。最初は半信半疑だった祖師ヶ谷警部が、徐々に部長の話に信憑性を感じていく様子が、傍からも見て取れた。烏山刑事も真剣な面持ちで聞いている。部長の説明が終わると、警部はあらためて尋ねた。

「な、なるほど、判った。野口監督と龍ヶ崎賢三氏、この二件の殺人が野球用語の見立てになっているという説は認めるとしよう。では、聞くが今回の吉野さんのケースはどうなんだ？　これも野球用語の見立てだというのかね？」

「もちろんです」部長はよくぞ聞いてくれたというように力強く頷いた。「僕らの予想によれば、《補殺》《刺殺》に続くのはズバリ《併殺》です。すなわち二人いっぺんに殺されるのです」

「なんだと」警部が思いっきり目を見開いた。「では君は、今回の被害者は吉野さんだけではないといいたいのかね！」

「ええ。すでに犯人は吉野さんの他に、別の場所でもうひとり誰かを殺害している。あるいは、こうして話をしているいまも、犯人はどこかで殺人に及んでいるのかもしれません」

「嘘でしょ!?」と烏山刑事が鋭く疑問の声をあげた。「《併殺》といっても吉野さんは殺されてはいないのよ。助かったんだから」

しかし部長は少しも動じない。

「そりゃ犯人だってしくじることもあるでしょう。今回のは、いわゆる《併殺くずれ》ってやつですよ。野球ではよくあることですよ」

「野球ではよくあるけど、殺人事件に《併殺くずれ》って聞いたことないわ」

「なに、野球も殺人もミスはつきものです。な、そうだろ、八橋」

信頼する相棒に同意を求める部長。しかし、八橋さんは困ったような顔で首を振った。

「そのことなんやけどな、どうもオレらはちょっと勘違いしとったみたいやで」

「勘違い？」部長の表情が不安に曇る。「なにが勘違いなんだ？」

八橋さんがテーブルの野球道具を見やりながら説明する。

「犯人は《殺》の文字を含んだ野球用語に絡めて次の殺人をおこなうんやないか。オレらはそう予想した。だとすると、《殺》の文字を含んだ野球用語ってなんやろか。そう考えたまではよかったんや。けど、そこでオレらの頭に真っ先に浮かんだんは《併殺》やった。けど、これが間違いや。吉野さんの殺害未遂現場は、どう見ても《併殺》の見立てには見えへん。つまりオレらは野球用語の選択を間違えたっちゅうわけや」

「じゃあ、なんだというんだ？　《殺》を含む野球用語といえば《補殺》と《刺殺》を除けば、後は《併殺》くらいしか思い浮かばな――いや、待てよ」ふと、なにかに思い当たったように部長は真顔になった。「――そういえば、吉野さんは本棚の下敷きになっていたな。つまり被害者は床と本棚の間に挟まれていた！」

「そや。そして二つのベースは倒れた本棚の両側に一個ずつ置かれとった。さらに凶器として用いられたのは、賢三氏殺害のときと同じ、あの派手なナイフや。これらの道具が表現しているプレーはなにか。それは『吉野さんが二塁と三塁の間で挟まれて刺された』というプレーやろう。さて、こういうプレーのことを野球用語でなんというんやったかいな、トオル？」

オレは上擦《うわず》った声で答えた。

「きょ――《挟殺《きょうさつ》》ですね」

ランナーを塁と塁の間に挟んで、両側からボールを持った野手が追い込んでいきアウトにする。そのようなプレーのことをランダンプレーといったり挟殺プレーといったりする。野球の試合の中では度々見られるプレーだ。

「それで犯人はわざわざ吉野さんを刺した後、さらに本棚を倒したんですね」

「うーむ、《併殺》ではなくて《挟殺》だったのか」

「そや。考えてみれば、三つ目の《殺》が《併殺》では《野球見立て殺人》としては、ちょっと不自然やねん。なぜなら野球で《殺す》はアウトちゅう意味や。犯人は野口監督を《補殺》した。これでワンアウト。続いて賢三氏を《刺殺》した。これでツーアウトや。この上、吉野さんともうひとりの誰かさんを《併殺》にしたら、全部でフォーアウトになってしまう。野球にフォーアウトはあり得へん。その点からいうても、三つ目の《殺》は《併殺》ではなくて《挟殺》が正しいと思う」

呆気にとられた顔でオレたちの会話を聞いていた烏山刑事が、我に返ったように口を挟んだ。

「八橋君のいうとおりだとすると、犯人は《補殺》《刺殺》《挟殺》の三つの《殺》――つまり三つのアウトをとったことになるわね。では、連続殺人事件はこれで終了ということなのかしら」

「いいえ、千歳さん、まだスリーアウトにはなってへんと思いますよ。犯人は《挟殺》プレーに失敗したんですから。吉野さんはなんとか野手のタッチをかいくぐって、まだ塁上に生き残っているんです。いまの状況は、野球に例えるならツーアウト・ランナー二塁といったところやないでしょうか」

「ああ、そうね。確かに君のいうとおりだわ」烏山刑事は八橋さんの言葉を警告と受け止めたらしい。くるりと踵を返して祖師ヶ谷警部のほうを向く。「だとすると、犯人が再び吉野礼子さんの殺害をもくろむ可能性がありますね、警部」

「そのようだな。病院に護衛の警官を回しておくとするか」

祖師ヶ谷警部はいったん部屋を出ると、部下を呼びつけ命令を下した。それから警部は再び部屋の中ほどに戻ってくると、自分に気合を入れるように顔を叩いた。

「さてと、これで犯人は吉野さんを手に掛けることができなくなった。犯人にはスリーアウト目を奪う機会は当分の間ない。ならば、今度はこっちのチャンス！　ふふふ、見ていろよ、犯人め、いままではいいようにやられてきたが、これからはそうはいかんぞ！」

やたらと威勢のよい祖師ヶ谷警部の様子を、烏山刑事が不思議そうに見つめながら、

「警部、やけに自信ありげですが、よかったらその根拠を聞かせていただけませんか。な

「にか犯人逮捕の秘策でも?」

「秘策!?　いや、そんなものはない——」祖師ヶ谷警部は言葉とは裏腹に堂々と胸を張った。「しかし烏山、昔からいうではないか、『野球はツーアウトから』とな！　ふん、犯人め、いまに見ていろ、我々国分寺署が総力を挙げて怒濤《どとう》の反撃をお見舞いしてやる」

「……………」

祖師ヶ谷大蔵、ポジティブだが根拠なし。

七

『龍ヶ崎賢三死す』というビッグニュースを桜井さんから聞かされたのは今日の昼のことだった。それから龍ヶ崎邸になんとか潜り込んで、芹沢先生から情報を得るのに成功したと思ったら、続けて吉野家政婦の殺害未遂事件だ。まったく、なんと慌しい午後だったのだろう。印象としては、丸一日この屋敷で過ごしたような気分がする。

そんなこんなでオレたちが解放されたのは夕方のことだった。

「あたしは真知子おばさまと話がしたいから」

桜井さんはそういって龍ヶ崎邸に残った。そういえば彼女は昨日、警部さんの実験が終わった後も、オレたち三人と一緒に帰ろうとはしなかった。オレたちのことを警戒しているのか、それとも真知子夫人と一緒にいるのがそんなに楽しいのか。

結局、オレたちは男三人で帰宅の途へつく。

裏門まで見送りに出てきてくれた芹沢先生は、「気をつけて帰ってね」と優しい言葉を掛けつつも、「これ以上、事件に首を突っ込まないほうがいいよ」と教師としては当然の警告を発した。「あ、それから、逃亡中の犯人がそのへんにいるかもしれないから、出会わないように」

本気で心配してくれているのかな、この先生。

オレたちは裏門を出た。昼間は正門にしかいなかった報道陣が、いまは裏門にまで詰め掛けている。いったい、この事件はどういう報道のされ方をしているのだろうか。帰ったらさっそくテレビを見てみようと思った。考えてみると、オレたちは事件の渦中に在《あ》りながら、実はまだ賢三氏殺害や吉野礼子さん殺害未遂を伝える新聞記事にもテレビ報道にもいっさい触れていないのだ。

オレたちは龍ヶ崎邸の周囲を取り巻く高い塀に沿って歩いた。龍ヶ崎邸は広大で、どこまで歩いても同じような塀が続いている。

「ところで部長、ひとつ初歩的な質問をしていいですか」

オレは歩きながらそう切り出した。

「僕の勉強不足かもしれませんが、どうも僕には見立て殺人というものがよく判りません。なぜ見立て殺人なんてものがこの世に存在するんですか。そもそも、殺人事件をなにかに見立てることに、どんな意味があるんでしょうか」

「見立て殺人の意味か？」なにをいまさらというように部長は即答した。「そりゃ決まってる。死体をなにかに見立てることによって、読者の興味を鷲掴みにして、異常な作品世界に一気に引っ張り込むことが目的だ」

「それはミステリ作家の目的ですね」オレは部長の勘違いを即座に正した。「そうじゃなくて、僕がいってるのは犯人にとっての目的ですよ。なにか目的がなければ、わざわざ殺人事件を童謡や俳句や野球に見立てる必要もないじゃありませんか」

「ああ、それはそうだな。しかし、それは犯人の考え方次第だろう。犯人じゃないオレたちが頭を捻ったところでどうなるものでもないと思うぞ」

「そやな」と隣を歩く先輩も同意する。「そもそも見立て殺人ちゅうものは、あるものに対する犯人の強いこだわりが影響している場合が多い。今回のケースでいうなら、犯人の胸のうちには野球に対する強いこだわりがあって、それが高じて《野球見立て殺人》となった、ちゅうわけや」

「じゃあ、犯人は野球に関わりのある人物ですね。野球にまつわるトラブルが事件の動機なのかもしれません」

「かもしれんけど、その逆ちゅうことも考えられる。実は、犯人は野球になんの関わりも興味もない。ただ死体を野球に見立てることによって、あたかも今回の事件が野球がらみの事件であるかのような印象を捜査陣に与えようとした――そういうふうにも考えられる。一種の偽装やな」

「なるほど。それもありますね」頷くオレ。「で、今回の場合、どっちなんでしょうか」

「それが判らんのや。というより、考えても無駄といってしまったほうがええかもしれん。見立て殺人は確かに犯人にとっては、なにかしら重要な意味があるんやろう。けど、その意味を探偵がいくら推理してもなかなか見当つくもんやない。結局、いちばんええのはあまり深く考えんこっちゃ。見立ての異常さに振り回されんことが大事なんやなー」

八橋さんの見解に、多摩川部長も深く頷いた。

「見立ての目的は、最終的には犯人に聞いてみるしかないだろうな。たぶん『捜査を攪乱《かくらん》するため』とか、そういったありきたりの真実が出てくるはずだ。オレたちが考えるべきは、そこではない。だいいち、犯人の手元にはもうベースがない。見立て殺人は、すでに終わっている。後は、誰がどんな形で真犯人に近づけるかだろう――おや？」

部長はふいに足を止めて、真っ直ぐ前を見た。そこは龍ヶ崎邸の正門であり、大勢の報道陣が列を成している。

「なんやねん、誰かおるんか？」

「ああ、面白い奴がいるぞ」

部長は何食わぬ顔でゆっくりと正門へと歩み寄っていく。オレと八橋さんは部長の後をついていく。部長のいう『面白い奴』というのが、誰のことなのかは判らない。正門の前は大混雑だ。しかし、しばらく進むと報道陣しかいないと思われた一団の中から、ひとり毛色の違った男が現れた。夏服を着た体格のいい男子高校生。手には大きなスポーツバッグを持っている。

「よう！」部長が片手を挙げると、

「ぎゃ！」男は脱兎《だっと》のごとく駆け出した。

「おい！」部長はすぐさま追い掛ける。「待て、こら、土山！」

逃げ出した男の正体は鯉ヶ窪学園野球部キャプテン土山博之だった。

「アホやなー、土山」八橋さんがキャプテン土山と多摩川部長の後を追いながら呟く。

「あんなでっかいバッグ持って、逃げられるわけあらへんのに」

確かに先輩の予言のとおり。本来なら脚力で勝《まさ》る土山は、手荷物の差で部長との追いかけっこに完敗を喫した。捕らえられた土山を、部長がさっそく問い詰める。

「てめー、なぜ逃げる！」

「べ、べつにぃ〜」と、土山は路上にへたり込む恰好で不真面目な返事。「おまえが追いかけるから、オレは逃げただけだ」

「おまえが逃げるから、オレは追いかけたんだ」部長はそういって土山博之の顔に自分の顔を思いっきり近づける。「なーんか、変だな。土山、おまえなんかオレたちに隠してないか。ははあ――そういや、この前も変だったよな。オレが冗談で『おまえが犯人だ』ってやったら、真に受けてブルブル震えてたっけ。やっぱりおまえ、今回の事件となにか関係あるんじゃないのか」

「関係なんかない。隠し事もない」

「本当か？　なんか後ろめたいことがあるんじゃないのか」

「馬鹿なこというな。オレに後ろめたいところなんか、あるわけないだろ。オレは犯人じゃないんだから」

ならばと部長は、親しげに土山の肩に手を乗せて、「すっかり話してすっきり楽になったほうがいいぞ」と、ベテラン刑事のような台詞。

しかし、土山はそっぽを向きながら、「ふん、話すことなんかねえ」とまるで犯罪者のような受け答え。

「そうか、判った。仕方がないな」部長はやれやれというように根負けのポーズを見せてから、オレに命令を下した。「おい、トオル、警察に連絡しろ。鳥山刑事じゃなくて祖師ヶ谷警部のほうを呼んでやれ。こいつ絶対なにか大事なこと隠してやがる！ やっぱり犯人かもしれねえ！ 祖師ヶ谷警部にそう吹き込んでやれ！」

「はーい」さっそく携帯を取り出すと、

「わあ、待ってくれ」と、土山は飛びつくような勢いでオレの携帯を押さえつけた。「話す、話すよ、話すから——」

八

オレたちは自動販売機で買った缶コーラを飲みながら、道端のガードレールに腰を下ろして土山の話を聞いた。

「実はオレ、野口監督が殺された夜、飛龍館球場にいたんだ」

とうとう土山博之はささやかな秘密を暴露した。「時刻は午後九時ごろだったと思う」

缶コーラを傾けていた多摩川部長がピクリと反応した。

「犯行があったとされる時間帯だな。そんな時間、あんな場所になんの用があったんだ?」

「ただのトレーニングだ」と、土山は真剣な顔つきで答えた。「元々、オレの家は北戸倉町にあって、飛龍館高校の近所なんだ。飛龍館球場が完成して以来、オレは夜中にちょいちょいあの球場にやってきては、あの遊歩道を走っていたんだ。あの球場の周りをぐるっと一周する遊歩道は、ロードワークには最適だからな」

「しかし、勝手に入っちゃまずいだろ」部長は昨日の自分の行為をすっかり忘れてしまったかのように土山の行為を非難した。「あそこは飛龍館高校の敷地だぞ。そこで鯉ヶ窪学園の野球部員が夜な夜なトレーニングしていたら、変に思われるだろ。『よみうりランド』でヤクルトの選手が夜中にこっそり素振りしてるみたいじゃないか」

「いや、まあ、確かにそうなんだが」部長の的確な喩《たと》え話の前に、土山はグウの音も出ないまま俯《うつむ》いた。「オレもそう思ったから、野口監督の死体が発見されたとき、自分から名乗り出ることができなかった。なんだかやましいような気がして、ついつい真実を隠したんだ。どうせ事件とは関係ないことだと思ったしな。そしたら、だんだん事情が変わってきた。死体の傍に置いてあったベースはうちのグラウンドから盗まれたものだった。死亡推定時刻は午後九時前後だと、後から聞いた。オレが球場付近にいた時刻とピッタリだ。

野口監督が殺されたのと同じ時刻に、キャプテンであるオレが偶然同じ場所に居合わせたんだ。こんな偶然あると思うか？」

「いや、思えんな」部長は即答して、今度は八橋さんに命令した。「おい、八橋、やっぱり警察に電話しろ。こりゃオレたちの手には負えん。最重要容疑者が見つかりましたと、祖師ヶ谷警部にそういってやれ！」

「よっしゃ！」先輩は携帯を取り出す。

「やめろよー」泣きそうな声で土山が携帯を押さえつける。「ほらな！　そうだろ、やっぱりそうだ！　だから、この話は誰にもしたくなかったんだ。警察だって、この話を聞けばオレのことを疑いの目で見るに決まってる。そして部員たちにこう聞くんだ。『最近、監督とキャプテンの関係はどうだった？』すると部員たちもついつい警察に話を合わせて、『そういえばキャプテンは監督の采配に不満があったようです』とかなんとか嘘の証言を――」

「へえ、嘘の証言ねえ」部長は携帯を取り出すと、素早い動きで何者かの番号を呼び出した。「あー、もしもし、野球部の山崎《やまざき》君かな。探偵部の多摩川だが、ひとつ質問に答えてくれ――最近、監督とキャプテンの関係はどうだった？」

電話の向こうの山崎君が答えた。

『そういえばキャプテンは監督の采配に不満があったようです――それが、どうかしましたか、多摩川さん』

「いや、いいんだ。それじゃ」

部長は電話を切って、土山を睨んだ。

「事実じゃないか！　この嘘つき！」

「ああ、事実だよ！」とうとう土山は《自白》した。「そうだ。オレは監督の采配に不満があった。当然だろ。野球部だぞ。仲良しクラブじゃないんだぞ。監督の采配に不満を持たない選手がどこにいる。そりゃ誰だって大なり小なり不満はあるさ。でも、それで殺したりはしない。野口監督が殺されたのは、それとはべつのことだ！」

口角泡を飛ばしてまくし立てる土山の剣幕に押されるように、部長は引き下がった。

「判った判った。そう本気で怒るな。誰も本気で土山が犯人だなんていってないから安心しろ。知ってることを教えてくれれば、それでいいんだから」

部長は缶コーラをひと口飲んで、話を転じた。

「ところで、おまえ土曜の夜九時ごろに現場付近を走っていたのなら、龍ヶ崎家の人たちと顔を合わせたんじゃないのか」

「龍ヶ崎家の人たちって、飛龍館の理事長さんとかのことか？　ああ、それなら見たぞ。

ほんの一瞬見ただけだがな」

「どこで見たんだ？」

「三塁側の入口付近だ。遊歩道を走りながら、ちょっと横に目をやったら、入口のところに理事長さんがいたな」

瞬間、八橋さんは腑に落ちない表情を浮かべた。

「ん⁉　理事長さんが――？」

「三塁側に？」部長も混乱したような顔で、「そりゃ変じゃないか？――」

先輩たちは顔を見合わせている。

「いや、おかしなことは、ないと思いますよ」

オレはキャプテン土山に「ちょっとタイム！」といって時間をもらうと、二人の先輩をいったん自動販売機の陰まで誘導して作戦会議。三人で額を突き合わせ、小声で当時の状況をおさらいする。

「いいですか。賢三氏は元々、真知子夫人や家政婦吉野さんと一緒に一塁側にいました。けれど、賢三氏はその後、ダイヤモンドを横切って三塁側にいき、そこで芹沢先生や秘書の橋元氏と会話を交わしています。ですから賢三氏が三塁側にいたとしてもおかしくはないんですよ。そうでしょう」

「そうだったな。ということは、その三塁側にいたときの賢三氏の姿を、たまたま通りかかった土山が目撃したわけか。よし、判った」

作戦会議終了。部長は再び土山のところに戻り質問した。

「それで、おまえが三塁側で理事長さんの姿を見たとき、その傍に誰かいたと思うんだが」

「ああ、いたな。よく見ていないが、確かにひとりいた」

この証言に先輩二人は猛然と食いついた。

「ひとり⁉ ひとりしかいなかったのか⁉」

「二人おったんと違うんかいな！」

「なに興奮してるんだ、おまえら？」事の重大さに気がついていない土山は、キョトンとして、「間違いない。三塁側にいたのは龍ヶ崎理事長の他にもうひとりだけだった」

「誰だ？」部長が土山を問い詰める。

「判るもんか。暗くてよく見えなかった。どうせ知らない人だろうし」

「芹沢先生じゃなかったのか？」部長がストレートに聞く。

「なに、芹沢先生って、うちの学校の世界史のか？　いやいや、あんなんじゃない。オレが見たのはたぶん男だった」

「男⁉」八橋さんは異物を呑み込んだような顔で、「ほな、橋元省吾氏かいな?」

「誰なんだ、その橋元ナントカって?」

考えてみれば土山は単なる野球部キャプテン。べつに龍ヶ崎家の人々の顔と名前をいちいち知っているわけではないのだ。

「おい、おまえら、どうかしたのか? そんな深刻な顔して」

多摩川部長と八橋さんは土山の問い掛けを無視したまま、二人で顔を寄せ合い、しばし密談した。

「ということは、三塁側にいたのは……」

「賢三氏と橋元省吾氏の二人だけやった……」

怪しげな二人のやり取りを土山が気持ち悪そうに見つめる。

「おまえら、なにブツブツいってるんだ?」

部長と八橋さんは慌てて密談するのをやめた。

「いや、なんでもないんやでー、気にせんといてやー」

「そうだ、こっちの話だ。——ところで、おまえ他に誰か見かけなかったか? 一塁側にも誰かいたはずなんだがな」

「さあ、知らないな。オレは一塁側にはいかなかったんだ」

「球場を一周したんじゃないのか？」

「普段なら五、六周はするところだ。でも、土曜の夜は走りはじめてすぐに飛龍館の理事長さんに出くわした。見つかればひょっとすると怒られるかもしれない。そう思ったから、慌てて引き返してそのまま球場を後にしたんだ。だから、球場にいたのはほんの一瞬のことだ。犯人らしい人物を見た覚えもないし、野口監督の姿も見ていない。要するに、オレは事件とは無関係なんだよ。だから、いままで黙っていたんだが。——おい、多摩川、おれの話って重要なのか、今回の事件の中で？」

いまさら不安になったように、土山は頼りない声をあげる。部長は恩を売るように大袈裟に頷いて、「かなり重要な点を含んでいると思うぞ。しかしまあ、そう心配するな。おまえの悪いようにはしない。さてと、それじゃオレたちは、このあたりで失敬するとするか。ちょっと用事ができたんでな」

部長は一方的に土山との会話を切り上げ、飲み干した缶コーラを自販機の横のゴミ箱に放り捨てた。

土山はなにがなんだか判らないという顔で、「それじゃあな」といって、大きなバッグを抱えて立ち去った。

その背中を見送りながら、オレは部長に聞いた。

「『用事ができた』って、なんの用事ですか？　また『カバ屋』でカキ氷ですか？」

「そんなんじゃねえ！」部長はオレを一喝してから、背筋を伸ばして遠くを見据えた。

「事件を終わらせるんだ」

八橋さんがすでに暗くなりはじめた道の向こうを指差した。

「ほな、もういっぺん龍ケ崎家やな」

第五章　延長戦

一

「なかなか、壮観だな」

多摩川部長は集まった一同の顔を見渡しながら、満足そうに頷いた。

場所は龍ヶ崎邸の大広間。

居合わせたのは十名。龍ヶ崎家の関係者は真知子夫人、芹沢由希子先生、秘書の橋元省吾氏、家政婦の安西さん。警察関係が祖師ヶ谷警部と烏山刑事。そして鯉ヶ窪学園の関係者は多摩川、八橋、赤坂の精鋭三名、および生徒会長の桜井あずささんである。

当然のことながら、すでに亡くなった野口啓次郎監督と龍ヶ崎賢三氏、つい先ほど被害に遭った家政婦吉野礼子さんの姿はここにはない。それでも、今回の事件に関与した主な人物は、可能な限り集結したといっていいだろう。

ところで、今回オレたちがこのような舞台を提供してもらえたのは、すべて真知子夫人のご好意である。本来なら、龍ヶ崎家となんの関係もない高校生が、いくら「犯人が判った」と叫んだところで、真知子夫人にそれを聞いてやる義理も責任もないのだが、そこをあえてこのように発表の場を与え真面目に耳を傾けてくれる、そんな彼女の姿勢には探偵部一同感謝の言葉もない。この場をお借りして厚く御礼申し上げます。

さて舞台は整い、事件はいままさに最後の山場を迎えようとしている。

「野球でいうたら、九回裏の大詰めやなー」

八橋さんが小声で呟くと、部長は鼻息も荒く、

「ふん、任せろ。綺麗サッパリ片づけてやる」

「よっしゃ、ほな、はじめよかー」

「おう」

部長は、大歓声を背にしてマウンドに向かう救援投手のように気合充分の面持ちで広間の中心に立った。八橋さんも相棒として、部長の傍らに進み寄る。探偵部が誇る最強コンビ、多摩川―八橋の黄金バッテリーの登場に、否が応でも期待が高まり――といいたいところだが、正直なところオレは不安で不安で仕方がない。もっとも当の部長たちは一同の

視線を一身に浴びるのが心地良いらしく、顔を紅潮させている。無理もない。部長たちはこの瞬間を夢見て、探偵部の看板を掲げているといっても過言ではないのだから。

「さて、みなさん」お約束の台詞とともに多摩川部長が話の口火を切った。

「謎解きの前に、まずは事件のおさらいをして、記憶を整理してみることにしましょう。最初の事件は土曜日の夜に起こり、日曜日に公になりました。飛龍館球場でおこなわれた飛龍館高校対鯉ヶ窪学園の試合にて、まぐれ当たりの大ホームランがバックスクリーンに飛び込んだことから、男性の死体が発見されたのです。被害者は鯉ヶ窪学園野球部監督の野口啓次郎さん。猿轡をかませられロープでぐるぐる巻きにされた上、刃物で喉を掻っ切られていました。そして死体の傍にホームベースやキャッチャーミット、ボールといった野球道具がこれ見よがしに置かれていました。犯人はなんの目的でこのような真似をしたのか。それが問題です。

さて、ここで特筆すべきことは、この事件が起こったとされる時間帯に、現場である飛龍館球場の周囲に、龍ヶ崎家の関係者が偶然にも顔を揃えていた、という事実です。

午後九時ちょうど、飛龍館球場の一塁側入口には愛犬を連れた龍ヶ崎賢三氏と真知子夫人、それに家政婦の吉野礼子さんがいました。一方の三塁側入口には秘書の橋元省吾氏と芹沢由希子先生がいました。

このとき賢三氏は一塁側の扉が施錠されていないことに気がつきます。不安を感じた賢三氏は念のためと思い球場の中にひとり入っていき、三塁側の戸締りを確認にいきました。そして賢三氏は三塁側の入口にいた橋元氏と芹沢先生の二人に出くわしました。賢三氏はその場でしばらく二人と会話を交わし、三塁側入口の戸締りをしてから一塁側に舞い戻ります。そして賢三氏は真知子夫人らと一緒に犬を連れて帰宅します。一方、橋元氏と芹沢先生の両名も同じように龍ヶ崎邸へ戻りました。球場周辺に居合わせた龍ヶ崎家の人々と、野口監督殺害事件との関係は不明です。

さて、二つ目の殺人事件は火曜日に起こり、その死体は今日、水曜日になって発見されました。被害者はいうまでもなく真知子夫人のご主人、賢三氏です。死体が発見された場所は人気《ひとけ》のない神社の境内。死体の傍には四角いベースとファーストミット、ミットの中にはボールが納まっていました。賢三氏は背中をナイフでひと突きされており、それが致命傷でした。問題はそのナイフですが、柄の部分に非常に派手な装飾を施された、特徴のあるナイフでした。犯人はなぜこのようなナイフを凶器として用いたのか、それが問題です。

さて、三つ目の事件は、つい先ほど起こった殺人未遂事件です。狙われたのは家政婦の吉野礼子さんでした。現場はこの屋敷の一階にある吉野さんの部屋です。彼女はそこで本棚の下敷きになって発見されました。本棚を退かすと、彼女の背中に派手なナイフが刺さっていました。賢三氏を刺したのと似たようなナイフです。そして本棚を挟むような位置に二つのベース、そしてグローブとボールが置いてありました。問題はなぜ犯人はわざわざ被害者の上に本棚を倒すような真似をしたのかということです」

ここで多摩川部長は大広間に集まった関係者をゆっくり眺め回しながら、

「ところで、僕がいま列挙した疑問点。野球道具の問題やナイフの問題、本棚の問題。それらの疑問はすべて今回の事件が《野球見立て殺人》であることを理解すれば、納得してもらえるはずです——祖師ヶ谷警部、真知子夫人には《野球見立て殺人》の説明はもうしたんですか」

祖師ヶ谷警部は首を横に振った。

「あたしがしてあげたわ」桜井さんが手を挙げた。「橋元さんや安西さんにも一緒にね。だから、その説明は省いていいわよ。ここにいる人は全員理解しているから」

「うーむ」部長はいちばん美味しいところをさらわれたような、不満げな表情。しかし、すぐに気を取り直すと、「まあ、いいでしょう。手間が省けました」

それから一同に向かってこう話しかけた。

「しかし、《野球見立て殺人》を理解したからといって、事件の本質を見抜いたことにはなりません。所詮見立ては犯人側が用意したもの。犯人の用意した小道具に振り回されるなんて愚の骨頂ですからね。そこで、僕は思いました。犯人が僕らを小道具で振り回そうとしているのであるならば、僕らはむしろ積極的にそれを無視するべきではないか。すなわち、もしこの事件に野球に関する見立てが存在していなかったならば――と考えるのです。野口監督の死体の傍にベースやグローブやボールといったものが見当たらなかったとすれば、どうか。賢三氏の場合はどうか。吉野さんの場合は。そのとき事件は僕らの目にどのように映るのか――

そう思ったとき、僕の目にまったく新しい事件の形がハッキリと見えたのです。僕があえて注目したのは、今日起こった吉野さん殺人未遂事件です。いいですか。今日、僕らは倒れた本棚とその下敷きになった吉野さんを見ました。もし、ここに野球道具がなかったとしたら、どうでしょう？　これは随分と奇妙な事件現場です。『なぜ犯人はわざわざ本棚を倒したのか？』――そういう疑問が嫌でも頭に浮かぶでしょう。実際、僕らの頭の中にも少しはそんな考えが浮かんだものです。

しかし、僕らは過去の二つの殺人事件により、これが《野球見立て殺人》であることをすでに知っています。そして、吉野さんの現場にも過去の事件と同様に、ベースやグローブやボールが置かれていました。そこで頭のいい僕らはこう考えます。『判った。これは

《挟殺》の見立てだ』と。そして、本棚の倒された意味を理解した気分になって、それ以上のことは考えなくなる。

まさしく、それが犯人の狙いだったのです。

逆にいうなら、本棚が倒されていたことには、単に《挟殺》の見立て以上の重要な意味があった。その意味に気づかせないための見立てなのです。では倒れた本棚にどんな意味があるでしょうか。僕はそれは音だと思います。

どうでしょうか、みなさん。僕らは自然と本棚が倒れた時刻イコール吉野さんが刺された時刻と思い込んでいませんか。でも、本当にそうですか。本棚が倒れたとき、吉野さんはまだ刺されてはいなかったかもしれませんよ。そして犯人は、他の人たちと一緒に本棚の倒れる音を聞いていたのかもしれません。そして犯人が実際に吉野さんを刺したのは、それから少し後だったのかもしれません——どう思いますか、芹沢由希子先生」

「どうって⁉」いきなり話を振られた女教師はキョトンとしながら自分で自分を指差した。

「え、それ、わたしのこと?」

二

「わたし、今日の昼間、君たちとずっと一緒にいたよね？　紅茶飲ませてやったよね？」

紅茶を振る舞った上で犯人扱いされることに、芹沢先生は納得いかないらしい。不満そうに多摩川部長と八橋さんを交互に見やる。彼女の疑問に八橋さんが答える。

「残念やけど、ずっと一緒ちゅうわけでもなかったですよ。事件の起こるちょっと前に、先生は真知子夫人の様子を見にいったやないですか。その間、オレらは部屋で先生が戻ってくるんを待っとった。そのとき、先生はこっそり素早く一階に降りて、吉野さんの部屋に入り、吉野さんを背後から殴りつけた。そして気を失った吉野さんを本棚の前に置いた。野球道具を並べたのもこのときやったはず。そして、ここからがポイントです。先生は本棚を傾けて、そこにつっかい棒をしたんです」

「つっかい棒？　いきなり、どこからそんなものが飛び出してきたの？」

「現場にあったやないですか。コート掛けですよ」

八橋さんはさらに事件の絵解きを続ける。

「傾けた本棚が倒れんようにコート掛けでつっかい棒をするんです。そして最後の仕上げは細くて丈夫な紐を使います。紐の一方の先端を輪っかにしてコート掛けのフックに引っ掛ける。紐のもう一方の先は、窓の外へ。そこには真上の部屋、つまり芹沢先生の部屋から前もって一本の紐が下ろしてあったんでしょう。先生は二つの紐を結びつけて、これで準備完了です」

「ごめん、さっぱり判らない。いったいなんの準備が完了したの？」

「いわゆる早業《はやわざ》殺人です」

「結構、時間掛かってるよね、いまの。どこが早業？」

「準備には時間が掛かるんです！　早業殺人ちゅうのは、案外そういうもんなんですッ」

八橋さんは先生の思わぬ反応に珍しくうろたえている。

不満そうな先生を無視して、八橋さんはさらなる説明に移る。

「準備を整えた先生は自分の部屋に戻ります。そして、さほど乗り気でないオレらを強引に説得して真知子夫人の部屋に向かうことにする。先生はオレらを廊下に追い出して、最後に部屋を出ようとする。ところがここで部屋の電話が鳴る。もっとも、これは先生がポケットの中の携帯を操作して、自分で自分の部屋に電話したものでしょう。先生はオレらを廊下に待たせたままひとりで部屋に入っていく。そして先生は部屋の中でなにをしたか？」

「電話だけど、それじゃ駄目?」

「いいえ、先生は電話ではなく窓に駆け寄ったんです。窓を開けて、さっきの紐を引っ張ったんです。紐の先はコート掛けのつっかい棒に繋がってます。紐を思いっきり引いたらつっかい棒が外れて、本棚は倒れる。それが例のドスンちゅう音です。先生はさらに紐を引っ張ります。紐の先は輪っかになってコート掛けのフックに引っ掛けてあるだけやから、窓側から紐を引っ張ったら、輪になった先端は自然とコート掛けから離れます。先生はどんどん紐を引っ張って、それをすべて回収する。それから、何事もなかったように部屋から出てきた、ちゅうわけです」

「実際、何事もなかったんだから何事もないように出てくるしかないんじゃないの?」

八橋さんは芹沢先生の言葉を無視して、先を続ける。

「オレらは先生と一緒に階段を下りて一階へ。階段の途中で、先生はさりげなく先ほどの大きな音のことを話題にする。それもなるべく悪い予想を掻き立てるみたいな感じで。そして一階に下りた先生は、吉野さんの部屋を見てくるといって、自分ひとりで吉野さんの部屋に向かう。先生は返事がないことを承知の上でノックなどしてみせる。そして扉を開けて部屋に入った先生は、目の前に倒れた本棚を左手で持ち上げ、右手でナイフを握る。そして本棚の下敷きになった吉野さんの背中にそれを突き立てる。すべては一瞬の出来事です」

「わたしが片手で本棚を持ち上げるの？　しかも一瞬で？　無理よ、それ」

「いいえ、本棚は中に本が詰まっとるから重いんです。現場の本棚は中の本が飛び出した状態やった。軽いもんです。片手一本でも持ち上がるでしょう。吉野さんを刺した先生はそこでやっと悲鳴をあげて、廊下に飛び出してきて、オレらを呼んだ。なにも知らんオレらは現場に飛び込んでいき、そこに本棚の下敷きになった吉野さんを発見した。オレらも警察も本棚が倒れた時刻が犯行時刻と思うてるから、そのとき二階の部屋にいた芹沢先生が犯人やとは思わへん。これが先生のトリックやったんですね」

「わたしのトリック？　とんでもない。それは君が頭の中で考えたトリックでしょ」

「……………」

八橋さんの言葉を聞きながら、世界史教師は少しも動じるところがない。これはいったいどうしたことかと、両先輩は互いに顔を見合わせる。どうやら彼ら、芹沢先生が泣いて謝るとでも思っていたらしい。

すると相手の隙に乗じる形で芹沢先生の怒濤の反撃がはじまった。

「話にならないね、君たち。なにが早業殺人よ。いい？　百歩譲って、八橋君の説明したようなトリックが現実にあり得るとするよ。だけどね、君たち、そのことは『外部からの侵入者が吉野さんを刺して窓から逃走した』という可能性を否定していないよね。それから『内部の人間が吉野さんを刺して廊下に逃走。その直後にわたしが駆けつけた』という可能性も残っている。この状況の中で、なぜわざこのわたしひとりが疑われなくちゃならないの？　君たちがいっているのは、結局のところ『第一発見者だからあなたが犯人だ』といっているのと同じなのよ。そんな馬鹿げた理屈、いまどき警察でもいわないはずよ。君たち、人を疑うなら、もう少しマシな理屈を持ってきたら？」

芹沢先生の主張はもっともである。確かに、八橋さんのトリックは最初から芹沢先生が犯人であるということを念頭に置いた上で組み立てたトリックなのだ。

「判りました。それではもう少しマシな理屈をいわせてもらいましょう」

苦しい立場に追い込まれた部長は、ならばとばかりに最後の切り札を持ち出した。

「僕の友人に土山という男がいます。鯉ヶ窪学園野球部のキャプテン。軽薄で見栄っ張りな小心者ですが、そう悪い奴でもありません。その土山が殺人のあった土曜日の夜に飛龍館球場の遊歩道でジョギングしていたそうです。もっとも、本人は事件と関わり合いになるのが嫌で、いままで黙っていたようですがね」

「土山君ならわたしも知ってるけど、彼がどうかした？」

「問題なのは彼がジョギングしていた時刻です。土山の証言に因《よ》れば、それはちょうど午後九時ごろだったそうです。午後九時といえば、球場の周辺に龍ヶ崎家の関係者が集まっていた時刻です。そして、土山はそのジョギングのさいちゅうに、三塁側の入口付近に賢三氏の姿を目撃したそうです。もちろん、これは不思議なことではありません。賢三氏は元々は真知子夫人らと一緒に一塁側にいましたが、ダイヤモンドを横切って三塁側にも顔を覗かせ、そこで橋元氏や芹沢先生と会って話をしています。ですから土山が、偶然その場面を目撃したとしてもべつにおかしくはありません」

「…………」芹沢先生は部長の話の行方を見極めるように、黙っている。

「ところが、土山の話によれば、賢三氏の傍らで話をしていたのは、橋元氏と思われる男性ただひとりだったそうです。いいですか、芹沢先生。土曜の夜の九時ごろ、先生は橋元氏と一緒に三塁側にいたと、そうおっしゃっていますよね。そこに賢三氏がやってきて三人でしばらく雑談したと。でも、土山は賢三氏と橋元氏らしい男の姿しか見なかったといっているんです。土山は芹沢先生の姿など見ていないといっているんです。じゃあ、芹沢先生、あなたはそのときいったいどこにいて、なにをしていたんですか？」

「…………」およそ物に動じない芹沢先生の整った顔に、初めて動揺の色が浮かんだ。「な、なんの話よ、それは？」

「おや、とぼけるんですか？」

「と、とぼけるもなにも、なんのことだか、サッパリ判らないけど」

「その割には、ずいぶん顔色が変わったようですよ」

部長が鋭く指摘し、女教師のさらなる動揺を誘う。

「そんなことないよ！　まったく、なにをいってるの、君は！」

激しく否定するほどに、芹沢先生の顔が青ざめていくのが判る。

「わたしが……三塁側に……いなかった？」

「そうです。三塁側にいたのは賢三氏と橋元氏だけです」

「………」

とうとう、芹沢先生は完全に沈黙してしまった。その目は救いを求めるように、周囲を見回している。

「答えていただけないようですね」

多摩川部長はこれ以上の追及の必要なしと踏んだのか、芹沢先生の前を離れて、一同のほうを向いた。部長は数多くの視線を一身に浴びながら、気持ち良さそうに結論を述べた。

「土曜の夜の九時ごろ、芹沢先生は三塁側の入口にいなかった。では、彼女はどこにいて、なにをしていたのか？　本人が答えられないようですので、代わって僕が答えましょう。答えは簡単。芹沢先生はそのときバックスクリーンにいて、野口監督を殺害していたのです。これが今回の《野球見立て殺人》の真相です。すなわち野口監督を《補殺》し、龍ヶ崎理事長を《刺殺》し、そして吉野家政婦を《挟殺》しようとした張本人、それは芹沢由希子先生だったのです!」

三

その瞬間、大広間は水を打ったように静まり返った。多摩川部長の言葉による衝撃が波紋のように広がっていくのを、確かにオレは感じた。そんな中、

「ちょっと、ちょっと」と、声をあげたのはいままで沈黙を守っていた桜井さんである。

「いきなりなんてことをいいだすのよ、多摩川君」

しかし、部長は彼女のそんな態度は予想済みとばかりに、

「ああ、判ってる、判ってる。桜井は先生を信じたいんだろ。その気持ちはオレも同じだ。しかし現実に、彼女はオレたちをずっと騙してきたんだ。『カバ屋』でモダン焼きを奢ってやったあの瞬間から、ずっと彼女はオレたちに嘘をつき続けてきた。それだけでもう充分有罪の証明といっていいくらいだ」

「え、モダン焼きがどうしたって? いや、そんな話はこの際どうだっていいわ」桜井さ

んはブルブルと顔を振り、部長の顔を真っ直ぐに見据えた。「それよりあんた、いまおかしなことといわなかった？」

「ん⁉」部長が怪訝な顔で聞き返す。「おかしなこと？」

「うん、とても変なことを——」桜井さんは不安げな表情で部長の前に指を一本立てた。

「ねえ、多摩川君、さっきの台詞、よく聞こえなかったの。もういっぺんいってみて」

「え、さっきの台詞って、どの台詞だ？」

「今回の《野球見立て殺人》の真相が、どうとかこうとかいったでしょ」

「ああ、そこか」部長は気を悪くしたように首をすくめた。「やれやれ、この緊迫した雰囲気の中で、いちばん大事な台詞を聞き逃す奴があるか。せっかくの見せ場が台なしじゃないか」

「いいから、もういっぺんいいなさいよ！」

「いちいち細かくは覚えてねえよ」部長は吐き出すようにいった。「要するに、監督を《補殺》して、理事長を《刺殺》して、家政婦を《挟殺》しようとした犯人は、芹沢先生だったんだよ！」

部長が自信満々に胸を張る。すると——

桜井さんと芹沢先生は信じられないというように目を丸くして、互いの顔を見合わせた。

祖師ヶ谷警部と烏山刑事も眉を顰めながら、なにやら耳打ちをしている。橋元氏は、なにが起こったのか判らない様子で周囲を窺っている。真知子夫人は安西さんに何事か小声で確認したようだ。そしてオレと部長と八橋さんは、この場の異様な雰囲気を察して、いい知れぬ不安を感じはじめていた。

そんな中——

「悪いけどね、多摩川君」芹沢先生が冷ややかな声でいった。「理事長さんは殺されていないよ。だってほら、そこに」

先生がその人のほうに人差し指を向ける。オレたちはわけも判らないまま、彼女の指し示す方角に恐る恐る視線を走らせた。そこにいるのは、困ったような笑みを浮かべたひとりの女性。その女性は申し訳なさそうにおずおずと右手を挙げた。

「ええ、わたしが理事長だけど、それがなにか?」

車椅子の上で真知子夫人がいった。

「………」オレたちはしばし言葉を失った。

「…………」理事長は賢三氏ではなく、

「……………」真知子夫人だった。

逆転の一発というべきか、それともむしろ走者一掃のタイムリー・エラーというべきか。

四

多摩川部長はがっくりと肩を落としてうなだれた。さすがの八橋さんもあまりの衝撃の強さに愕然とした表情。二人の様子はさながら大量失点を喫して成すすべなくマウンド上で立ちすくむバッテリーのよう。

オレは思わず「ちょっと、タイム!」と間を取った。それから、呆然とする二人を部屋の隅まで引っ張っていき、あらためて小声で作戦会議。「ちょっとちょっと、どういうことなんですか、これ?」

八橋さんは悔しさに顔をゆがめながら、

「アホ! どうもこうもあるかい! 見たまんまやないか。オレらは重大な勘違いをしとったんや。飛龍館高校の理事長は賢三氏やなくて、真知子夫人のほうやったんや!」

「そのようですね。信じられませんけど」

「確かに、信じられへん。けど、そうと判ってみると、いままで腑に落ちんかった事柄に説明がつくことも事実や」

「どういうことです？」

「例のキャプテン土山がジョギング中に理事長の姿を見たという証言。あの話の中で、ちょっとだけ腑に落ちん箇所があったんや。暗がりの中でほんの短い時間目撃しただけの相手を、なんで土山はズバリ『飛龍館高校の理事長』と断言することができたんやろか。現に土山は、その『理事長』と話をしていた相手については、『たぶん男だった』と曖昧なことをいうのが精一杯やった。この差はいったいなんやろ。しかし、その疑問も『理事長＝真知子夫人』と判ってしまえば、話は簡単。土山が目撃したのは真知子夫人やった。いや、正確にいうなら、土山は車椅子に乗った真知子夫人の特徴的なシルエットを目撃したんやな。この近所に住む土山は普段から車椅子の理事長を見慣れている。しかも場所は飛龍館高校の野球場や。そやから土山は暗がりでちょっと見ただけでも自信を持って『飛龍館高校の理事長を見た』といえたわけや」

「それを僕らは『土山さんが賢三氏を見た』と解釈したわけですね。僕らは『理事長＝賢三氏』だと信じきっていたから。──そういえば、オレにも思い当たる節がありますよ」

「なんや？」

「練習試合の日の出来事です。飛龍館高校の脇坂監督は賢三氏の前でやけにペコペコした態度をとっているように見えたんです。いくら相手が理事長だからといっても、ちょっと頭を下げすぎじゃないかと奇妙な感じがしたのを憶えています。いまにして思うと、脇坂監督は賢三氏に頭を下げているのではなく、彼の隣にいた真知子夫人に話し掛けていたんですね。車椅子の真知子夫人に話し掛けようとすれば、自然と人は前かがみになる。離れて見ていたオレには、それが賢三氏に向かってやたらとペコペコしているように見えたんですね」

するといままでショックのあまり言葉のなかった多摩川部長が、

「そうか、じゃあ、あれはそういうことだったんだな」と虚ろな目で語った。「今日の昼間、飛龍館高校の前での出来事だ。あのとき、校門のところから中を覗いた瞬間、なにか変な違和感を覚えたんだ。どうも、なにかが間違っているような気がしてな。でも、いまやっとその間違いが判った。旗だ。国旗掲揚台の旗がおかしかったんだ」

「旗⁉　旗なら僕も見ましたよ」風のない午後。掲揚台のポールのてっぺんでダラリと垂れ下がっていた旗。「べつに普通だったと思いますけど」

部長は力なく首を振った。

「普通であることが、この場合は変なんだよ。だってそうだろう。理事長のような学校の重要人物が亡くなった場合、半旗を掲げるのが常識だ。それなのに、ポールの旗はてっぺんまで揚がっていた。賢三氏が理事長だとしたら、あり得ないことだ」

「なるほど、それもそうですね」

「間違いないみたいやな」

オレたち三人は互いに頷き合った。もはやこれ以上疑う必要もあるまい。飛龍館高校の理事長が龍ヶ崎賢三その人であると思い込んだのは、確かにこちらの勘違い。実際は、車椅子の真知子夫人こそが『龍ヶ崎理事長』だったのだ。

そう判ってみて、あらためて思い出す言葉がある。「カバ屋」で偶然出会った脇坂監督のいった言葉だ。『理事長はとてもそんなことのできる人ではない。殺人なんてとんでもない。いくらなんでもそれはあり得ない話だ』――彼はそういった。なるほど確かに、脇坂監督の言葉は間違っていなかった。真知子夫人が犯人だなんてあり得ない。車椅子の真知子夫人が二メートルのフェンスを乗り越えバックスクリーンで野口監督の喉を掻っ切るなんて、できるわけがない。脇坂監督は誰でも考えるような当たり前のことをいっただけなのだ。

「しかし判らん。オレら、なんでこんなアホな勘違いしてしもうたんやろ」

八橋さんはあらためて原因究明に乗りだした。「確か、賢三氏が理事長であることをオレに吹き込んだのは、トオルやったな」

「そうでしたね」野口監督が殺害された翌日、野球盤で遊びながらオレは事件について八橋さんに話して聞かせた。その話の中では、すでに『賢三氏＝理事長』だった。「ということは、勘違いのもとは練習試合のあった日曜日――」

「桜井だ！」確信を持った口調で部長が叫んだ。「桜井が嘘を教えたのだ。オレたちに恥を掻かせるために」

「ちょっと！　人聞きの悪いことといわないでちょうだい」

聞き捨てならないとばかりに、桜井さんが強引に話に割り込んできた。「誰が嘘を教えたっていうのよ。あたしは『賢三さんが理事長だ』なんて、ひと言もいってないわよ」

そういえば、そんな気がする。彼女は龍ヶ崎夫妻のことを本人たちの前では『おじさま』『おばさま』、本人たちがいないところでは『賢三さん』『真知子さん』と呼んでいた。『理事長』とは呼んでいない。

「でも桜井さん、練習試合のとき、僕が賢三氏のほうを指差して、『理事長さんが到着したみたいですよ』っていったら、『あら、本当ね』って頷いたじゃありませんか」

「え、赤坂君、賢三さんのことを指差していたの？　あたしは、真知子さんのほうを指差してるのかと思ったわよ」

それもそうだな、とオレは納得。賢三氏はいつも真知子夫人の傍らにいたから、オレが賢三氏を遠くから指差せば、どちらを示したのかは曖昧になる。曖昧な中で、オレは賢三氏を指差し、桜井さんは真知子夫人を見ながら頷いた。そういうことだ。少なくとも、桜井さんが賢三氏を明確に示す形で、『この人が飛龍館高校の理事長よ』と紹介する場面はなかった。それにもかかわらず、なぜオレは『賢三氏＝理事長』と信じ込んだのか。

おそらく、その原因のひとつは賢三氏の容姿にあるのだ。恰幅の良い堂々とした体格。白髪交じりの端正な顔立ち。知性を感じさせる眸とキビキビとした物腰。どれをとっても『飛龍館高校理事長』の肩書きに相応しいものに思えた。

だが、原因はそれだけだろうか。

オレは練習試合当日、飛龍館球場にたどり着く途中の、小さなエピソードを思い出した。

「そういえば桜井さん、飛龍館球場に向かう途中で、おばあさんに道を尋ねましたよね。『龍ヶ崎さんのお屋敷をご存知ありませんか？　飛龍館高校の理事長さんのお宅なんですけど』って、確かそんなふうに。そしたら、そのおばあさんは『賢三さんの家のことかな』と聞き返して、それで桜井さんは『そうそう、その家』って──ああ、そうか」

「ね、べつにおかしくないでしょ。わたしとおばあさんは家の話をしているんだから」

「そうですね。全然おかしくありません」

確かに『賢三氏の家＝理事長の家』で間違いない。しかし、そのことは『賢三氏＝理事長』ということを意味してはいない。どうやら、このあたりからオレと部長は、間違った先入観を自分たちで勝手に抱いてしまったようである。桜井さんの責任にはできない。

「そういえば、あなたたちは昼にあたしの口から賢三さんの事件を知って、それからいままで夕刊もニュースも見ていないわけね。今日の夕刊にはちゃんと本当のことが書いてあったわよ。『飛龍館高校理事長の秘書、龍ヶ崎賢三さんが殺害された』というふうに」

「秘書やて？」八橋さんが首を捻る。「秘書は橋元氏やないんかいな」

「賢三さんも秘書なのよ。賢三さんは龍ヶ崎真知子理事長の夫であると同時に第一秘書。橋元さんは第二秘書よ」

なるほど。理事長ひとりに、秘書は二人でも三人でも構わない。龍ヶ崎賢三と橋元省吾は、理事長と秘書の関係ではなく、二人とも真知子夫人の秘書だったのだ。そういえば橋元氏は賢三氏のことを『叔父さん』と呼び、自らを賢三氏の『部下』とも呼んだが、賢三氏のことを『理事長』とは呼ばなかったようだ。

どうやら『賢三氏＝理事長』というのは、どこまでいってもオレたちの勝手な思い込みだったらしい。

「ということは――」とうとう部長は頭を抱えてしまった。「この事件、いったいどういうことになるんだ？」

五

「おーい、君たち！」

矢継ぎ早に新事実が明らかになって混乱気味のオレたちに、祖師ヶ谷警部が背後から呼びかけた。「どうかね、素人探偵諸君。基本事項の確認は済んだかね。ところで、真知子夫人が君たちに確認したいことがあるそうだ。今度こそ、勘違いのないように答えたまえ」

オレたちは一斉に真知子夫人に目をやった。真知子夫人は小さく頭を下げた。

不思議なもので、この人が飛龍館高校の理事長だと思って眺めてみると、なるほど、彼女は振る舞いといい言葉つきといい、穏やかでありながら堂々としたところがあって、なおかつ知性と教養を感じさせる。『飛龍館高校理事長』の肩書きは、真知子夫人に少しも不自然ではない。いや、むしろこの人にこそ相応しいとさえ思える。

「僕らに確認したいこととは、なんのことでしょうか」

緊張した面持ちで部長が尋ねると、真知子夫人は車椅子の上で微かに笑みを浮かべた。

「では小さな確認事項から。あなたたちはついいままで主人のこと、つまり龍ヶ崎賢三のことを理事長だと思い込んでいたのね」

「はい、そうです」

「では中ぐらいの確認事項を。あなたの話に出てきた土山君の証言のことだけど、土山君は『理事長を見た』といったのかしら。それとも『龍ヶ崎賢三を見た』といったのかしら?」

「土山は『理事長を見た』といったんです。それを僕らが勝手に賢三氏のことだと勘違いしたんです。実際には土山は真知子さんを見ていたわけです。ついでにいいますと、土山は理事長と一緒に男がひとりいた、ともいいました。これを僕らは橋元省吾氏のことだと勘違いしたのですが、たぶんそれは吉野さんだったのでしょう。彼女は女性にしては体格がいいから、暗いところでは男と間違えられても不思議ではない」

さらに細かいことをつけ加えるならば、真知子夫人の連れていた愛犬ビクターは、真っ黒な犬であるため、土山はその姿を確認できなかったものと思われる。だから、彼の証言には犬はいっさい出てこなかったのだ。

「判りました。では、いちばん大事な確認事項を」そういって真知子夫人は部長の目を鋭く見つめた。「土山君は『理事長を三塁側入口で見た』といったのね」

「そうです。土山は理事長、つまり真知子さんを三塁側入口で見たと——あれ!? 変だな」

部長は当惑の表情で言葉を止めた。やっと目の前に高い壁があることに気がついた、そんな感じだった。

「そうよ、やっぱり変なのよ」芹沢先生はあらためて確信を得たように力説する。「わたしは三塁側に確かにいたもの。それなのに、土山君はわたしを見ていない。その土山君は三塁側で真知子さんを見たといっている。なんで真知子さんが三塁側にいるの？　彼女は一塁側にいたはずよ」

確かに、変だ。土山は『理事長を三塁側入口で見た』といった。『理事長＝賢三氏』と勘違いしていたオレたちは、土山の証言を疑問には思わなかった。なぜなら、賢三氏はダイヤモンドを横切って三塁側に顔を覗かせているからだ。土山がその場面を目撃したと考えれば、辻褄《つじつま》は合う。しかし、いまや状況は一変した。土山が見たのは『理事長＝真知子夫人』なのだ。そして車椅子の真知子夫人は、吉野さんともども一塁側入口を動いていないはず。だとすると土山が三塁側入口で真知子夫人を目撃できるはずがないのだ。

「土山の奴、嘘ついたんやろか」八橋さんがいうと、

「いや、そんなはずはない」と部長が首を振る。「散々脅かして喋らせたんだ。アイツは本当のことを喋ったはずだ」

「じゃあ、いったいどういうことなんですか。真知子夫人は一塁側にいた。土山さんは真知子夫人を三塁側で目撃した。これでは筋が通りません」

オレは助けを求めるように祖師ヶ谷警部のほうを見た。警部はサッと目を逸らした。肝心なときに役に立たない警部さんだ。しかし警部に限らず、烏山刑事も桜井さんも、多摩川部長も八橋さんも、芹沢先生も橋元省吾氏も安西さんも、誰もが困惑の表情で沈黙している。この場にオレの疑問に答えられる者はひとりとして存在しない。——そう思ったとき、

「これでなにもかもハッキリしました」

真知子夫人ひとりだけが車椅子の上で晴れ晴れとした表情を浮かべていた。真知子夫人はさながら真実にたどり着いた名探偵のように、一同の前でこう断言した。

「事ここに至っては、考えられる可能性はひとつしかありません。土曜日の午後九時、わたしと主人と吉野さん、この三人は飛龍館球場の一塁側ではなく、実は三塁側にいたのです。同様に、由希子さんと橋元さんの二人は三塁側ではなくて一塁側にいたのでしょう。すなわち、土曜日の夜に限って、球場の一塁側と三塁側が入れ替わっていたんですね！」

そして真知子夫人は車椅子ごとその人物のほうを向き、静かな声でいった。

「罪を認めるならいまのうちですよ、橋元さん」

理事長秘書、橋元省吾は夫人の言葉に止《とど》めを刺されたように、床に崩れ落ちた。

六

それから約一時間が経過したころ。オレたちは龍ヶ崎家の居間から場所を移して、飛龍館球場の遊歩道を歩いていた。あたりは完全な夜に覆われ、球場を囲む雑木林は濃い闇を演出している。歩いているのはオレの他に六人と一匹——多摩川部長と八橋さん、愛犬ビクターを連れた真知子夫人、芹沢先生、桜井さん、そして祖師ヶ谷警部だ。ちなみに『一匹』というのは祖師ヶ谷警部のことではなくて、ビクターのことを指しているので、念のため。

ところで、祖師ヶ谷警部の相棒である烏山刑事の姿が見えないのにはわけがある。先ほど、龍ヶ崎家の居間にて、真知子夫人は誰もが驚く突拍子もない見解を披露《ひろう》した。橋元省吾は彼女の言葉を耳にして、ついに自らの罪を認めたのであるが、その直後、真知子夫人は祖師ヶ谷警部にこんなふうに要請したのである。

「警部さん、もしよかったら、あなたの部下をわたしに二、三人貸していただけませんか」

「なんですって。それはいったいどういう意味です？」

警部が目を丸くしたのも無理はない。しかし真知子夫人は平然としたもので、車椅子の手すりを摩《さす》りながら、こう訴えた。

「わたしの代わりに力仕事をしてくれる人が必要なのです。もし、貸していただけるならば、土曜日の野球場でなにがおこなわれたか、警部さんにお目に掛けることができると思います。あたりもすっかり暗くなったようですし、事件の夜を再現するにはちょうどいいと思いますから」

「わ、判りました」本当はなにも判っていなかったであろう祖師ヶ谷警部は、くるりと踵を返して、「おい、烏山、若いのを二、三人連れてこい。真知子夫人にご協力するんだ」

烏山刑事は命令どおりに若い制服警官を二人連れてきた。すると真知子夫人は二人の制服警官と女刑事を連れて、しばらくの間、別室に籠もった。真知子夫人はそこで三人になんらかの特別な指示を与えたらしい。やがて別室から出てきた真知子夫人は、烏山刑事に向かって、「それでは、よろしく」と頭を下げ、女刑事はそれに応えて、「任せといてください」とスマートに親指を立てた。烏山刑事は二人の制服警官を引き連れて、屋敷を出ていった。

このような経緯で、烏山刑事だけはオレたちと別行動を取っている。おそらく彼女は制服警官を連れて、いち早くこの飛龍館球場にやってきているはずだ。そして、真知子夫人の指示に従って、なんらかの準備をおこなっているのだろう。しかし、いったいなにを？　見当もつかない。

部長たちはこの展開に興味津々らしく、列の最後方を歩きながら雑談に余念がない。

「そもそも、真知子夫人のいった意味が判らない。土曜の夜だけ一塁側と三塁側が逆転してただと？　馬鹿な。そんなの『今年だけイチローとサブローが入れ替わる』ぐらい、あり得ないことだぞ」

「そやけど、真知子夫人は自信ありげやで。なんやら、ミステリでお馴染みの《安楽椅子探偵》みたいな雰囲気、醸し出してはるやん。あの人、ただもんやないで」

「彼女の場合は《安楽椅子探偵》というより《車椅子探偵》だろ。ま、とにかくお手並み拝見ってところだな」

「それはええけど、いったいいつまで歩かされるんや、オレたち？　もう球場の周り二、三周したんと違うか？」

八橋さんが不満を口にするのを待っていたかのように、隊列の先頭を進んでいた真知子夫人が直角に進路を変えた。少しいくと突きあたりには両開きの鉄扉。扉のチェーンロックはすでに解除されている。扉の横には『一塁側入口』の看板が掲げてある。真知子夫人はその看板のすぐ横にたどり着くと、自分の手で器用に車椅子を操り、オレたちのほうに向き直った。

「さて、それでは事件の夜を再現してみましょう。——でも、その前に」真知子夫人は芹沢先生のほうを向いて、「由希子さんは事件の夜は三塁側にいたんだったわね。それじゃあ、由希子さんにはまず先に三塁側に移動してもらいましょうか」

そういって真知子夫人は自ら鉄扉を開けて暗いグラウンドを指差した。「さあ、いってらっしゃい。向こうに着いたら警察の人が待っているから、後はその人の指示に従ってね」

「はあ、それじゃいってきます」

芹沢先生はおっかなびっくりといった感じで扉の向こうに消えていった。

それから真知子夫人はあらためて土曜の夜の説明に移った。

「土曜日の夜九時ごろ、わたしと主人と吉野さんの三人はビクターを連れて、この球場にやってきました。わたしたちは球場の周りの遊歩道をしばらく歩き回りました。そのとき、この一塁側の入口にチェーンロックが掛かっていないことを、主人が発見します。わたしたちは、ごく自然に一塁側入口の前に歩み寄りました。ちょうど、いま現在のわたしたちのように」

なるほど。遊歩道を歩き回るところから、土曜日の夜の再現ははじまっていたらしい。

「では、警部さん。主人の役を演じていただけますか」

「結構ですとも」祖師ヶ谷警部は張り切って前に進み出た。「確か、賢三氏はチェーンロックが掛かっていないのを見て、三塁側の戸締りが不安になったのでしたね。それで、真知子夫人と吉野さんをこの場所に残して、自分ひとりグラウンドの中に入っていった。では、さっそくわたしが」

そういって祖師ヶ谷警部は鉄扉を開けて、球場の中へと一歩足を踏み入れた。多摩川部長と八橋さん、もちろんオレも後に続く。たちまち響く警部の怒鳴り声。

「こら！　君たちは関係ないだろ！」

「いいじゃありませんか。減るもんじゃなし！」

「減るとか増えるとかいう問題じゃない！」

「なんでえ、ケチ！」

警部と部長が低レベルの小競り合いをはじめる。すると真知子夫人が見かねたように、

「まあまあ、揉めていないで四人でいってらっしゃい。わたしと桜井さんは、ここから見ていますから。ところで、判ってますね、警部さん。主人がやったとおりにするんですよ。マウンドの上を通らずに、二塁ベース寄りを通るのですよ」

そういって真知子夫人はダイヤモンドの中央に敷かれた防水シートと二塁ベースの中間あたりを指で示した。

「承知しております。では」祖師ヶ谷警部は真知子夫人に一礼し、それからオレたち三人に命令するようにいった。「君たち、邪魔にならんように、ついてきたまえ」

こうしてオレたちは問題のグラウンドに足を踏み入れた。入ってすぐ左手に小さな観客席がある。ダイヤモンドも入口から見て左手に広がっている。警部はファウルゾーンを小走りで進み、一塁ベースの上を跨いでいった。オレたち三人も同じ行動を取る。それから、真知子夫人の指示どおりダイヤモンドの中央に敷いてある防水シートを避けて、弓なりにカーブするように進む。やがてオレたちの目の前に三塁ベースが現れる。警部は何事もなくそれを跨いで進んだ。オレたちも後に続く。

あたりは暗く、周りの景色は漠然としか判らない。振り返ると、真知子夫人と桜井さんがいるはずの入口は、もはや暗闇に紛れて確認できない。ということは彼女たちの目にも、すでにオレたちの姿は見えていないはずだ。目指す三塁側入口はもうすぐ——と思った、ちょうどそのとき、

「な、なんだ！　これは、いったい！」

祖師ヶ谷警部の驚きと不安の声が響き渡った。

「ど、どうしたんです、警部さん」慌てたように部長が尋ねる。

「どうしたもこうしたもない」警部は腹立たしそうに叫んだ。「三塁側の入口がない！」

「ややッ！」部長もアングリと口を開けて愕然とした声で、「本当だ。入口がない」

「どないなってんねん、これ!? フェンスはあるのに入口があらへん。誰か隠したんやろか」

そんなわけはない。一塁側の入口を入り、一塁ベースを跨ぎ、マウンドの横をとおり、三塁ベースを跨げば、その先には三塁側の入口がある。そのはずなのだ。だが、オレたちの目の前には、濃い緑色のフェンスが漆黒の壁となって立ちふさがっているばかり。どこにも入口は見当たらない。それに三塁側にあるはずの観客席も見当たらない。いったい、どういうことなのだ？

すると、いきなり暗がりから呼び掛ける声があった。

「祖師ヶ谷警部、こちらです」

声のするほうを向くと、いままで暗闇に紛れて気がつかなかったが、ひとりの制服警官が立っていた。烏山刑事と一緒に出ていった若い警官のひとりだ。

「やあ、君か。これはいったい——」

警部が質問を投げようとするのを、制服警官は「シーッ」と小声で制止し、道案内の道路標識のように、向かって右方向を指で示した。

「質問は後でお願いします。どうぞ、なにもいわずにこのままフェンスに沿ってお進みください」

「なにもいわずって――判った、とにかくいけば判るんだな」

祖師ヶ谷警部はいわれたままにフェンス沿いを歩きはじめた。フェンスを左手に見ながら、ゆっくりとしたスピードで進む。フェンスは前方に長々と延びており、その先は暗闇に消えている。それを見ながら、八橋さんは部長に囁きかけた。

「ん、ひょっとしてこれ、外野フェンスやないやろか？」

「外野フェンスだと？　馬鹿な。内野フェンスだろ？」

「いや、外野フェンスや。見てみい、このフェンスはなだらかな曲線を描いとる。この球場の内野フェンスにこんな曲線はなかったはずや。それに――見てみい、あれ！」

八橋さんは目の前の闇の中に輪郭を現した、黒々とした巨大な塀のような物体を指差した。

「わッ！　なんで、こんなところに！」多摩川部長はのけぞるような恰好でそれを見上げた。「これはバックスクリーンじゃないか！」

確かにそれは飛龍館球場のバックスクリーンだった。ということは、間違いない。いまオレたちが歩いているのは外野である。一塁・三塁間を歩いていたはずのオレたちは、いつの間にかレフト・センター間を外野フェンスに沿って歩いているのだった。なんだか、騙し絵の上を歩かされている気分だ。

やがてバックスクリーンの真正面付近にたどり着いた。するとまた目の前に奇妙な物体が登場した。祖師ヶ谷警部が近寄って確認する。

「脚立だ！」

脚立は二メートルのフェンスを跨ぐ恰好で立っていた。

「うーむ、これも事件の夜の再現という意味なのか」

警部は唸るようにそういうと、脚立の前を通り過ぎて、さらにフェンス沿いを進んだ。ここから先はライト・センター間ということになる。しばらくいくと、またもうひとりの制服警官が暗がりの中から現れた。制服警官は先ほどの警官と同じように、オレたち四人の進む道を示した。

「こちらへ、お進みください」

警官は、オレたちから見て向かって右方向を指で差した。

「ん、今度はこっちなのか？」祖師ヶ谷警部はいわれるままに右方向に顔を向けた。たちまち警部の口からまたしても驚愕の声が漏れた。「な、なんだ、これは！」

警部の声に誘われるように、オレたち三人もいっせいにそちらを見やった。三人の口から同時に「ああッ」という驚きの叫びが漏れた。

目の前にまたダイヤモンドがあった。ホームベース、一塁ベース、二塁ベースが闇の中に白く浮かび上がっている。いちばん遠くにある三塁ベースは暗くてよく見えないが、間違いなくこれは野球のダイヤモンドだ。ダイヤモンドの中央には防水シートが敷いてある。いちばん手前に見えているのは一塁ベースである。なんということだ。オレたちは一塁側の入口を出発し、センター・バックスクリーンの前を通り過ぎ、そしてどういうわけだかいままた一塁側にいるのだ。

いったいこの球場はどうなっているのだろう？

「と、とにかく、いってみよう！」

我慢できないというように祖師ヶ谷警部が駆け出した。オレたちも後に続く。一塁ベースを跨ぎ、防水シートを避けて進み、その先の三塁ベースを跨ぐ。まるで、さっきのリプレイだ。だが、今度は先ほどとは違った。三塁ベースの向こう側には、球場入口の両開きの扉がちゃんとあった。警部は勢いよく扉に駆け寄り、カンヌキを外して扉の外に飛び出した。

そこには、烏山刑事と芹沢先生が二人並んで立っていた。土曜の夜の再現という点から察するに、鳥山刑事は橋元省吾の役を受け持った恰好だ。

「鳥山ッ！　これはいったい、どういうことなんだ」

いきなり説明を求める警部を、鳥山刑事は「まーまー」と両手で制し、まずは隣の芹沢先生に質問した。

「いかがですか、先生。この扉の小窓からグラウンドを眺めてみた印象は？　土曜の夜と比較して、なにか違いがありますか」

「い、いえ」芹沢先生は興奮冷めやらぬといった様子でいった。「確かに、土曜日にわたしが見た光景とそっくりです。まったく同じといっていいと思います。だけど、まさかこんなことになっていたなんて！」

「要するにどうなっているんだ、この野球場は」警部が不満げにいう。「説明しろ、鳥山」

「説明もなにも、警部、たったいま自分で見てきたじゃありませんか。それで充分判っていただけたと思うんですが」

「そいじゃあ、千歳さん」と、代わりに八橋さんが簡潔な質問を投げた。「オレらがいまいるここは、飛龍館球場の三塁側ですか？　それとも一塁側ですか？」

「正しくは一塁側よ。――でも、三塁側に見えるでしょ？」

鳥山刑事はダイヤモンドの一角にある三塁ベースを指差した。確かに、この入口から見る限り、こちらが三塁側にしか見えない。だが、それは見た目上のこと。実際はこっちが一塁側なのだ。

「ほな、いま真知子夫人のいるほうの入口は、一塁側やないんですね？」

「そう、あっちが本物の三塁側よ」

鳥山刑事は「あっち」といいながら、とんでもないほうを指で示した。目の前にあるダイヤモンドとはまったく逆の方角。目の前のダイヤモンドを基準にして考えれば、それはちょうどレフトの方角である。

オレたちはいっせいにそちらに目をやった。

すると、その視線の先、なにもない暗がりの中に、ぼうっと何者かのシルエットが浮かび上がった。そのシルエットは、こちら側に近づいてくるにつれて、特徴的な輪郭を明らかにした。車椅子の真知子夫人と桜井さん、そしてビクターだった。

真知子夫人は入口の手前で車椅子を止めると、呆気に取られるオレたちの顔を眺めながら、「いかがでしょう？　お判りになりましたか？」と心配そうに問いかけた。

「………」

いや、実はなんだかよく判らない。キツネに摘まれたようだ。オレたちは口を噤んだまま互いに顔を見合わせた。三人分の不安な視線が交錯する。

口を開いたのは、芹沢先生だった。

「つまり、こういうことなのね、真知子さん。土曜の夜、この球場にはダイヤモンドが二つあった。しかもレフト側とライト側にひとつずつ」

「そういうことよ、由希子さん」真知子夫人が真っ直ぐに頷いた。「犯人は球場の中に二つのダイヤモンドを造った。それによってなにも知らないわたしや由希子さんを騙し、一塁側と三塁側を勘違いさせた。その勘違いを利用して、犯人はダイヤモンドを横切るふりをしながら、実はバックスクリーンでの殺人をおこなっていたのね」

「ということは、犯人は橋元さんというよりも、むしろ――」

恐る恐る問いかける芹沢先生に対して、真知子夫人はゆっくりと頷いた。

「ええ、そうよ。野口監督殺害事件に関していえば、主犯はわたしの夫、龍ヶ崎賢三。そして橋元省吾は彼の共犯者。残念だけれど、そう考えるしかないわね」

七

祖師ヶ谷警部と烏山刑事は、真知子夫人の詳しい説明を聞くまでもなく去っていった。トリックの概要を摑んだ刑事たちは、これから警察の取調室にて、橋元省吾から直接詳し

普段の飛龍館球場

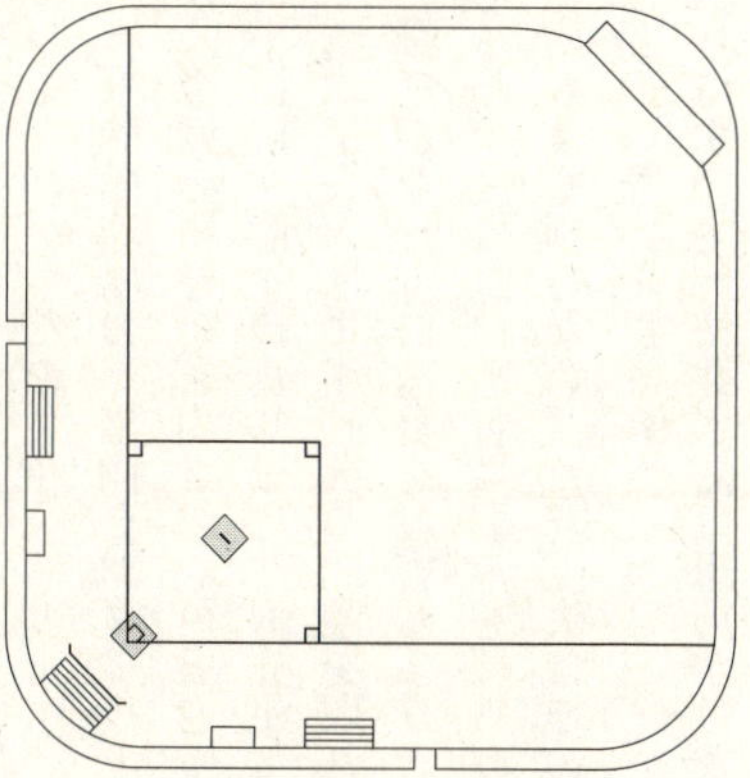

土曜日の飛龍館球場

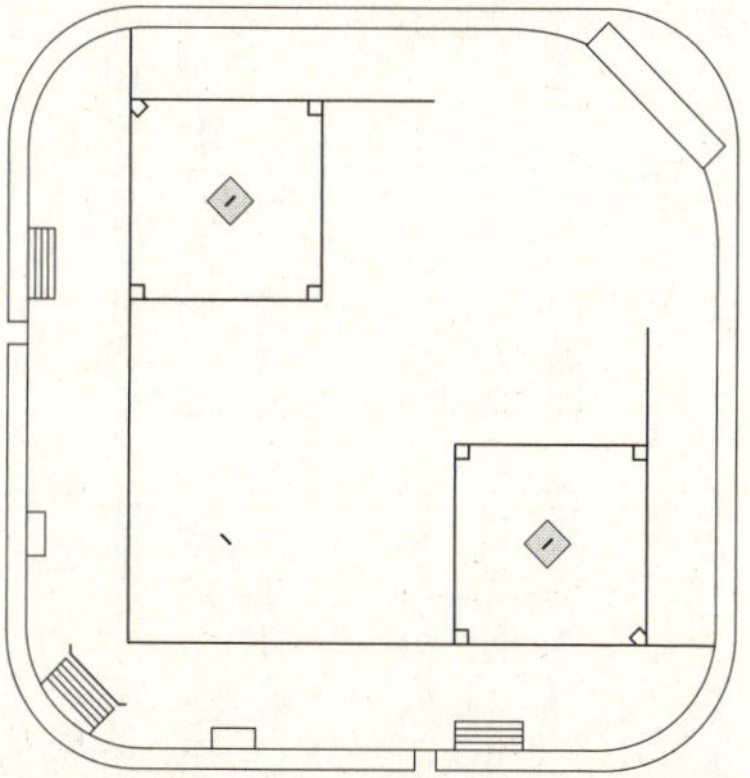

い話を聞くのだ。刑事たちはそれでいい。しかし一般人はそうはいかない。芹沢先生と桜井さんがあらためて詳しい解説を求めると、真知子夫人は、

「それじゃあ、あそこで」といって球場のとある一ヵ所を指差した。「わたし、一度あそこに座ってみたかったの」

そこは飛龍館球場の一塁側ダッグアウトだった。探偵が推理を披露する場所としては異例だが、今回の事件の幕引きの場所としては相応しいかもしれない。

《車椅子探偵》龍ヶ崎真知子は芹沢先生と桜井さんの二人をワトスン役として事件を説明した。真知子夫人はまず動機の問題を取り上げた。

「夫、賢三がなぜ野口監督を殺害しようと考えたのか、その動機については多少の心当たりがあるわ。夫は野口監督に弱みを握られていたのよ。それがどんな弱みなのかは、正直わたしにもよく判らない。ただ、夫はその弱みにつけ込まれて野口監督から強請《ゆす》られていたのは間違いないと思うわ」

「強請りですって」桜井さんは思いがけない言葉を聞いたというように叫んだ。「じゃあ、野口監督は賢三さんに金銭を要求していたというんですか、おばさま？」

「ええ、金銭も要求していたかもしれないわね。そして夫はそれに応じていたのかもしれない。だけど、野口監督の要求はそれだけでは収まらなかったと思うの。彼はもっと違う

ものを要求した」

「野口監督が金銭以外になにを要求するというんですか？」

「あ、判った」先回りするように芹沢先生が言葉を挟む。「監督が要求するのはもちろん監督の座ね。つまり野口監督は飛龍館高校の監督の座を要求した。そうでしょ、真知子さん」

「ええ、おそらくはそうだったと思うの」

「賢三さんが飛龍館高校の次期監督候補として野口監督を推していたのは、野口監督本人に要求されたことだったのね。どうして賢三さんがわざわざライバル校の監督に肩入れするのか不思議だったけど、そういうことだったのか」

「そう、そういうことだったのよ」真知子夫人は淡々と話を続ける。「だけど夫は、立場上はあくまでもわたしの秘書。野球部の強化について、わたしが夫にアドバイスを求めることはあるとしても、最終的な権限は夫にはないわ。わたしは確かに新球場に相応しい新監督を捜していた。けれど、わたしは名の通った一流の指導者をリストアップしていたの。野口監督を新監督として迎える考えは、わたしの頭の中にはなかった。夫はもちろんそのことに気がついていた。夫はどう頑張っても野口監督の要求に応えきれないことを悟った。それに、いつまでも相手のいいなりになっていても仕方がないと思ったのでしょうね」

「そこで、いっそ野口監督を殺害してしまおうと考えた。それが動機だったのね」

芹沢先生の言葉に、真知子夫人は静かに頷いた。

「そうよ。そして、夫はそのための殺人計画を立案した。そして夫が自分の計画のパートナーとして選んだのが橋元省吾だった。橋元は夫の甥であり、唯一の部下でもある。夫が野口監督に握られた弱み、それがどんな弱みであるにせよ、もしそれが夫の身の破滅に繋がるようなものだとしたら、それは橋元にとっても他人事ではないわ。だから、この共犯関係は無理なく成立したでしょうね」

「いわば二人は運命共同体というわけね」

芹沢先生は溜め息まじりに呟いた。

「それは判ります。問題はやり方のほうです」桜井さんが先を急ぐ。「野口監督殺害に至る手順は、具体的にどういうふうだったのでしょうか」

「だいたいこんな感じだったんじゃないかしら。まず、土曜日の夕方、夫と橋元の二人は練習帰りの野口監督を待ち伏せし、車の中に誘い込み拉致する。さらに二人は野口監督をロープで縛り、猿轡を嚙ませて、身体の自由を奪う。そのまま二人は飛龍館の野球場に向かい、脚立を使って野口監督をバックスクリーンの中に運び込む。時刻はたぶん七時過ぎね。この球場には照明設備がないから、日没後は誰もいなくなるわ。犯人たちの作業は、誰にも見られずにおこなわれたはずよ」

「でも、その段階ではまだ殺さないんですね？」

「もちろんよ。まだ殺さないわ。バックスクリーンに運び込むだけ。身体の自由を奪われた野口監督は、のた打ち回ることしかできないから、逃げられる心配はない。そして本格的な作業はむしろここからよ。二人は本来の位置にある四つのベースをいったん片付けた。それからレフトとライトの位置に四つずつベースを並べて、新たに二つのダイヤモンドを作った。本来のレフト線を一塁線に見立てたダイヤモンドがひとつ。それから本来のライト線を三塁線に見立てたダイヤモンドがひとつ、という具合。それに合わせる恰好で移動式の観客席の位置も動かした。一塁側の観客席は本来なら入口を入って左手にあるけれど、それを右手に。逆に三塁側観客席は右手にあるものを左手にくるように移動した。もちろん、入口にある看板は、一塁側と三塁側を入れ替えた。それから、普段は一塁側の戸締りに用いるチェーンロックを、三塁側の入口に移し替えた。それから――」

「白線はどうしたのかしら？」芹沢先生が疑問を呈した。「わたしが土曜の夜に見たダイヤモンドはちゃんと一塁と二塁を結ぶ白線や二塁と三塁を結ぶ白線が描かれていたと思うの。あれはどうしたのかしら？　外野に石灰で描いたのかしら？」

「いいえ、石灰で描いたら後始末が大変だわ。石灰なんて使う必要ないのよ。ダイヤモンドの白線は、荷造り用の白いテープを地面に一直線に置いただけなのよ。近くで見れば贋物だと判るけど、離れてみれば地面に白線が引いてあるように見えるわ」

「そうだったんですか」桜井さんが感嘆の声をあげる。「まさしく犯人は、土曜の夜だけ球場の一塁側と三塁側を入れ替えたわけですね」

「もちろん、実際に一塁側と三塁側が逆になるわけじゃないわ。でも、事情を知らない誰かが三塁側入口からレフト線のダイヤモンドを眺めたとすれば、その人は自分がいま一塁側にいると勘違いしたでしょうね。もちろん、逆も同じ。一塁側の入口からライト線のダイヤモンドを見れば、自分がいま三塁側にいると思い込むわ。ある程度、野球を知っていて、グラウンドのレイアウトが判っている人ほど、かえって引っかかるでしょうね」

「なるほどね」実際に引っかかった芹沢先生は当然のように頷く。「でも、ひとつ疑問があるの。もともと飛龍館球場にあったダイヤモンドはひとつ。新しく作ったダイヤモンドは二つ。これだとベースの数が四つ足りませんよね。犯人は倉庫から予備を引っ張り出したのかしら？　それとも一式買い揃えたの？」

「あ、そうだったんだ！」びっくりしたように声をあげたのは桜井さんである。「犯人は足りないベースを前もって鯉ヶ窪学園の野球部のグラウンドから盗んでおいた。そうですね、おばさま？」

「ええ、そういうことよ。グローブやボールと違って、野球のベースを買い求める人なんてそうたくさんはいないわ。もしお店で購入すれば、そこから足がつく危険性が高い。だから犯人にしてみれば、盗むほうがむしろ安全だったんでしょうね。それに鯉ヶ窪学園から盗めば、捜査の目を鯉ヶ窪学園側に向けさせることもできる。犯人にとっては一石二鳥だったのね」

「それで」と芹沢先生が真知子夫人に先を促す。「土曜日の野球場に二つのダイヤモンドを準備した犯人たちは、それからどうしたの？」

「準備が整ったらいよいよ本番よ。夫は橋元を連れていったん龍ヶ崎邸に帰宅する。時刻は午後七時三十分。夫と橋元は、何食わぬ顔でわたしや由希子さんと一緒に食事をする。そのまま四人は午後八時半過ぎまで一緒に過ごす。そこから先は別行動。橋元は大事な話があるからといって由希子さんを外に連れ出す。由希子さんは橋元に好意を持っているから、この誘いに喜んでついていった」

「べつにそれほどの好意を持っていたわけでは――」悔しそうに表情をゆがませながら芹沢先生が呟く。

「あら、そうだったの」真知子夫人はとぼけるようにいう。「まあ、いいわ。とにかく橋元は由希子さんを連れてこの野球場の周りの雑木林を恋人同士のようにしばらく歩きまわった。でもいい加減に歩いていたわけではないの。彼は前もって考えてあった道順のとおりに進み、由希子さんを巧みに球場の一塁側入口に誘導した。ただし、そこは一塁側ではあるけれど、看板は《三塁側入口》となっていた。小窓から中を覗けば、観客席は右手に見える。だいいち、目線の先に三塁ベースが見えるから、由希子さんがそこを三塁側入口だと信じ込んだのも無理ないわ」

「そうやって、芹沢先生は一塁側を三塁側と勘違いさせられたわけですね」桜井さんは大きく頷いて、「では、おばさまや吉野さんはどうだったんですか」と水を向ける。

「わたしの場合、車椅子でしょ。さすがに夫もわたしの車椅子を押しながら雑木林の中をうろうろするわけにはいかなかった。だから夫は雑木林ではなくて、遊歩道を利用したの。まず犬の散歩という口実で、わたしと吉野さんをこの球場に連れ出す。そして夫はわたしの車椅子を押して球場の周りの遊歩道をぶらぶらと歩いたの。他愛もない話をして、わたしの注意を逸らしながらね。すると、どうなったと思う？　球場は広いわ。おまけに夜。しかも飛龍館球場は雑木林の中にあるから、あたりの景色がどこも同じに見える。しかも、わたしも吉野さんも、この球場には数えるほどしか足を踏み入れていない――」

「判った。おばさまはいま自分のいる場所が球場のどのあたりなのか、よく判らなくなったんじゃありませんか」

「そのとおりよ。そこが夫の狙いだったのね。夫は頃合を見て、わたしと吉野さんを三塁側入口に誘導した。《一塁側入口》の看板が掛かった三塁側入口にね。チェーンロックが掛かっていないのを不審に思うフリをしながら、夫は入口の扉を開いた。わたしの左手に観客席、目線の先に一塁ベースが見えたわ。わたしと吉野さんは当然のように、そこが一塁側だと思い込んだ」

芹沢先生が一塁側と三塁側の状況を纏める。

「つまり、わたしは三塁側入口からダイヤモンドを眺めているつもりでいたけど、実際は一塁側にいてライト方向を眺めていた。一方、真知子さんと吉野さんは、一塁側入口からダイヤモンドを眺めているつもりだったけど、実際は三塁側からレフト方向を眺めていたのね」

桜井さんがその状況をさらに簡潔に要約する。

「要するに、おばさまと芹沢先生はダイヤモンドを挟んで向かい合っているようでいながら、実際にはどっちも外野を向いていたわけですね」

「まさにそういうことね」真知子夫人が大きく頷く。「それを知りながら、夫は素知らぬ顔で『三塁側の戸締りを見てくる』といって、グラウンドの中に飛び込み、ダイヤモンドを横切っていった。一塁ベースを跨ぎ、防水シートの横を通り、さらにその先へ。三塁べースを跨ぐころには、わたしたちのいる場所からは、夫の姿は確認できなくなった。わたしと吉野さんは夫が三塁側入口に向かったと信じて疑わなかった」

「けれど、実際には賢三氏はレフトのフェンス際にたどり着いていたんですね」

「そういうこと。ちなみに、ダイヤモンドを横切るとき、夫が防水シートの上をけっして通ろうとしなかった理由は、判るかしら？」

突然の問いかけに桜井さんは首を捻る。

「え？　さあ——なぜでしょうか」

代わって芹沢先生が答えた。

「つまり、そこは本来外野のグラウンドだからマウンドがなかったのね。防水シートは単なる見せ掛けにすぎなかった。そうでしょう、真知子さん」

「そうよ。防水シートはマウンドの上に被せてあるのではなくて、外野の平たい地面の上に敷いてあるだけだったのよ。それでも、あたりが暗いからあたかもそこにマウンドがあるように錯覚させる効果はあったのね。だけど、シートの上を人が通れば、そこが平らな地面であることが一目瞭然でバレてしまうわ」

「そっか。だから防水シートの上を通るわけにはいかなかったんですね」

「そういうこと」真知子夫人はさらに謎解きを進めていく。「レフトのフェンスに到着した夫は、そこからフェンス沿いを走ってセンター・バックスクリーンにたどり着く。そこには夕方使用した脚立がそのまま置いてある。夫は脚立を使ってバックスクリーンの中に入り、そこで身動き取れないまま転がっている野口監督をナイフで殺害する。それが済んだら、また脚立を使ってグラウンド内に戻り、フェンス沿いをライト方向に走る。しばらく進めば、右手に二つ目のダイヤモンドが現れるわ」

「ライト側のダイヤモンドですね。芹沢先生と橋元が見つめているほうの」

「そうよ。夫はフェンス際を離れて、今度はその二つ目のダイヤモンドを横切った。一塁側入口にいる由希子さんのほうに向かってね。でも、由希子さんは自分が三塁側にいると思い込んでいる。だから彼女の目には、その光景は夫が一塁側から三塁側に駆けてきたように映ったはずよ。そこで夫はまるで偶然二人と出くわしたかのように、わざと驚いた顔をしてみせた」

「本当はすべて橋元との打ち合わせどおりなんですね」

「そう。それから夫は扉から外に出ると、橋元とともにしばらく雑談をした。雑談の内容は『鍵がどうしたこうした』という状況説明だった。ここはちょっとしたポイントよ」

「へえ、そうかしら」芹沢先生が腕組みして首を傾げる。「どうでもいい話をしていたみたいだけど」

「話の内容はなんでもいの。問題はその長さよ。《一瞬、挨拶した》くらいでは駄目なの。《しばらく雑談した》と由希子さんに印象づける程度に、少し長い話をするの。なぜなら、夫はダイヤモンドを横切るフリをしながら、実は外野を大回りして、しかもその間に殺人までおこなっている。これは結構時間の掛かることよ。たぶん三分程度は時間をロスするでしょうね。その間、わたしと吉野さんはなにも知らずに入口の前で夫の戻るのを待っている。もし夫が由希子さんの前で《一瞬、挨拶した》だけですぐにとんぼ返りしたとすると、それでもわたしたちは三分程度は待たされることになる。そうなった場合、夫が由希子さんたちと一緒にいた時間と、わたしたちが待たされた時間の差がクッキリと浮かび上がってしまう。これではマズイのよ。その空白の時間、夫はどこでなにをしていたの？——という疑問が簡単に浮かんでしまうから」

「なるほどね」芹沢先生は即座に納得の表情を浮かべた。「その手の疑問を抱かせないために《一瞬》ではなくて《しばらく雑談》が必要だったのね。後になって、真知子さんが『あの時、いったいなにをぐずぐずしていたの？』と問い詰めたときに、『しばらく雑談していたんだ』と、そういいわけができるように」

「そう。そして、由希子さんの時間の感覚をなるべく曖昧にしておくためにも、この雑談は必要だった。退屈な話は時間の感覚を曖昧にしてくれるわ。どう、由希子さん、二人の

犯人の通ったルート

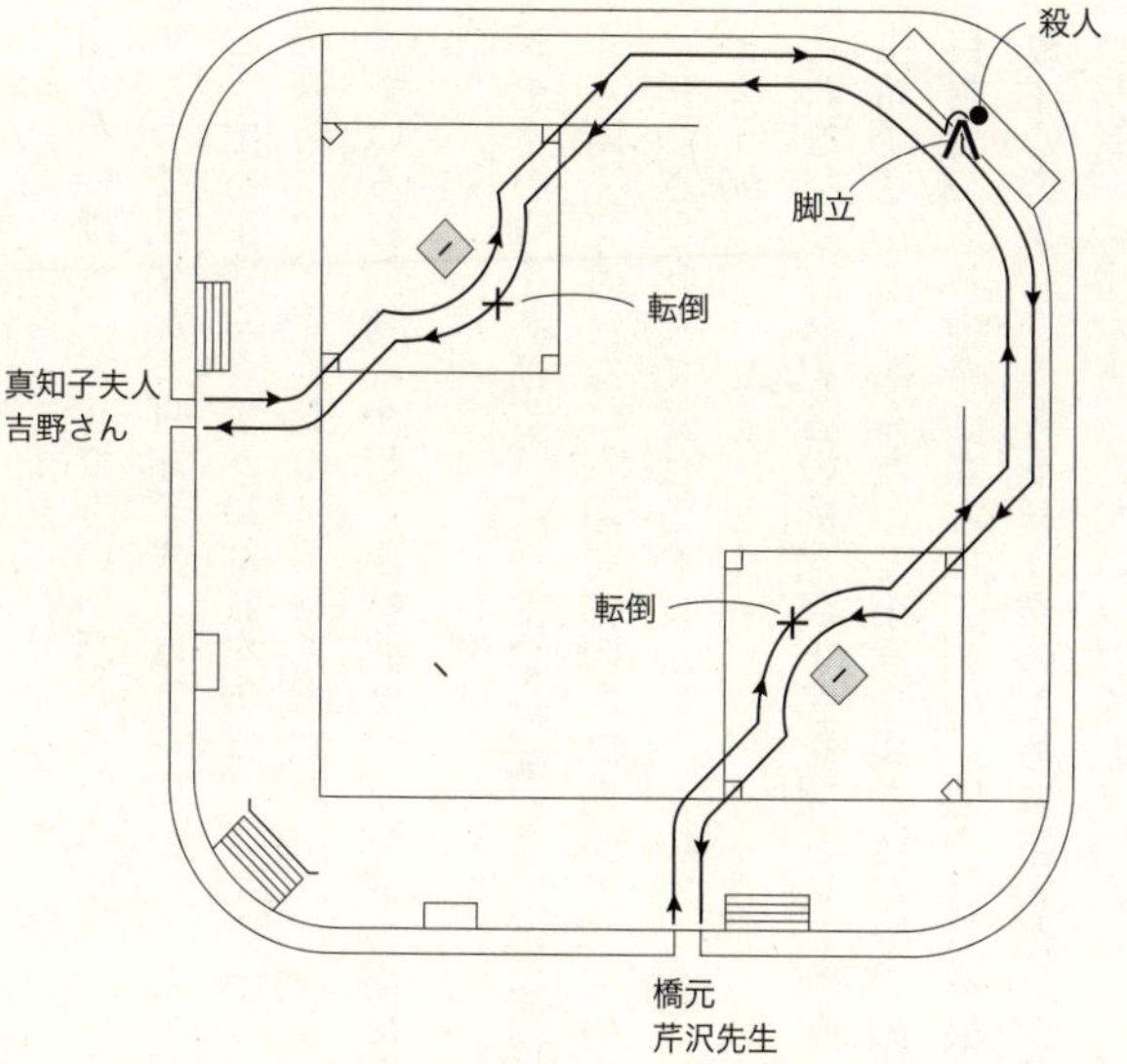

話は退屈だったでしょう？」

「ええ、よく思い出せないほど、どうでもいい話だったみたい」

芹沢先生は肩をすくめて見せた。真知子夫人はさらに犯人たちの行動を追う。

「雑談を終えた夫は、由希子さんと橋元に別れを告げ、きたときとは逆の順序で、ライト側のダイヤモンドを横切って、ライトのフェンス際に向かう。そうそう、このとき夫は細かい演技をおこなっているわ。判るかしら？　彼はマウンドの横を通り過ぎる際に、わざと転んで見せたのよ」

「え！」桜井さんが驚きの声をあげる。「賢三氏が転倒したのは演技だったんですか？」

「もちろんよ。いくら暗くても、なにも障害物のない地面で、大の大人がそうそう転んだりはしないわ。夫にはわざと転んで見せる必要があったの」

「どういうことでしょうか」

「まず夫が転ぶ。それを見て、共犯者の橋元が小窓を覗き込みながら『あッ』と声をあげるの。そうすれば由希子さんも、あらためて小窓を覗き込んで夫の様子を注目するわ。つまり、この芝居は目撃者である由希子さんに、夫の一連の行動を最後までちゃんと見届けてもらうための小細工なのよ。いくらトリックのために犯人たちが善意の目撃者を用意したところで、その目撃者が大事なところでヨソ見をしていたら、すべてが水の泡になってしまう。犯人たちはそれを恐れたのね」

「なるほど、確かに必要な小細工ね」芹沢先生は納得の表情を浮かべた後、ふいに重大なことを思い出したように顔を上げた。「――ん！　ということは、賢三氏は二回転んだということなの？」

真知子夫人はキッパリと頷いた。

「夫はライト側のダイヤモンドで一度転倒した後、外野をぐるりと大回りして、またレフト側のダイヤモンドを横切った。そこで夫はもう一度わざと転倒したの。さっき転んだときとなるべく同じような恰好でね。今度はわたしと吉野さんに目撃してもらうためのお芝居よ」

「ということは、わたしが見た転倒シーンと真知子さんが見た転倒シーンは全然別個のものだったわけね。転び方も微妙に違っていた」

「そうなのよ、由希子さん。だから、例えばの話、わたしと由希子さんが互いにビデオカメラを持っていて、夫の様子を撮影していたとすれば、後でその映像を較べて見たときに両者の転び方の違いに気がついたでしょうね。でも、実際には誰もビデオカメラなんか回していないわ。あるのは『龍ヶ崎賢三がダイヤモンドを横切る途中、マウンドの横で転んだ』という互いの記憶だけ。だから、事件が発覚して当時の状況を聞かれても、わたしとあなたの話が食い違うことはなかった」

「お互いが同じ光景を見たと思い込んでいたわけね」

「突き詰めれば、まさにそれこそがこのトリックの狙いなの。わたしと吉野さんの目には、夫は一塁側から三塁側に向かい、しばらくしてからまた一塁側に戻ってきたように映っている。由希子さんの目には、夫が一塁側からやってきて、しばらく雑談して、また一塁側に戻っていったように映っている。しかも、わたしたちと由希子さんの視界は、マウンド付近では重なり合っており、事実、マウンドの横で夫が転倒する場面を互いに確認している。だとすれば、夫がバックスクリーンで野口監督を殺せるはずがない。だって、夫は一塁側と三塁側を往復しただけで、バックスクリーンに近づくチャンスはなかったんだから」

「誰だって、そう思うでしょうね」桜井さんが溜め息交じりにいう。

「でも、事実はそうじゃなかった。わたしたちと由希子さんは、同じダイヤモンドを横切る、同じ人物を、同じ時刻に見ていたわけではなかった。別々のダイヤモンドを横切る、別々の夫の姿を、別々の時刻に眺めていたにすぎなかったの。そこに死角が生まれた。夫には誰にも見られることなく外野でひとりっきりになれる時間があった。だから、その時間を利用して、夫はバックスクリーンでの殺人をおこなうことができたのよ」

「不可能と思われた犯行も、実は可能だったんですね」

「かなりの労力を必要としたでしょうけどね。――そうそう、夫がわたしたちのところに戻ってきた後、しばらく笑いが止まらなかったのは何故だと思う？　あれはおかしくて笑っていたんじゃないわ。外野を大回りしながら往復した夫は、わたしたちのところにたどり着いたときには、不自然なほどに息が上がっていたのよ。一塁三塁を往復しただけとは思えないほどにね。その乱れた呼吸をなんとか誤魔化すために、夫は必死の思いで笑ったフリをしていたのね。本当は死ぬほど苦しかったんだと思うわ」

真知子夫人は夫の苦行に思いを馳せるように、ひとつ大きな溜め息をついた。

「犯行を終え帰宅するときにも、きたときと同じやり方が必要だわ。橋元は由希子さんと雑木林の中をしばらく歩いてから帰宅。夫はわたしと吉野さんを連れてしばらく遊歩道を歩き回ってから帰宅。後は何食わぬ顔でお茶でも飲みながらみんなで一緒に過ごす。これが犯人たちの土曜の夜の行動よ」

真知子夫人は土曜日の殺人劇の顚末について説明を終えた。

「でもね、まだ犯人たちの仕事は、これで終わりじゃないわ。後片づけが必要だから」

「そういえばそうね」芹沢先生が質問する。「二つのダイヤモンドが作られた球場は、いつの間に元通りの状態に戻されたの？」

「それがおこなわれたのは、みんなが寝静まった深夜。夫と橋元は二人でもう一度この球場を訪れて、すべてを元通りの位置に戻したのね。二つのダイヤモンドを片づけて、本来の場所にダイヤモンドを作る。観客席を元の位置に移動させる。《一塁側入口》と《三塁側入口》の看板を掛けなおす。白線代わりのテープを回収する。二枚ある防水シートは元の位置——マウンドとバッターボックス——に戻す。それから、チェーンロックも一塁側入口に戻す。忘れちゃいけないのが、一塁側入口と三塁側入口の指紋のついていそうな場所を綺麗に拭いておくこと。翌日になって警察が調べるであろうことを見越した用心よ」

「一塁側入口でわたしの指紋が見つかったり、三塁側入口で真知子さんの指紋が見つかったりしたら、変に思われるものね」

「そう。そして最後の仕上げとして、野口監督の死体の傍らに、ホームベースとキャッチャーミットとボールを置いた。これで作業終了よ」

「出た。《野球見立て殺人》ですね」桜井さんが興奮を露にする。「ああ、やっぱりそれが判りません。犯人はいったいなぜそんなことをしたんですか」

「それを説明する前に、ひとつべつのことを説明させてね。犯人はなぜ犯行現場としてバックスクリーンを選んだのか、という問題よ。これにはちゃんとした理由があるわ。もし死体がバックスクリーンではなく、グラウンドの中に転がっていたと考えてみて。翌日この球場に最初にやってきた人物は、たちまちその死体を発見してしまうでしょうね。すぐに警察が呼ばれて現場は立ち入り禁止。そして現場検証。そうなった場合、警察はいろんな痕跡を発見することができたはずだわ。観客席が動かされたタイヤの跡とか、外野フェンス沿いに残る足跡とか、入口の扉が綺麗に拭かれた跡とか、脚立の置き場所や防水シートの位置が微妙に違っている、とか。その気になって警察が探し回れば、なにかしら出てきたはずよ。でも、実際にはそうはならなかった。死体はバックスクリーンにあった。おかげで試合終了の瞬間まで誰も死体の存在に気がつかなかった。選手はグラウンドを駆け回り、お客さんが大勢詰め掛け、それによって前夜の犯行の痕跡はあらかた失われたの。犯人はそうなることを期待して、わざわざ犯行現場をバックスクリーンの中にしたのよ」

「つまり証拠隠滅に野球の試合を利用したんですね」

「そう。でも、理由はそれだけではないわ。そもそも、このトリックをおこなおうとする場合、犯行現場はごく自然にセンター付近にならざるを得ない。一塁側入口と三塁側入口、どちらからも距離があって、犯行に最適なポジション。それはセンターだわ。つまり、センター・バックスクリーンという犯行現場はトリックの性質から必然的に導かれる場所なのよ。ということは、逆にいうと、『なぜ犯人はバックスクリーンで殺人をおこなったのか？』――そんなふうに考えることが、トリックの本質を暴く鍵になる可能性がある。犯人たちはそれを恐れた」

「あ、そうか」芹沢先生が手を叩く。「それじゃ、死体の傍に置かれた野球道具は、いわば捜査陣の目を欺くための煙幕ね」

「そうよ。野球部の監督が野球の試合のさいちゅう、野球場のバックスクリーンで死体となって発見され、その死体の傍に野球道具――とくれば、誰だってこれが《野球にまつわる異様な殺人》と感じるわ。その異様さの中では、『なぜ犯行現場がバックスクリーンなのか？』という当然あるべき問い掛けは、薄められてしまう。それが犯人の狙いだったのよ」

桜井さんが拍子抜けしたように、

「じゃあ結局のところ、今回の事件は《野球見立て殺人》ではなかったんですね」

しかし真知子夫人の口から意外な言葉。

「いいえ、《野球見立て殺人》は確かにおこなわれたわ。第二、第三の事件としてね」

「え、どういうことですか」

「おそらく野口監督殺害のトリックを考案したのは夫でしょうね。でも、死体の傍に野球道具を置いて煙幕にすることを提案したのは、橋元のほうだと思う。そして夫は橋元の提案に飛び乗った。少しでも事件を難しいものにできるのなら、そのほうが好都合と考えたんでしょうね。でも、橋元にとっては、それはすでに《野球見立て殺人》の第一歩だったのよ。そう、つまり第一の事件で夫の共犯者にすぎなかった橋元が、第二、第三の事件ではまさしく主犯として行動したの。それもまた、今回の事件を難しくしているポイントね」

芹沢先生が唸るようにいう。

「橋元の動機はいったいなんだったのかしら」

「それについては想像するしかないけれど——橋元が本当に殺したかったのは、吉野さんだったのではないかしら。わたしの見る限りでは、ここ最近、橋元は由希子さんに接近している様子だった。由希子さんもまんざらではなかったはずよ。わたしと夫との間に子供はいないし、近い親戚は由希子さんだけ。だから、龍ヶ崎家の財産や飛龍館高校理事長の地位はやがてはそっくり由希子さんとその配偶者のものになるのは間違いない。橋元が由希子さんとの結婚を熱望したとしても無理のないところだわ。しかし、そこで吉野さんの存在が邪魔になったとしたら——例えば、橋元はかつて吉野さんと深いつき合いがあったとか、いま現在、吉野さんから結婚を迫られているとか。もちろん断定はできないけれど」

「そんな、まさか」芹沢先生の顔にいままでにない恐怖の色が滲む。「ありえない。だって吉野さんを殺したって、彼がわたしと結婚できる保証はないはずよ。わたしは彼を振ってべつの男を好きになるかもしれない。そうでしょ」

「でも、橋元は自分が由希子さんに振られる可能性なんて、これっぽっちも思っていなかったと思うわ。そういう自信過剰な男っているものよ。彼はそういうところがあったと思わない？」

「そういわれれば、確かに」芹沢先生は思い当たる節があるらしく、唇を嚙み締めた。

「もちろん、なにもなければ橋元だって殺人までは考えなかったでしょう。しかし、そんな橋元を夫が野口監督殺害の計画に引っ張り込んだ、そのことが橋元の殺意を煽《あお》ったのだと思うわ。橋元は夫の殺人計画に乗じる形で、吉野さんを殺害することを考えた。夫の計画に便乗するためには、まず夫の口をふさぐ必要がある。必然的に野口監督、龍ヶ崎賢三、そして吉野さんの三人が順番に死ぬことになる。そこで橋元は思ったのね。この三つの殺人がひとりの殺人鬼の手から成る連続殺人であるかのように思わせる、そんな上手い方法はないか。もしそれが可能ならば、自分が容疑をかけられる危険もうんと少なくなるはずだ、と」

芹沢先生は繰り返し頷いた。

「橋元は賢三氏とは強い信頼関係で結ばれているように見られていたから、賢三氏が殺されても容疑はかけられにくい。野口監督と橋元はそもそも縁もゆかりもないから容疑をかけられるはずがない。そう考えたわけか」

「問題はこの三つの殺人をどのようにしてひとりの犯人による連続殺人に見せかけることができるか。そこで橋元がひねり出したのが《野球見立て殺人》というわけね。橋元は、野口監督の死体の傍にホームベースやキャッチャーミットなどを置くことで《補殺》の見立てを完成させた。もっとも、橋元が野球用語を間違って覚えていたせいで、その見立ては《補殺》というよりは、むしろ《捕殺》――《捕らえられて殺された》ということが強調されていたんだけれど」

「そうか。もしあの見立てが賢三氏の手によるものだったなら、そんな勘違いはしなかったはずよね。賢三氏は野球には詳しい人だったから」

「ええ。その点から考えても、この見立ては夫ではなく橋元のやったことだと判るわ」

「賢三氏は橋元が死体の傍に野球道具を並べるのを見て、それが《補殺》の見立てだとは気がつかなかったのかしら」

「ええ、まったくね。夫はそれが単なる警察に対する目くらましだと信じて疑わなかった。第二、第三の事件が起こるとも考えていないし、ましてや自分が被害者になるなんて夢にも思っていなかったはずだわ。でも、そのとき橋元の頭の中の予定表には、すでに野口監督を《補殺》した後は、夫を《刺殺》し、最後に吉野さんを《挟殺》するという予定がしっかり書き込まれていたのね。やり方もすでに考えてあったはずよ。死体の傍には必ず鯉ヶ窪学園のグラウンドから盗まれたベース、それからグローブとボールを置く。《刺殺》のときは派手なナイフを使用し《刺されて殺された》ことを強調する。《挟殺》では本棚の下敷きにすることで《挟まれて殺された》ことを強調する。そんなふうにすることで、三つの事件をひと繋がりの事件に見せようとしたのね」

「確かに、現場だけを眺めれば、ひとつの意志を持ったひとりの殺人鬼が同じ手口で三人を狙ったように見える。でも実際は野口監督の事件と、他の二つの事件は違う種類のものだったわけね」

「そう。それは事件の内容にもハッキリ現れているわ。第一の事件が複雑すぎるほど複雑なトリックを用いた殺人であるのに対して、第二、第三の事件はごく単純なものだわ。夫を神社の境内に誘い込んでナイフで刺す。吉野さんを殴って気絶させナイフで刺し、それから本棚を倒す。橋元の犯行はまったくシンプルだわ。ただ死体を野球道具で飾ることで、見た目を複雑にしているだけなのよ」

桜井さんは寒気を感じるかのように、腕をさすりながら、

「シンプルな分、狡猾な印象ですね、橋元省吾の犯行は」

「確かに、頭のいい男ではあるわね。例えば鯉ヶ窪学園から盗んだ四つのベース。それは二つ目のダイヤモンドを作るためにどうしても必要だった。べつに見立てのために盗んだわけではないの。でも橋元はそういったことも上手に、自分の計画した《野球見立て殺人》の中に取り入れたのね」

「しかし、そんな彼も結局はしくじった」芹沢先生が殺人犯をあざ笑うように呟く。「意外に抜けた奴だったのかも」

「そう。第三の事件、橋元にとって本命であったはずの吉野さんを殺しそこなったのは、彼らしくもないエラーだったわね。致命傷を与えたと早とちりしたのか、それとも人の気配でも感じて慌てたのか。とにかく、彼女が助かったのは不幸中の幸いだったわ」

そして真知子夫人はこれでお仕舞いというようにポンと自分の膝を叩いた。

「これで、だいたいのことは判ってもらえたはずよ」そして、ふいに真知子夫人の声が暗く沈んだ。「それにしても空しいものね。自分の夫の犯罪を暴くというのは。まさか、こんな日がくるなんて思いもしなかった」

「お気持ち、お察ししますわ、おばさま」桜井さんの声が悲しみに沈む。

「だけど、真知子さん。わたしも察することは察するけど」

そういって芹沢先生は真知子夫人の肩に優しく手を置いた。「たぶん、この事件は真知子さんでなければ、解決できなかったんじゃないかしら。警察でも無理。わたしや桜井さんでも無理。だから空しくても悲しくても、この事件は真知子さんが解決する運命だったと思うの。解くべき人が解いたのだから、これでよかったのよ。少なくとも――」

芹沢先生は突き刺すような視線をこちらに向けながら、

「少なくとも、そこの三人が解くべき事件じゃなかったってことは確かね」

「え？　そこの三人って――」

桜井さんは腑に落ちない表情で、こちらに顔を向けた。そしてまるでダッグアウトの片隅に幽霊の姿でも見つけたようにポッカリ口を開けて、こう呟いた。

「あら、あなたたち、まだそこにいたのね⁉」

「…………」オレたちは、

「…………」黙ったまま、

「…………」顔を伏せた。

真夏の夜風がなぜか身を切るように冷たく感じられた。

ゲームセット

事件解決から半月ほど経ったある土曜日の放課後。オレたち三人は芹沢先生とともに野球場の外野席にいた。仕事終わりの芹沢先生は半袖のブラウスにベージュのパンツという地味ないでたち。例によってウーロン・ハイのペットボトルをラッパ飲みしながら、ぼんやりとグラウンドを眺めている。すでに眠そうである。

目の前では我らが鯉ヶ窪学園が、これまたライバル校である虎ノ穴高校と死闘を繰り広げている。練習試合ではない。夏の甲子園大会を懸けた西東京大会の一回戦である。両者ノーガードの壮絶な打撃戦は、七回を終了した時点でだいたい10対15ぐらいになっている。いちいちスコアボードを確認するのも馬鹿馬鹿しくなるほどの乱打戦だ。現に、芹沢先生は真面目な顔で「どっちが勝ってるの？」と聞いてくる始末。

「うちの野球部が弱い理由が判った」多摩川部長は偉大な発見でもしたかのように指を一本立てた。「うちはピッチャーが弱いんだ！　それも半端ではなく、相当に弱い！」

部長は売店で買ったお好み焼きにかぶりつく。

「それぐらい誰でも判るちゅうねん」八橋さんは『アホか』のひと言を呑み込むように売店で買ったカキ氷をひと匙口にする。

「弱いのはピッチャーというよりベンチじゃありませんか。実質、監督不在なんですから」

オレは売店で買った缶コーラを飲みながら、遥か遠い鯉ヶ窪ベンチに目をやる。

いちおうダッグアウトの片隅には監督らしい人物が腕組みなどして戦況を見守っているが、その人はただの野球好きの国語の先生である。実際の指揮はキャプテン土山が執《と》っているらしい。それが証拠に、今日も土山は四番サードでスタメン出場だ。

「そういえば、野口監督ってなんで殺されたんでしょうかね」

試合に飽きたオレは、事件の話を混ぜっ返すようなことを口にした。真知子夫人の推理によれば野口監督は賢三氏の弱みを握っていて、それをネタに新監督の座を要求したらしい。だが、監督にどんな弱みを握られていたかについては真知子夫人も判っていない様子だった。もちろん、強請りのネタがなんであれ、今回の事件の概要は変わらない。ただ、ほぼ明らかになったこの事件の中で、そこだけが霞《かすみ》がかかったように不鮮明な気がして、気になったのだ。

「その点については思い当たる節があってね」

意外にもそういったのは芹沢先生だった。

「野口啓次郎さんは昔、飛龍館高校のエースだったのよ。でも、社会人野球に進んでからはパッとしない成績で、二十歳になったころ交通事故を起こして野球をやめたの。酒を飲んでバイクを運転していた際に、女の子を撥ねたんだって」

「ん――その話なら、僕ら脇坂監督から聞いてますよ」オレは「カバ屋」での脇坂監督とのやり取りを思い出しながら、「確か、高校の後輩と食事して、その帰りに事故を起こしたんですよね。女の子は一時意識を失ったけど、足を怪我しただけで済んだ。同乗していた高校生も軽いかすり傷程度。そうですよね」

「そう、そこまで調べていたのね。じゃあ、そのとき野口啓次郎さんのバイクに同乗していた高校生って、誰だか知ってる？」

「え、まさか僕らの知ってる人？」野口監督五十歳が二十歳のころに高校生だった人物、とするとその人物はいま四十六、四十七、四十八――「ひょっとして龍ヶ崎賢三氏!?」

「そうよ。もっともそのころはまだ橋元賢三君十八歳だったけどね。橋元賢三君が龍ヶ崎家の真知子お嬢さんと結婚して、龍ヶ崎賢三を名乗るようになるのは、それから十年以上経ってからのことよ」

「そうだったんですか」思いがけない事実にオレは呆気にとられる。

「そやけど、先生」八橋さんが横から首を突っ込む。「そのことと今回の事件とがどないなふうに繋がるいうんですか。野口啓次郎が事故ったとき、たまたま若かりしころの賢三氏がバイクの後ろに乗っとった。それだけでしょう？　まさか賢三氏が、三十年前のかすり傷の恨みで野口監督を殺した、なんていうんやないでしょうね」

「そんなこといわないよ」女教師は愉快そうに笑う。「確かに、三十年前の交通事故と今回の事件は繋がらないね。でも、この交通事故は、野口監督と賢三さんの過去の接点としては見過ごせないと思うの。そこで、ここからは単なる想像に過ぎないんだけど――」

芹沢先生は慎重に前置きしてから、ひとつの可能性を口にした。

「その交通事故のとき、ハンドルを握っていたのが本当に野口啓次郎さんだったのなら、なんの問題もない。彼が責任を取ればそれで終り。でもよ、運転していたのがひょっとして賢三さんのほうだったとしたら、どうなるかしら？」

「え、でも賢三氏は当時まだ無免許だったんじゃありませんか。だから野口さんは無理して飲酒運転したと、脇坂監督はそういっていましたよ」

「でも、逆もあり得るでしょ。野口さんはお酒に酔っていた。だから賢三さんは無免許でありながら無理して運転した。野口さんは酔って気が大きくなっていたために、後輩の無茶を止めなかった。そもそも高校生の男子はバイクを運転したがるものよ。実際、無免許で乗りこなす子もいるしね。十八歳の賢三さんが無免許運転したっておかしくはない。でも、結果的に賢三さんは事故を起こした。後部座席に野口さんを乗せてね」

「そうか！　そりゃマズイな！」部長がお好み焼きをくわえながら叫んだ。「高校の野球部員が無免許運転でバイクを二人乗り、挙句の果てに女の子を轢《ひ》いたとあっちゃ、高野連は黙ってないぞ。対外試合禁止になるな」

「高校野球は連帯責任やもんなあ。昔はいまよりも厳しかったいうし」

「そう。事故を起こした賢三さんも青くなったでしょうけど、いちばん責任を感じたのは野口啓次郎さんだったはずよ。後輩に無免許運転を許したのは野口さん自身なんだからね。そこで当時二十歳の野口啓次郎さんは十八歳の橋元賢三君をかばうことにした。というよりも母校である飛龍館高校の野球部を救おうと考えたのね」

「そこで運転手と同乗者が入れ替わったわけか」部長は勝手に自分で話を進めていく。

「幸い、撥ねられた女の子は意識を失っている。誰が運転していたかなんて覚えているはずがない。バイクはもともと野口さんのものだし、賢三氏は無免許の高校生だ。野口さんが『自分が飲酒運転で女の子を撥ねました』といえば、警察だって信じるだろう」

「想像よ、あくまでも想像」

芹沢先生はそう強調したが、オレにはもはや真実としか思えない。

「じゃあ、賢三氏が野口監督に握られていた弱みというのは、そのことだったんですね。昔、自分が起こした交通事故の責任を、野口監督に被ってもらったこと。それが彼の弱みだった」

「いや、あり得へんな」と八橋さんが違うというように首を振った。「『昔、人を殺した』とかいうような秘密やったらともかく、『高校生のとき、無免許運転で女の子に怪我をさせた』くらいのこと、そりゃあんまりええこっちゃないやろけど、たいした秘密ちゃうやん。だいいち三十年前の事故なんて、とっくに時効やないか。そんなの、べつにバレたって構わへん。強請りのネタにはならへんやろ。違いますか、先生？」

「普通はそうかもしれないね」芹沢先生は俯きながらゆっくりと首を振った。「でも、賢三さんの場合、そうはいかなかったのよ。だって真知子さんがなぜいま車椅子の生活を強いられているか。それはね――」

「あ！」オレの頭の中で火花が散った。「そうか！　真知子さんは五年前に轢き逃げに遭って、それでいまのような状態に――」

「そう。そんな真知子さんの前で賢三さんが正直に自分のやったことを話したらどうなると思う？――『実は高校生のとき、無免許運転で女の子を撥ねてしまい、その責任を野口さんに被ってもらったことがあるんだ』って。真知子さんがこの告白を聞いて、なんというかしら？」

部長が重々しく頷いた。

「ふむ、さすがの人格者真知子夫人も、『昔のことだから水に流しましょう』とは、いってくれないかもしれませんね。子供を撥ねただけならまだしも、その罪を他人に被ってもらったというのは、実質的には轢き逃げと同じなわけだから」

「そやな。真知子夫人は賢三氏に離婚を迫るかもしれへんな」

「龍ヶ崎家を追い出されたら、賢三氏はいまの生活をすべて失うことになりますね」

オレたちの言葉に芹沢先生はいちいち頷き、結論を語った。

「わたしはね、野口監督は賢三さんを強請ったわけではないと思うの。彼はただ純粋に母校の監督をやらせてほしかったんじゃないかしら。その話の中で賢三さんに対して『昔、世話してやったじゃないか』ぐらいのことはいったかもしれないよ。けれど、強請ろうなんて気持ちはなかったし、昔の秘密をばらすつもりもなかったと思うの。さっきも八橋君がいったように、普通に考えれば三十年前の交通事故なんて、強請りのネタになるような秘密じゃないもんね。でも、一方の賢三さんにしてみると、それは絶対にばらされたくない秘密だった。そして飛龍館高校の監督をやらせてくれないかという野口監督の純粋な要求を、賢三さんは強請りだと感じた。そんなふうに野口監督にその気がないのに、賢三さんは一方的に彼に対する脅威を感じてしまった。それが今回の事件のきっかけだったんじゃないかと、わたしは思うのよ」

こうして最後に残った謎も、芹沢先生の推理によってどうやら明らかになった。目の前の霧が晴れるような爽快感もあれば、なにか身体中の力が抜けるような虚脱感もある。しかしながら、困ったことにサークル活動に本来あるべき達成感というものがない。オレはすっかり温《ぬる》くなった缶コーラを一息に飲み干して、先輩たちに尋ねた。

「結局、僕らって、なんだったんですかね。今回の事件の中で」

八橋さんはカップの底に残ったカキ氷を、大きく開けた口に流し込んでから、こう答えた。

「オレらは自分たちのことを、グラウンドに立ってプレーしている選手やと思うとった。殺人犯という強豪相手に戦う選ばれた男たちや。けど、違ったんやな。オレらはダッグアウトの隅っこに座って、他の選手たちがプレーする姿を眺めてるだけの単なる補欠やったんや。実際にプレーしてたのは真知子夫人に芹沢先生、それと桜井あずさの三人やった。ダッグアウトで真知子夫人が謎解きしたときの、あの光景がすべてを物語っとる」

「いや、違うな」と部長がいった。

その視線は目の前のグラウンドで繰り広げられている熱戦に注がれている。

「オレたちはグラウンドに立つ選手でもなければ、ダッグアウトに座る補欠でもなかった」

彼は最後に残ったお好み焼きの一切れを口に放り込むと、忌々《いまいま》しげな口調でこういった。

「要するに、オレたちは単なる観客にすぎなかったのだ。野球場の外野席に座ってコーラを飲み、カキ氷を食い、お好み焼きを食べ、目の前で繰り広げられている殺人事件という熱戦を眺めながら、わいわいがやがや騒ぐだけの存在。それが今回の事件におけるオレたちの立場だったのだ。それが証拠に……それが証拠にッ」

部長は突如としてあふれ出した悔し涙を隠すように、天を睨みつけながら絶叫した。

「それが証拠に、オレたちゃ龍ヶ崎賢三という選手のポジションすら間違えてたじゃねーかよお！」

「そや！　あれがすべてや！　最悪のボーンヘッドやった！」

「な！　だから、オレたちゃ『三馬鹿』っていわれるんだぜ！」

「正確には『三馬鹿』もしくは『馬鹿トリオ』やけどな！」

龍ヶ崎賢三を理事長だと思い込んだ、その痛恨のミスを嘆く先輩二人。

「そこまで自分を卑下しなくてもいいんじゃないの？　君たちの活躍だってなかなかのも

のだったよ」

先輩たちの様子を芹沢先生が不思議そうに見つめる。

「なに、気にすることはありません」オレは先輩たちに聞こえないように彼女の耳元に囁いた。「どういうわけだか知りませんが、探偵というものは自分を卑下したがるものなのですよ。なーに、口ではああいっていても、あの二人、心の中では『自分こそＭＶＰ』と思っているんですから」

「あ、なるほどね」

芹沢先生は安心したように大きな欠伸《あくび》を一発。それから長椅子にゴロンと横になると、一分もしないうちに安らかな寝息を立てはじめた。

オレはあらためてグラウンドに目をやる。

誰かの放った打球が高々と青空に舞い上がる。

平凡な外野フライ。

落ちてきた白球をセンターが両手で摑む。

ひと際大きな歓声があがり、マウンドに歓喜の輪ができる。

バッターボックスではキャプテン土山がうずくまっている。

負けたらしい。

「部長」オレは多摩川部長の肩を叩いた。

「試合終了ですよ」

解説的

鳥飼否宇《とりかいひう》
（作　家）

一・鯉ヶ窪《こいがくぼ》学園探偵部へようこそ

高校生活に彩《いろど》りを与えるさまざまな部活の中でも、もっとも華やかなのは野球部に違いない。なんといっても野球部には甲子園という夢の舞台がある。運動部であれば大半の場合全国大会はあるだろうし、文化部でも演劇部や吹奏楽部には同様に全国大会が存在する。それでも野球部が特別なのは、甲子園大会がＮＨＫのテレビやラジオによって広く放送されるからだろう。決勝戦だけではない。一回戦からすべての試合を数週間にわたって全国生放送で視聴できるというのは、高校野球のみに与えられた特権である。地方の一高校球児が、ある日突然に日本中の茶の間のスターになる可能性があるのだ。これほど華々しい部活はあるまい。

私事で恐縮だが、筆者の母校の野球部も甲子園に出たことがある。それればかりか、夏の甲子園では二度の優勝経験がある。しかし、二度めの優勝が一九四八年だから、気が遠くなるほど昔のことだ。筆者の在籍時ですら、うちの高校は古豪扱いされていた。古豪というと聞こえはいいが、要するに、かつて強かった（そして往々にして現在はぱっとしない）という評価を受けていたわけだ。それでも、野球部は当時も憧れの的だった。科学部という地味で目立たない文化部で垢抜けない放課後生活を送っていた身からは、野球部員は光り輝くオーラに包まれて見えたものだ。それでもわが科学部には一応部室はあったので、鯉ヶ窪学園の探偵部よりはましかもしれない。

本作は、鯉ヶ窪学園探偵部シリーズの第二作にあたる。前作の『学ばない探偵たちの学園』をお読みでないという不届きな読者の方のために補足しておくと、部室を持たないボヘミアンな探偵部のメンバーは、文芸部や生徒会執行部室、放送室、はたまたお好み焼き屋「カバ屋」や客足の少ないラーメン屋「ピース亭国分寺店」などを根城に探偵活動を行っている。

部室ばかりか部員名簿もないようで、正式な部員が何人いるのかも定かではない。積極的に活動を行っているのは、部長で三年生の多摩川流司《たまがわりゅうじ》（好きな選手が大豊《たいほう》なので中日ファンだと思われる）、同じく三年生で今井雄太郎《いまいゆうたろう》とイチローを愛する阪急びいきの八橋《やつはし》京介《きょうすけ》、二年生でどこのチームのファンかわからない赤坂通《あかさかとおる》のお馬鹿トリオ。広島ファンの霧《きり》ヶ《が》峰《みね》涼《りょう》という二年生の副部長もいるが、この人物はほとんどお馬鹿トリオとは行動をともにしないようである（霧ヶ峰の活躍については『放課後はミステリーとともに』を参照のこと）。ヤクルトの大杉《おおすぎ》が好きな石崎浩見《いしざきひろみ》という生物教師が顧問をやっている。

プロフィールでおわかりの通り、探偵部の面々は総じて野球好きである。多摩川部長と八橋はボールを見つけるとすぐに草野球をはじめるし、お馬鹿トリオそろって国分寺から神宮球場まで遠路はるばるナイター観戦に出かけたりしている。なので、事件に野球の要素が加わるとたんにいきいきしてくる。『学ばない探偵たちの学園』でも八橋がプロ野球ネタのトリックを見事に暴いていたが、今回はもろに野球部がらみの事件に巻き込まれる。

多摩川部長は野球部主将の土山博之《つちやまひろゆき》とも仲がよいらしく、野球部室へもよく出入りしているようだ。その縁もあり、土山から多摩川に事件の相談が持ち込まれるのだ。かくして部活の華である野球部の事件を解決するために、しがない探偵部のお馬鹿トリオが出動することになる。その事件が突拍子もないものだった。

なんと、鯉ヶ窪学園野球部のベースが何者かに盗まれたというのだ！

二．東川ミステリーの魅力をお教えします

（この章には本作の真相をほのめかす記述があります。未読の方は飛ばして、三．へ進ん

でください）

東川氏のミステリーの最大の特徴は、ユーモラスな語り口と謎解き趣向の大胆な融合という点だ。デビュー作の『密室の鍵貸します』以来、東川氏はユーモア・ミステリーの新しい書き手として着実にファンを獲得してきた。親しみやすく軽妙な語り口は読者の間口を広げるのに役立っている。しかし、その人気が継続し、読み続けられているのにはもうひとつ大きな理由がある。それは、本格ミステリーとしてのクオリティがとても高いということだ。どの作品にも驚きがつまっている。だからこそ、ファンは東川ミステリーの中毒になってしまうのだ。

本格ミステリーといえば、魅力的な謎、論理的な解明、意外性に富んだ真相が魅力と言われる。本作ではそれがどのように具現化されているかを検証してみよう。

発端の魅力的な謎については申し分がない。よりによって野球のベースなどというものがなぜ盗まれたのか？　とてもインパクトのある謎であり、読者の興味を引きつけるのにうってつけだ。

この謎は中盤で論理的に説明される。犯人が「野球見立て殺人」を行うために、ベースが必要だったというのだ。外野手が捕手にボールを返球し、相手走者をホームベース手前でアウトにしたという想定の補殺、味方野手が処理して送球してきた相手打者の打球を一塁手がキャッチしてアウトにしたという想定の刺殺、相手走者を塁と塁の間で挟みうちにしてアウトにしたという設定の挟殺。三つの見立て殺人を実行するためにはベースが四つ必要になる。ベースなどという特殊な野球用品をスポーツ店で購入すると、足がつく可能性が高い。だから、鯉ヶ窪学園のグラウンドから盗んだのだと説明がなされる。

しかも、そのあとひとくさり見立て殺人に関する考察が加えられるものだから、ベース盗難事件に関しては、すっかり解決してしまったような錯覚に陥る。読者の関心は、「犯人はなぜベースを盗んだのか？」という疑問から、「犯人はなぜ野球見立て殺人という風変わりな趣向を凝らしたのか？」という疑問に移行する。いわば、ホワイダニットの平行移動である。

読者の頭の中にホワイの疑問符がたくさん浮びはじめたところで、東川マジックが炸裂《さくれつ》するのだ。唐突にあの図を見せられて、ベースが四つ必要だった本来の理由がまったく別のところにあったとわかった瞬間、読者は脳天をバットで殴られたような衝撃を味わうだろう。犯人の（＝つまり東川氏の）真の狙いはホワイダニットよりも、ハウダニットにあったのだ！

本作にはこの大胆すぎるハウダニットのトリック以外にも、もうひとつ切れ味抜群の叙述トリックが仕掛けられている。

登場人物はそれほど多くないので、犯行機会のあった人間に注目すれば、第一の殺人の犯人はなんとなく見当がつく。それでありながら、叙述トリックに引っ掛かってしまうと犯人を正確に指摘するのは至難の業《わざ》だ。さらに第二の殺人、第三の殺人未遂と野球見立てで連続性を持たせることで、真犯人はますますわかりにくくなっている。

フーダニットに関しても決しておろそかにしていないばかりか、叙述トリックが前記のハウダニットのトリックを解く鍵になっているという構成は実に見事である。ふたつのトリックの合わせ技によって浮びあがってくる意外な真相を見抜ける読者はほとんどいないはずだ。

本格ミステリーの技巧を熟知したうえで仕掛けられる最高級のサプライズ――これこそが東川ミステリーの魅力の源なのである。

三．東川篤哉は必ず三度読め！　時間がない人でも二度は読もう！

東川ミステリーには隠し味がたっぷりと効いている。それを十分に味わうためにも、一度読んで満足せずに、二度、三度と味わって欲しい。

一度めは、キャラクターのユーモラスな言動や軽快でスピーディーなストーリー展開に身を委《ゆだ》ね、東川氏の用意したとびきりのサプライズに素直に驚くのがよい。そして、「わ、おもしろかったな」と思った人は、ぜひ再読に挑戦しよう。たぶん全員が再読しなければならないだろう。

二度めは、ミステリーとしての仕掛けの部分に注目し、東川氏が読者を驚かせるために、どれだけ細心の注意を払っているかに注目しながら読み進めてみるとよい。そして、本格ミステリーとしての騙しのテクニックを読みとって欲しい。必ず味わいが増すはずだ。

本作は冒頭で、記述者の赤坂が「読者への宣誓」をしている。つまり、フェアプレイを宣言しているのだ。一度めでどうして騙されてしまったのかを考えながら読めば、巧みに仕掛けられた伏線に気づくだろう。

ユーモアの衣もくせものだ。なにげないギャグの中にさりげなく伏線がしのばせてあったりするから油断ならない。再読時には眉に唾をつけながら、東川氏の企みを暴いていくという楽しみ方をお勧めする。

そして、時間的な余裕があれば、ユーモア成分と本格ミステリー成分のブレンドの妙を味わいながら、もう一度通して読むとよい。ユーモアさえもが計算されつくして、読者を騙すために必要十分条件として用いられていることまで読みとれれば、完璧だ。

あ、もし、鳥飼否宇の本が積ん読《どく》になっているのであれば、三度めは省略してもいっこうに構わない。しかし、そんなことはめったにないと思うので、やっぱりできたら三度読むのが吉だ。

二〇〇六年五月　ジョイ・ノベルス（実業之日本社）刊

光文社文庫

長編推理小説

殺意《さつい》は必《かなら》ず三度《さんど》ある

著者　東《ひがし》川《がわ》篤《とく》哉《や》

2013年8月20日　初版1刷発行

発行者　駒井　稔
印刷　萩原印刷
製本　ナショナル製本

発行所　株式会社　光文社
〒112-8011　東京都文京区音羽1-16-6
電話 (03)5395-8149　編集部
8113　書籍販売部
8125　業務部

落丁本・乱丁本は業務部にご連絡くだされば、お取替えいたします。

ISBN978-4-334-76604-7　Printed in Japan

組版　萩原印刷

お願い　光文社文庫をお読みになって、いかがでございましたか。「読後の感想」を編集部あてに、ぜひお送りください。
このほか光文社文庫では、どんな本をお読みになりましたか。これから、どういう本をご希望ですか。どの本も、誤植がないようつとめていますが、もしお気づきの点がございましたら、お教えください。ご職業、ご年齢などもお書きそえいただければ幸いです。当社の規定により本来の目的以外に使用せず、大切に扱わせていただきます。

光文社文庫編集部

東川篤哉の本

好評発売中

ベストセラー作家のまさかの「いきなり文庫」。
ワンコイン 500円 で登場！

中途半端な密室

テニスコートで、ナイフで刺された男の死体が発見された。コートには内側から鍵が掛かり、周囲には高さ四メートルの金網が。犯人が内側から鍵を掛け、わざわざ金網をよじのぼって逃げた!?　不可解な事件の真相を、名探偵・十川一人が鮮やかに解明する。（表題作）　謎解きの楽しさとゆる〜いユーモアがたっぷり詰め込まれた、デビュー作を含む初期傑作五編。

光文社文庫

東川篤哉の本

好評発売中

笑いあり、驚きあり、トキメキあり！
超人気「烏賊川市シリーズ」第五弾！

ここに死体を捨てないでください！

妹の春佳から突然かかってきた電話。それは殺人の告白だった。かわいい妹を守るため、有坂香織は、事件の隠蔽を決意。廃品回収業の金髪青年を強引にまき込んで、死体の捨て場所探しを手伝わせることに。さんざん迷った末、山奥の水底に車ごと沈めるが、あれ？　帰る車がない‼　二人を待つ運命は？　探偵・鵜飼ら烏賊川市の面々が活躍する超人気シリーズ第五弾！

光文社文庫